1876

THE ADVENTURES OF TOM SAWYER

湯姆歷險記(改版)

Mark Twain 馬克・吐溫

洪夏天——譯

目錄

作者序

本書中記載的冒險事蹟大部分都確實發生過，有些是我的親身經歷，其他來自我同學的故事。哈克貝利・芬恩和湯姆・索亞都是根據真實人物而寫成。不過湯姆並不是單一人物，他是我認識的三個男孩的化身，結合了三人的特質。

本書中提到許多當時盛行於西部孩童與奴隸間的古怪迷信，也就是三十到四十年前。

雖然我寫本書的動機是想為孩子們提供樂趣，但我希望大人們也會喜歡這本書。我想提醒成年人那些快樂的過去時光，回憶兒時的心情、想法和說過的話，也想起他們曾著迷於多麼奇怪有趣的事物。

馬克・吐溫於哈特福，一八七六年

1

「湯姆！」

沒人回應。

「那孩子到底在做什麼？喂，湯姆！」

還是沒人回應。

老太太拿起眼鏡移到眼睛前面，目光先往下環視房裡，接著再把眼鏡往上抬，從左到右，東看看西望望；通常她不需要眼鏡幫忙就能揪出那個小男孩，畢竟她戴這副眼鏡可不是為了實用性——就算用鍋蓋當眼鏡，她也看得一清二楚——而是為了整體造型。這副尊貴的眼鏡是她的寶貝，她只有在特殊場合才會拿來炫耀一下。找不到湯姆的老太太滿臉疑惑，她提高音量，稱不上大吼大叫，但用足以讓每個角落都聽得一清二楚的聲音呼喊：「如果讓我找到你，你就——」老太太沒能把話說完，因為她彎下腰拿著掃帚在床底下揮來揮去，現在她得先喘口氣才行。她站起身，床下只有貓，沒什麼小男孩。

「真是讓人難以捉摸的孩子！」

她把門打開，花園裡開滿了番茄藤和曼陀羅花。她站在門口四處張望還是遍尋不著湯姆的蹤跡。她目測一下距離，然後用力拉開嗓門喊：「湯姆！你跑去哪裡啦？」

後面傳來輕微響聲，她立刻轉過身，剛好逮住那個動作慢了一拍的小男孩，她伸手一抓就緊緊握住男孩外套的一角。「逮到你了！我就知道你躲在衣櫥裡！你在裡面做什麼？」

「沒幹嘛。」

「沒幹嘛？瞧瞧你的手和嘴巴都沾滿東西，那是什麼？」

「我不知道，姨媽。」

「我倒很清楚，你偷吃果醬。我跟你說過幾百次了，不准動果醬的腦筋，不然我就要扒你的皮！把鞭子拿來給我。」

鞭子在空中揮動發出沙沙的聲響，眼看就要落在男孩身上了，湯姆突然大叫：「老天爺！姨媽，您背後那是什麼？快看！」

老太太急忙撩起裙襬轉過身去，沒想到小男孩一溜煙就往門外跑，縱身一躍，越過高高的圍籬，消失在另一邊。

波莉姨媽愣住了，站在那兒怔怔地望著湯姆消失的地方，忍不住笑了出來。

「這孩子真難搞！我怎麼老是學不到教訓？他明知道這個時候我會找他，還耍這種花樣，沒辦法，人老了，腦筋不管用了！諺語說得好，老狗學不會新把戲。老天爺！這孩子把戲一大堆，老是變來變去，沒有一天重複的。我根本猜不到他今天又要玩哪一招！他算準了怎麼折磨我才會讓我發火，也知道怎麼平息我的怒氣，還會逗我笑，我根本拿他沒輒！老天有眼，我沒盡好職責，這是事實。《聖經》說，孩子不打不成器。我心知自己滿身是罪，終有一天得為我倆受苦。老天爺！他真是個小惡魔！但是他終究是我姐姐留在世上的可憐孩子，我沒辦法硬起心腸來揍他一頓。每饒他一回，我就會良心不安；但每回出手揍他，我又不忍心。哎唷喂呀，《聖經》說男人才離開母親肚子沒多久，就到處惹麻煩，這話還真不假。今天下午他又蹺課了，明天我一定要教訓他一頓，逼他好好用功。雖然星期六所有的孩子都在放假，要他用功實在太難了，而他又痛恨唸書；但我非得盡我的職責，不然這孩子會被我毀了！」

湯姆不但蹺課，還玩得很痛快。他回家時，勉強幫黑人小孩吉姆鋸了幾塊隔天要用的木柴，並趕在晚餐前生好火。埋頭工作的吉姆做了四分之三的活，而湯姆只顧著吹噓自己一整天的冒險是多麼驚險有趣。湯姆同父異母的弟弟席德也已經撿完削薄的木片，做好他份內的工作。相比之下，席德比湯姆沉穩多了，不愛冒險也不會調皮搗蛋。

吃晚餐時，湯姆趁機就隨手偷了幾顆糖。波莉姨媽想知道湯姆有沒有好好上課，故意拐彎抹角地問他問題，想套他的話。「湯姆，你去上課時，天氣熱得要命，是不是呀？」心思單純的波莉姨媽就像那些善良的老好人一樣，自以為聰明，深諳請君入甕的誘敵之術。她時常陶醉地想著自己足智多謀，事實上，她的伎倆昭然若揭。

「沒錯，姨媽。」

「把你熱得像熱鍋上的螞蟻，是吧？」

「是的，姨媽。」

「熱得讓你想一頭跳進水裡游泳，對吧？」

波莉姨媽犀利的眼光直射進湯姆心裡，被打探的感覺真不好受。他望向波莉姨媽的臉，但猜不準她的心思。他說：「沒有，姨媽，我不想游泳。」

老太太伸出手摸摸湯姆的上衣。「不過你現在沒那麼熱了。」她發現湯姆的上衣是乾的，得意地想著沒人猜到她在想什麼。她沒料到湯姆已經察覺事有蹊蹺，算準了她的下一步，先下手為強地說：「因為我和幾個男生把水淋到頭上，瞧，我的頭髮還有點溼呢。」

波莉姨媽責怪自己忽略那麼明顯的證據而錯失良機，她立刻重整旗鼓，繼續問道：「湯姆，你把水淋到頭上時，不必把我縫上去的襯衫領子解開吧？打開你的外套讓我瞧瞧！」

湯姆一點也不驚慌，毫不遲疑地打開外套，襯衫的領子依然縫得牢牢地。

「你腦子倒挺靈光的。我知道你今天蹺課去游泳，不過我放你一馬。湯姆，夜路走多了總會遇到鬼，你自己當心點。這次我就饒了你，下不為例。」

波莉姨媽不禁懊惱沒使出自己的神機妙算，但看到湯姆難得沒有頂撞還一臉溫順，又有點得意。

沒想到席德說話了：「姨媽，您縫領子時用的不是白線嗎？湯姆的領子怎麼是黑線？」

「我的確是用白線縫的。湯姆！」

但湯姆沒等他們把話說完就跑出去了！他邊跑邊大叫著：「等著瞧，席德，我一定要揍你一頓！」

湯姆找了一個安全的角落躲起來，翻出插在外套領子下的兩根針，上面還穿著沒用完的線。一根針穿的是白線，另一根是黑線。他喃喃自語：「要不是席德，姨媽才不會發現，絕不會！她有時用白線，有時用黑線，她自己都搞不清楚。該死的，姨媽怎麼不用同樣顏色的線啊，這樣我就不用準備兩種顏色的線，實在太麻煩了！不過我一定要揍席德一頓，給他一點教訓！」

湯姆不是鎮上的模範生，但他倒是很清楚誰是那個人見人誇的好孩子，也非常討厭他。

不到兩分鐘，湯姆就把剛剛的不愉快忘記了。並不是他的煩惱比大人的煩惱微不足道，也不是苦痛不夠深刻，而是新奇事物的吸引力更強大，讓他一下子就把不快都趕出腦海，就像大人一遇到新事物也會興奮得忘卻不幸。此時，湯姆全神貫注的新興趣就是吹口哨。前不久有一個黑人教他吹口哨，現在正是不受打擾練習的好時機。旋律裡有一段很奇特、有如鳥囀的迴音，得用舌頭時不時抵住上顎來製造流暢的顫音——和湯姆一樣曾經是小男孩的讀者們，說不定還記得口哨該怎麼吹。湯姆勤奮專心地練習了一會兒就掌握住訣竅，於是他在街上邁開得意的步伐，口中吹著美妙的音樂，內心充滿感激。此刻他的心情就像太空人發現新行星一樣感動，不過講起那份強烈深刻又純粹的喜悅，男孩可比太空人還興奮多了。

夏季的傍晚很長，現在還沒天黑。湯姆突然停止吹口哨，因為眼前出現一個比他年長一點的陌生男孩。在聖彼得堡這個殘破的小村鎮裡，不管來人是男是女，是老是少，有陌生人就是令人好奇的新鮮事。男孩打扮得體，但在平常日顯得太莊重了，令湯姆十分意外。他的便帽很優雅，藍色短上衣和長褲又新又乾淨，鈕釦扣得整整齊齊。他居然穿著鞋子——今天可是星期五耶。他甚至打了領帶，那領帶就像顏色鮮艷的緞帶。男孩一身都市氣息，讓湯姆深深地感到不快。他一邊緊盯著衣著華貴的陌生人，一邊把鼻子抬得老高。對比男孩一身漂亮的服裝，湯姆愈來愈覺得自己的穿著破舊。兩個男孩都沒有說話。一人往左一動，另一人也立刻往右一移，繞著圈圈僵持不下，面對面瞪著彼此，最後湯姆開口：「我可以揍扁你！」

「你試試看。」
「我真的會揍你。」
「不，你不但打不到我，我看你根本不敢碰我一根汗毛！」
「我敢！」
「你才不敢。」
「我打得到你。」
「你不行啦。」
「行！」
「不行！」
一陣尷尬的沉默後，湯姆說：「你叫什麼名字？」
「這應該不關你的事吧。」
「我會把它變成我的事。」
「那你變變看。」
「你再說我就變。」
「變啊！變吧，你變啊！我說了。」
「哼，你自以為聰明，是吧？我動手的話，一隻手綁在身後也能把你揍扁！」
「那你試試看啊，是你說你辦得到唷。」
「你敢捉弄我的話，我就打你。」

「是喔，你們這種人都光說不練啦。」

「你就愛賣弄！你自以為厲害，是吧？瞧你這帽子！」

「就算你不喜歡我的帽子，那又怎樣？我看你才不敢把我的帽子打掉！你敢我就揍你！」

「你吹牛！」

「你才吹牛。」

「你是亂講話的大騙子。」

「拜託，走開啦。」

「你再這麼得意，我就用石頭打你的頭！」

「對啦，你只敢講大話。」

「我會丟！」

「那你怎麼還不丟？你幹嘛一直吹牛？你怎麼不直接動手？我知道了，因為你怕。」

「我才不怕！」

「你就怕！」

「我才不怕！」

「你明明就很害怕！」

又是一陣沉默，兩人更用力地互瞪著彼此，兜著圈子繞來繞去。忽然兩人肩併著肩碰撞對方，湯姆說：「滾開！」

「你怎不滾？」

「我才不滾。」

「那我也不滾。」

兩人各撐著一隻腳站著，用盡意志與氣力推擠對方，互相瞪視的眼神裡滿滿恨意。然而沒人勝出。纏鬥過後，兩人都渾身發熱，滿臉通紅，一邊小心留神對方動靜，一邊拉拉筋。湯姆說：「你是個膽小鬼，沒用的傢伙。我要跟我哥告狀，他一根小指頭就能把你打趴。我要叫他來揍你。」

「我才不在乎你哥咧，我哥比你哥還壯，而且他還能把你哥甩過圍籬。」

（其實兩個男孩都沒哥哥。）

「你騙人。」

「你只會說大話。」

湯姆用腳拇趾在地上畫了一條線，說：「你敢跨過這條線，我就打到你認輸。看看是誰吃不了兜著走。」

男孩立刻跨過線，說：「你說你會打，那你現在打打看。」

「別挑釁，你給我小心點。」

「你說你要打我的，你怎麼還不打？」

「老天爺，你給我兩分錢我就打！」

陌生男孩從口袋裡掏出兩枚銅幣，一臉嘲弄地伸出手。湯姆一拳把錢打到地上。一時之間，兩個男孩在地上扭打，像貓一樣緊緊地抓著對方，一下子用力拉著對方的頭髮，一下子互相扯著衣服，用拳頭互揍，還抓傷了鼻子。兩人灰頭土臉卻又氣勢驚人，誰也不讓誰。灰塵漫天中，湯姆漸漸佔了上風，他跨坐在陌生男孩上，不斷揮拳揍他。

「夠了沒？快認輸！」湯姆叫道。

男孩一心只想掙脫，氣得哭了起來。

湯姆不肯停手，仍舊說：「還不夠嗎？認輸吧！」

陌生男孩終於擠出一句：「夠了！」

湯姆放開他。「你現在學到教訓了吧！下次給我小心點。」

陌生男孩一邊撣去新衣上的灰塵，一邊抽抽噎噎地走開，時不時回頭張望又恨恨地搖著頭，恐嚇湯姆：「下次你就死定了！」

湯姆報以嘲笑，趾高氣揚地起身離開。但湯姆一轉身，陌生男孩就揀起石頭砸向湯姆的背，接著夾起尾巴，羚羊似地一溜煙跑掉了。湯姆一路追著那個說話不算話的男孩，直到男孩衝進家門。這下他可知道男孩住在哪裡了！湯姆在門口叫敵人趕快出來了結，但他的對手只敢在窗戶前做鬼臉，拒不出門。最後，敵人的媽媽現身，罵湯姆是壞心又邪惡的窮小子，喝斥他趕快離開。湯姆才悻悻然地走了，但他保證一定會找那男孩算帳。

當晚，湯姆很晚才回到家。他小心翼翼地爬進窗戶，沒想到卻中了波莉姨媽的埋伏。波莉姨媽看到湯姆滿是污泥的衣服，決心罰他在星期六禁足，留在家幫忙家務。這回，她鐵了心腸，絕不通融。

2

星期六早上，天氣晴朗，空氣清新，正是美好的夏日時光。每個人的心裡都哼著歌，有些年輕人不禁唱出聲音來，人人臉上笑容洋溢，步履輕盈。刺槐樹開花了，空氣裡瀰漫著芬芳香氣。小鎮旁的卡地夫山綠意盎然，在一定的距離之外俯瞰著生氣勃勃的街道，看起來就像一座夢中樂土，幽靜祥和又令人心馳神往。

湯姆提著一桶石灰水和長柄刷子走到人行道，他定神看了看圍籬，立刻垂頭喪氣，夏日的歡樂離他遠去，只留下一陣哀傷。圍籬足足有三十碼長，九英尺高。此刻，生命只是一場虛無，存在只是沉重的負累。湯姆一邊嘆氣一邊把刷子放進桶裡沾滿石灰水，從最上面的木板開始刷；刷完沾水，沾溼再刷，不斷重複，一次又一次；跟待刷的那一大片籬笆比起來，他刷過的籬笆真像滄海一粟啊！他無精打采地在行道樹的木柵上坐下來。這時吉姆提著錫桶走出大門，口裡哼著「水牛城的少女（Buffalo Gals）」。吉姆正要去鎮上的抽水器汲水，這在湯姆眼裡一向是無趣的苦差事，此時他卻羨慕起吉姆，因為一大群人總是聚集在抽水器附近，排隊等著汲水的有白人、黑人和混血的少男少女們；他們有時乘涼聊天，有時交換玩具，有時嬉鬧，有時吵架，甚至還會動手打架。湯姆還想到，雖然距離抽水器只有一百五十碼遠，吉姆卻總花上一個多小時才提一桶水回來，而且之後還要有人再去汲水才行。

湯姆說：「吉姆，咱們打個商量吧，我去汲水，你幫我刷一下籬笆，好不好？」

吉姆搖頭拒絕。「不行啦，湯姆老大。老太太要我去汲水，還警告我不准搗蛋，她說湯姆老大一定會要我刷籬笆，她要我做好自己的事，不能和你交換工作。她說她會盯住你，看到底是誰在刷籬笆。」

「哎唷，你不用管她說什麼，她老是講這種話。把水桶給我，我一分鐘就回來了，她才不會發現咧！」

「湯姆老大，不行啦！老太太會揍死我，一定會的。」

「拜託！她從來沒真的揍人，頂多用她手上的毛線針敲敲你的頭罷了。我才不相信有誰會怕她！不過她罵起人來倒挺可怕的，但罵人又不會讓你皮破血流。只要她不哭就沒事。這樣好了，吉姆，我給你白石彈珠。」

吉姆心動了。

「白色的彈石耶！吉姆，這可是非常難找的小石頭唷！」

「天哪！你真的要給我白石彈珠嗎？太棒了吧！你真的太大方了！但湯姆老大，我真的很怕老太太會生氣……」

「你不是想看我受傷的腳趾嗎？你跟我交換汲水，我就給你看！」

吉姆只是平凡人，怎能拒絕如此誘人的提議？他放下水桶，拿了白彈珠，彎腰凝神看著湯姆慢慢把腳趾上的繃帶解開。此時，波莉姨媽剛好從農場回到家，立刻拿起拖鞋往他們身上丟，一臉「逮住你啦」的勝利神情——湯姆立刻轉身用力的粉刷圍籬，而吉姆趕緊拎著水桶，頭也不回地跑走了。

但湯姆才刷了一下子圍籬就想起今天原本打算要去哪裡玩，更傷心了。等會兒那些無所事事的男孩們就會到處遊戲玩樂，一定會嘲笑得留在家裡幹活的湯姆。一想到這裡，湯姆就燃起熊熊怒火。他掏出口袋的所有資產，仔細數算：他有一些玩具、石頭彈珠，其他就是一些垃圾，只夠交換不同勞務，但連半小時的自由時光也買不起，而且還差得遠了！他把拮据的財產收進口袋，放棄妄想買通別的孩子來幫他做苦差事的念頭。就在這個黑暗又絕望的時刻，他突然靈光一閃，想到一個好點子，果然靈感來時擋也擋不住。

湯姆開始認真地刷起圍籬。此時，班．羅傑斯突然出現在街角，湯姆一想到他會怎麼嘲笑自己就難受極了。班興高采烈地一路蹦蹦跳跳，準備大玩一場。他口中咬著蘋果，時不時發出一陣粗重的喘息和一連串低沉的叮咚咚、叮咚咚聲，原來他在模仿汽船。班漸漸靠近湯姆，他放慢腳步走到路中央，身體誇張地往右舷傾斜，故作沉重費力的樣子緩緩轉身，因為他想像自己是船底深達水下九英尺的「大密蘇里號」。他既是一艘船，又是船長、引擎和警鈴，他一會兒在頂層甲板上發布命令，又得趕緊執行：「夥計，停船！叮鈴鈴！」

船放慢速度，漸漸靠近人行道。「調轉船頭！叮鈴鈴！」班的雙臂突然垂直，僵硬地落在身側。「轉右舷！叮鈴鈴！啾！啾啾啾！」他一邊喊一邊用右手比畫了一個大圓，因為這艘船的船輪居然寬達四十英尺。「轉左舷！叮鈴鈴！啾啾啾啾！」他的左手開始畫起大圓。「停下右舷！叮鈴鈴！停下左舷！過來右舷！停下來！緩緩轉過去！叮鈴鈴！啾啾啾！放下船頭纜繩！快一點！快把你們的船纜拿出來，欸！你們別站在那兒！把桿子轉一下，準備下一步！就是現在，鬆開！報告船長，引擎沒問題！叮鈴鈴！嘶！嘶嘶！」班模仿液壓計旋塞閥的聲音。

湯姆只顧著粉刷圍籬，完全不理會那艘忙碌的蒸汽輪船。班盯著湯姆一陣子，說：「嗨唷，湯姆，你在那兒幹嘛？又挨罵了吧？」

湯姆一言不發，只顧著檢視他剛刷好的籬笆，專心得像藝術家。接著他拿起刷子輕輕刷了一回，又停下來審視一下。班走到他身邊。湯姆很想吃他手上的蘋果，但他不動聲色。班說話了：「嘿，朋友，你今天得幹活？真慘哪！」

湯姆像被嚇到一樣連忙轉身，訝異地說：「班？你怎麼來了？我沒注意到你。」

「嘿嘿，我要去游泳唷！你想不想一起去？但你沒辦法，你得幹活，對吧？其實你很想一起去游泳，想得不得了！被我說中了吧？」

湯姆深思熟慮地看著班，說：「幹什麼活？」

「你現在不就在幹活嗎？」

湯姆繼續粉刷圍籬，心不在焉地回答：「嗯，你可以說我在幹活，但我一點也不覺得辛苦，我挺喜歡刷籬笆。」

「拜託，你怎麼會喜歡做這種苦差事？」

湯姆手上的刷子沒有停下來。「為什麼不？為什麼我不能喜歡刷籬笆？不是每天都有刷籬笆的機會耶！」

班倒從來沒這麼想過，他把吃了一半的蘋果放下來。湯姆輕巧地來回移動刷子，然後退一步檢視一下成果，接著在這邊加一筆，又在那邊揮一下，再退後瞧一瞧。

班緊盯著湯姆的一舉一動，好奇心被撩動起來，興致勃勃地說：「欸，湯姆，讓我刷一下。」

湯姆考慮了一下，幾乎就要點頭同意，但他突然改變主意。「不行，我想你沒辦法。你也知道，我的波莉姨媽很在乎她的籬笆，這可是她的門面，你懂吧？不過後院的籬笆應該可以，我想她應該不會對那邊太挑剔。沒錯，她很重視這些籬笆，一定要漆得非常完美，我想一千人裡，不、大概兩千人裡也找不到一個能夠滿足她要求的人。」

「不會吧，真的嗎？哎喲！拜託啦，讓我試試看，一下下就好！如果是我的話，我一定會讓你試一下的。」

「班，我真的很想讓你試試，但波莉姨媽……吉姆本來也想粉刷的，但波莉姨媽不准他做；席德也想粉刷，她也拒絕了。你沒看到我多認真在粉刷嗎？如果你把這籬笆搞砸了……」

「我保證一定會像你一樣小心翼翼，可以吧？現在我可以刷一下嗎？我可以把蘋果核留給你喔！」

「嗯……不行啦，班！我太擔心——」

「我把整個蘋果都給你。」

湯姆心不甘情不願地放下刷子，卻暗自竊喜計畫成功。班剛剛還是神氣的大密蘇里號，現在卻頂著大太陽，揮汗如雨地賣力刷著籬笆。而那位大藝術家則愜意地在旁邊大樹下的木桶上乘涼休息，雙腳悠閒地擺來盪去，一邊吃著蘋果一邊盤算著要怎麼引誘更多天真無邪的孩子來幫他幹活。他不用擔心找不到人，每過一陣子就有男孩開開心心地出現在街角，然後好奇地跑過來，接著就中了計——留下來刷圍籬。等到班累壞了，比利・費雪已拿著保存良好的風箏和湯姆交換，等著當下一個粉刷工。比利累了，強尼・米勒用纏了線可以吊著玩的死老鼠，賺得再下一個粉刷機會。每小時都有一個又一個男孩排隊等著刷籬笆。

下午過了一半，湯姆已從上午那個困窘男孩搖身一變而成了大富豪。除了一開始的財產，現在他多了十二個彈珠、猶太豎琴的殘肢、一片從瓶子上拆下來的藍色玻璃、彈弓、開不了任何鎖的鑰匙、一小段粉筆、玻璃的酒瓶塞、錫製的玩具兵、幾隻蝌蚪、六串鞭炮、一隻只有一個眼睛的玩具貓、銅門把、狗環、沒有刀身的刀把、四片橘子皮，還有一個破舊的窗框。

湯姆過了非常開心又悠閒的一天，身邊圍繞著玩伴，而且圍籬的每一個角落都紮紮實實地刷上三層石灰水。要不是石灰水用光了，他會讓村裡每個男孩都為換得刷籬笆的機會而破產。

湯姆想著這世界還是挺不賴的。他無意間發現了人性的一項重大定律：只要你讓一個東西變得很難取得，那麼所有的男孩和男人都會垂涎不已。

如果湯姆像本書作者一樣是個偉大睿智的哲學家，他就會進一步明瞭，人必須做的事就是「工作」，而人不一定得做的就成了「遊戲」。這會讓他明白，為什麼做假花、在磨坊碾穀物是工作，而擀麵和登勃朗峰卻是種樂趣。英格蘭有好幾個富裕的紳士每到夏季就天天駕著四匹馬的客車，載著客人往來奔波二十到三十英里，雖然這是筆不小的支出，但他們不接受客人付錢，因為一收了錢，這就成了一項沒有樂趣的工作，他們一定立刻辭職。

男孩想著，一天之內他的身分地位有多麼大的變化啊！他漫步走回總部，準備報告他引以為傲的傑作。

3

湯姆跑進屋裡找波莉姨媽。

波莉姨媽正坐在屋子後方敞開的大窗戶前，這舒服的房間既是臥房也是餐廳，還充當圖書室用。在這悠閒安祥的時刻，暖和芬芳的夏日氣息四處蕩漾，花朵的馨香和蜜蜂的嗡嗚聲就像搖籃曲一樣催人入夢。果然，波莉姨媽打毛線的手停了下來，眼鏡上推到頭髮上，正搖頭晃腦地打瞌睡。陪伴著波莉姨媽的貓咪也在她腿上睡著了。她很意外地看到湯姆居然主動跑來，她以為湯姆早就拋下工作跑去玩了。

湯姆說：「姨媽，我可以去玩了嗎？」

「什麼？你刷完籬笆了嗎？你刷了多少？」

「我全刷完了，姨媽。」

「別騙我，湯姆！我受不了你老是說謊！」

「我沒騙您，姨媽，我全刷完了。」

波莉姨媽不相信湯姆，她決定自己去確認；她覺得如果湯姆有漆完五分之一的圍籬，就謝天謝地了，因為湯姆說的話總是得打折扣。沒想到，她看到所有的籬笆不但全刷好了，還精心竭力地多刷了好幾層，連地上都刷了一條線。

波莉姨媽驚訝地說不出話來！好一會之後，她才說：「天哪！真想不到，你居然沒騙我。只要有心，你什麼都會，什麼事都做得很好。」不過她不想讓湯姆太驕傲，改變心意而轉口說：「但你老是心不在焉，很少真的認真做事，太可惜了。好了，去玩吧。別忘了回家的時間，不然就有得你瞧了。」

波莉姨媽太佩服湯姆的完美成果，決定獎賞他，讓他到櫃子挑一個蘋果吃。姨媽一邊給他蘋果，一邊碎念著：「賣力勞動後得到的獎賞是多麼甜美，比耍小聰明或偷到的來美味多了」，當波莉姨媽引用《聖經》為這番激勵演說作結尾時，湯姆偷抓了一個甜甜圈藏在懷裡。

湯姆跑出門，正巧看見席德在門外面通往後面房子二樓的樓梯上。湯姆靈機一動，隨手抓了一個土塊就往席德身上丟。在波莉姨媽驚覺情況不對，趕來救席德之前，他已經挨了六、七個土塊，而湯姆早就越過籬笆逃掉了。雖然圍籬上有道門，但一如往常，湯姆匆忙之下老是沒時間開門就直接跳過去了。這會兒，報了之前席德打小報告、害他因領口的黑線而挨罰的仇，湯姆心情大為痛快。

湯姆沿著街角走到通往牛舍的泥濘小巷。現在他已逃出姨媽魔掌，沒人能把他抓回家懲罰一頓。他快速走向小鎮的民眾廣場，之前男孩們約好了要在這裡玩兩軍打仗的遊戲。湯姆是這邊軍隊的將軍，湯姆的知心好友喬．哈普是另一個陣營的將軍，其他男孩則是衝鋒陷陣的小兵。地位崇高的兩位將軍沒有親自下場戰鬥，他們坐在高處，居高臨下研判軍情，定下作戰策略，再由助手傳達命令。經過漫長又激烈的戰鬥，湯姆的軍隊贏得光榮勝利。雙方清算死亡人數，交換戰犯，決定下回戰鬥的起因，約定下一場戰事的日期；接著兩邊軍隊重整隊形，踏步離開。玩伴散去之後，湯姆一個人走回家。

經過傑夫．瑟雪家時，湯姆發現花園裡有一個他從沒見過的可愛女孩。女孩的身材嬌小，有一雙迷人的藍眼睛，金色的長髮綁著辮子，身上穿著散發夏天氣息的洋裝和飾有漂亮刺繡的襯褲。剛贏得光采勝利的男子漢立刻被陌生女孩的風采迷倒，立刻把他原本日思夜想的艾美•勞倫斯拋到腦後。湯姆原本愛艾美愛得死心塌地，深信那澎湃的熱情就是真愛，沒想到這段迷戀一下子就煙消雲散。湯姆花了好幾個月想贏得艾美的芳心，一週前艾美才接受他的愛意，這七天他成了世上最幸福自傲的少年。然而，現在艾美對他來說只是偶然相遇的過路人，此刻已被送出他的心門。

湯姆熱情地盯著這位前所未見的天使，但當她發現他，他又裝沒看到她，孩子氣地做些自以為很酷的動作想贏得美女的芳心。他裝模作樣地做了一堆蠢事，甚至要起危險的體操把戲，但正當他認真地耍酷時，卻瞥見小女孩走向大門，準備進屋裡。湯姆立刻跑到籬笆前，伸長了脖子看著她的倩影，難過地祈禱女孩停下腳步，在花園裡多逗留一會兒。女孩停了一下，又繼續走向大門，當她踏過門檻時，湯姆深深地嘆了一口氣。不過女孩在關門前往籬笆拋了一朵三色紫羅蘭，讓湯姆面露喜色。

湯姆立刻跑去找那朵紫羅蘭，但他只能停在離花一、兩英尺遠的地方。他把手舉到眉毛邊，遮住耀眼的陽光，興味盎然地低頭四處尋找，好像在找什麼有趣的東西似地。接著他把頭往後仰，拿起一根麥桿橫放在鼻子上，想要空手就讓麥桿停住。他東倒西歪地一面保持麥桿不動，一面抬起一隻腳伸往紫羅蘭落下的地方，慢慢地離紫羅蘭愈來愈近。他伸直了腳尖，終於用靈活的腳趾夾住了紫羅蘭。湯姆興高采烈地握著得來不易的花朵，蹦蹦跳跳地離開。他才走到轉角，就又走了回來。他把花插在外套的鈕扣孔上，這是最靠近心房的地方——也說不定是最靠近肚子的地方；解剖學向來不是他的強項，實事求是也不是他的本性。

湯姆走回花園外的籬笆，倚靠著矮牆繼續裝模作樣；湯姆安慰自己，想著女孩一定會走過某扇窗，看到他遲遲不去的癡情身影。可惜的是，天色漸漸暗了下來，女孩再也沒有出現。最後他終於放棄，心不甘情不願地回家，腦裡盡是天馬行空的幻想。

直到晚餐時分，湯姆還是興奮不已。波莉姨媽忍不住好奇這孩子到底怎麼了，湯姆因向席德丟土塊而挨了一頓罵，但他卻毫不在意也沒發脾氣。

當著姨媽的面，湯姆想偷糖吃；姨媽立刻敲他的指關節當懲罰。湯姆說：「席德偷糖的時候，姨媽都不會打他。」

「因為席德不像你那麼壞、那麼讓人心煩。如果我不盯緊你，你一天到晚都會偷糖吃。」

姨媽說完就走進廚房，而逃過一劫的席德把手伸向糖罐，故意向湯姆炫耀他的特權。然而得意忘形的席德的手滑了一下，糖罐「哐啷」一聲掉到地上，裂了。幸災樂禍的湯姆告訴自己乖乖坐好，什麼話都別說，等到姨媽進來質問誰闖了禍，他再娓娓來，就可以看「好孩子」挨罰的好戲啦。湯姆興奮地要瘋了，勉強保持鎮定。年邁的波莉姨媽走進來，停在那個碎裂的糖罐前，眼鏡後震怒的光芒像雷電一樣四處迸射。湯姆告訴自己：「就是此刻！」但下一秒他已經被拖到地上！當波莉姨媽高舉的手就要毫不留情地打下來時，湯姆大叫：「等一下！您為什麼要打我？糖罐明明是席德打破的！」

波莉姨媽疑惑地愣住了，而不服氣的湯姆渴求著慰藉。然而，波莉姨媽定了定神，說：「喔，是這樣嗎？但你還是該挨一頓打，誰叫你在我不注意的時候老是調皮搗蛋。」話一說完，波莉姨媽心裡就懊悔不已，她應該安慰湯姆，但她一想到如果對湯姆承認自己的錯誤，以後要管教這個無法無天的孩子恐怕會更加困難，就只好忍住，假裝若無其事地忙著做事，心裡卻難受得不得了。

湯姆在角落裡生悶氣，刻意擺出憤恨不平的架勢。他知道姨媽心裡對他很愧疚，佔上風的他暗自得意，但還是一臉鬱鬱不樂的樣子。他決心不要和姨媽和好，也不想管其他的事。他知道波莉姨媽時不時拋來柔情的一瞥和泫然欲泣的神情，但湯姆都裝作沒看見。他想像自己臥病已久而壽命將盡，姨媽會倒在他身上乞求原諒，但他毫不遲疑地望向牆壁，沉默不語地死去。哎呀，那時她會有什麼感受呀？湯姆又想像自己會死在河裡，人們把他撈起來送回家——他的鬈髮溼淋淋地垂在額際，而蒙冤的他終於告別痛苦。波莉姨媽會怎麼做？她會跑向他的遺體，淚如雨下地伏在他的身上，祈求上帝把她的小男孩還給她，保證絕對不會再打他了！然而，湯姆只是冷冰冰地躺在那裡，身體漸漸發白，生命的痕跡毫不留情地消逝。小小年紀的他背負著多少苦痛，現在，一切都結束了。湯姆想著種種悽慘情境，幾乎要哭了出來，只能猛嚥口水抑制情緒。他的藍眼珠浸在淚水裡，只要一眨眼淚水就會潰堤。傷心至極的他把俗世的喜悅和歡樂拋在腦後，那些都無足輕重了。就在這時，離家一週的表姐瑪麗跳著舞，活蹦亂跳地走進來，她因為終於回家而一臉開心。陰鬱的湯姆站起身走出了門，離開唱著歌、像陽光一樣生氣勃勃的表姐。

湯姆到處亂晃，刻意避開平時孩子們嬉戲的地方，只想找到符合他此刻心情的被人遺忘的角落。河邊一艘木筏呼喚著他，湯姆坐在木筏邊緣，對著令人沮喪的廣闊河面沉思，他想著要是能淹死就好了，或突然之間就喪失意識，就再也不用痛苦地困在大自然的日常循環裡。此時，他想到了那朵紫羅蘭，他掏出那朵花，卻發現它已經被壓得了無生氣、花瓣都皺巴巴了，不禁更加哀傷。當無名的少女得知他淹死的消息，會不會憐憫他的遭遇？她會不會為他流淚，懊悔著自己無法抱著他，撫慰他受傷的心？或者，她會像冷漠的人們毫不在乎地轉身離去？這幅景像讓他痛苦不已但又帶著辛酸的甜蜜，他不禁在腦海裡幻想了一遍又一遍，不斷回味每一個細節，直到他想得透透徹徹。最後他嘆息著站起身，走進夜色中。

湯姆走到不知名的迷人姑娘住的街道，此時已是晚上九點半到十點間，路上沒有半個人影。他停在那棟房子前面側耳傾聽，但什麼也聽不到。只有二樓窗簾背後的蠟燭亮著，沉默無語地搖曳著。那位令他傾心的女孩是否就在窗旁？他爬上籬笆，在樹枝間躡手躡腳地爬到窗戶下，然後伸長脖子，含情脈脈地盯著窗戶；接著他又跳下籬笆，躺在窗戶下，雙手交握放在胸前，手中緊緊握著那朵枯萎的紫羅蘭。這是死亡到訪的時刻，他將死在冰冷無情的世界裡，沒有棲身之處，只能以無家可歸之人的身分死亡。當他死去時，沒有朋友會撫去他眉間的哀愁，也沒有熟悉的臉龐同情他的處境，俯身凝視他的面容。只有等到天亮，當陽光在她的窗前閃耀，她才會看到窗下的他。喔！她會看著他那悲慘且了無生氣的軀體，落下一滴清淚嗎？還是她會為他青春美好的生命突然倉促夭折而低聲嘆息呢？

這時窗戶打開了，女傭的說話聲擾亂了這神聖的一刻，而且一桶水毫不留情地潑到這名偉大烈士的身上。

原本死意甚堅的英雄，鼻子一哼地跳起身來——然後半空中忽然有東西飛過，接著響起玻璃的碎裂聲，然後傳來有人憤怒地叫罵聲，最後一個嬌小的身影跳過籬笆，在黑暗中不知去向。

過沒多久，湯姆回到家，換好衣服準備上床睡覺，他仔細地在牛油燈下檢視溼透的外衣時，把席德吵醒了。不過席德一看到湯姆的犀利眼神，立刻噤聲，不敢嘲笑湯姆變成落湯雞。湯姆沒說晚禱就上床睡了。席德在心中默默記下這件事。

4

陽光照耀在安祥平靜的大地，平和的小鎮沉浸在溫暖的陽光裡。吃完早餐後，波莉姨媽在家做了一場禮拜，一開始先援引《聖經》章節，接著她稍加創意地引申，並在精采處以摩西在西奈山立下嚴厲十誡的故事為結尾。

接著湯姆聚精會神地背誦著——前幾天席德已經背完的《聖經》詩句。湯姆選擇背誦篇幅最短的〈山上寶訓〉段落。他努力想記住那五言詩句，但花了半小時，只大略搞懂裡面的涵義，無法記清楚每一個字。湯姆的腦海盡是不著邊際的胡思亂想，手也不安份地東摸西玩。

瑪麗表姐抽走湯姆手上的書，要他當場背誦，但他只能在記憶迷霧中勉力前進：「心虛……虛……」

「虛心的人。」

「對、對，虛心的人有……有……」

「有福了。」

「因為天國。」

「因為天國是他們的。虛心的人有福了，因為天國是他們的。哀慟的人有福了，因為……因為他們……」

「必……」瑪麗表姐又提醒湯姆。

「因為他們必……」

「必然拿到什麼……」

「拿到什麼？這什麼呀？」

「是『他們必得』啦！」

「哎唷，是『必得』啊！因為他們必得……哎……哀慟……他們有福了，他們必得……必得哀慟……到底必得什麼？瑪麗！妳怎麼不告訴我？妳怎麼見死不救啊！」

「湯姆呀，你這可憐的小笨蛋，我可不是在逗著你玩，你得再讀一次，記住經文不可。別喪氣，湯姆，你記得住的。如果你背熟了，我有小禮物要給你唷！好了，去背吧，當個好孩子。」

「真的嗎？是什麼？瑪麗！快說，妳要給我什麼？」

「別擔心，湯姆，既然是禮物，就一定是好東西。」

「的確。好吧，瑪麗，我再背背看。」

對禮物的好奇心加上渴望，湯姆這次很認真地用心背誦，居然獲得令人喝采的成果。瑪麗依言給了他一把全新的「巴洛」折疊刀，要價十二分半耶！湯姆開心得手舞足蹈，興奮得不得了。儘管這把刀根本切不斷什麼東西，但這可是巴洛刀耶，多麼珍貴的寶物啊！也許西部的孩子會說它是冒牌貨，但男孩們根本不會想到這回事，八成永遠也猜不到。湯姆用小刀在櫃子上刮來劃去，正打算對準書桌刻幾刀時，就被叫去上星期日的主日學校了。

瑪麗表姐把盛著水的錫桶和一塊肥皂拿給他。他把水桶提到門外，放在板凳上，把肥皂沾溼後就放在一旁，接著捲起袖子把水輕輕倒在地上，就走回廚房拿起掛在門後的毛巾用力擦臉。但瑪麗忽然一把搶走他手上的毛巾，「湯姆，你又亂來了。真是個膽小鬼！水又傷不了你！」

湯姆的伎倆被看穿，顯得垂頭喪氣。瑪麗又把水桶裝滿，這一回湯姆在水桶邊猶豫了好一陣，努力深吸一口後，像鼓足勇氣般的開始洗臉。過了一會兒，他閉緊雙眼走回廚房抓起毛巾，臉上的水珠是他勇敢赴義的證明。但他把臉擦乾淨之後，瑪麗還是不大滿意，因為湯姆的臉洗乾淨了，下巴和脖子卻還是髒兮兮，好像戴了一頂面具——乾淨的臉下面有乾掉的泥土痕跡往後頸延伸，像一條鮮明的國界。瑪麗只好親手把湯姆清洗了一遍。才一下子，湯姆身上的髒污就都不見了，像脫胎換骨一樣變得白白淨淨。瑪麗又用水將他的頭髮沾溼，把他短翹的鬈髮梳得勻稱又服貼。（湯姆偷偷地又費了一番心力讓髮絲乖乖地順下來，想把頭髮拉直；他覺得鬈髮很娘娘腔，也讓他受盡嘲笑，苦不堪言。）接著瑪麗拿出只有禮拜日湯姆才會穿的西裝，這套西裝他已經穿了兩年，他們總說這是「那另一套衣服」，可見湯姆的衣櫥多麼寒酸。湯姆穿上西裝，瑪麗又幫他打理一番：鈕扣一直扣到下巴，領子翻好，撣撣衣上的灰塵，再替他戴上顏色有點斑駁的草帽。現在湯姆看起來帥氣多了，但他覺得渾身不自在，緊張的神態明白顯露，衣服太憋也太挺了，乾淨的衣服總讓他覺得很不舒服。他暗自祈求瑪麗別想起鞋子，但期望落空了——瑪麗拿著用牛油擦得發亮的鞋子走過來。湯姆發起脾氣，抱怨著他老是被迫做不想做的事。

瑪麗安撫他。「拜託，湯姆，把鞋子好好穿上！你是個好孩子。」

湯姆只好一邊低聲咆哮一邊穿上鞋子。瑪麗自己也很快地換好衣服。三個孩子一起出門。上主日學校是湯姆最痛恨的事，但瑪麗和席德很喜歡。

星期日的主日課時間是上午九點到十點半，接著要作禮拜。瑪麗和席德老是主動留下來聽牧師講道，湯姆也只好留下來——但他可不是為了聽道。教堂裡沒有椅墊的高背木板椅坐得下三百人，但教堂其實又小又簡單，連尖塔也沒有，只搭了梯形松木框當屋頂。走到教堂門口時，湯姆後退了一步，對他身邊一樣穿著筆挺西裝的同伴說：「嘿，比利，你有黃色小獎券嗎？」

「有啊。」

「要怎麼跟你換？」

「看你要給我什麼。」

「一顆糖和一支魚鉤。」

「給我瞧瞧。」

湯姆把東西掏了出來，讓比利驗貨。雙方都很滿意，立刻成交。他攔住每個走進教堂的男孩——用兩顆小白石換到三張紅獎券，再用幾樣小東西換到兩張藍獎券；總共花了十到十五分鐘的時間買了各種獎券。接著他才和一群梳洗得乾淨又吵嚷的男孩女孩們一起走進教堂。湯姆一坐到位子上，就和旁邊的男孩開始拌嘴。年長又嚴厲的老師制止他們，但老師一轉身，湯姆就伸手扯了扯旁邊男孩的頭髮。當受害者回頭想找尋罪魁禍首，湯姆立刻低頭佯裝一臉專心地讀書。接著他又用釘子去刺另一個男孩，挨痛的男孩驚呼：「哎唷！」受害者還被老師罵了一頓。湯姆所在的班級永遠鬧哄哄地靜不下來。背誦經文的時候，沒有一個人能背得出口，只能胡謅幾句交差了事。不過，他們用不著擔心，每個人最後都會拿到一張小小的藍色獎券當作獎勵。每張獎券上都印了一句《聖經》經文。只要背得出兩句經文就能領到一張小藍券。十張小藍券可換成一張小紅券，十張小紅券能換成一張小黃券；集得十張小黃券，就能從校長那裡得到一本包裝單調的《聖經》，價值四十分錢。

各位讀者，世上有多少人能孜孜不倦地苦讀並努力記住兩千多句的經文？即使你是虔誠的教徒？然而瑪麗花了兩年贏到兩本《聖經》，還有一個德國裔的男孩領了四、五本──有一次，他還一口氣背了三千句。可惜，他用腦過度，那天之後頭腦就變得不太中用，差點成了笨蛋。這對學校來說實在是一件傷心事，因為在重要場合，校長總會把這個德裔男孩叫出來「表演一番」。除此之外，唯有年紀夠大也夠用功的學生才能集到足夠的獎券來換《聖經》。因此頒發《聖經》是非常少見的重要大事。每當一名用功學生贏得公開頒獎表揚的機會，每個小學者也都會顯得很興奮，期許自己有朝一日也能登台，於是接下來幾週，人人都會用功不懈。湯姆對獎券和《聖經》都毫無興趣，但他生來就渴望榮耀與世人的關注，他早就盤算很久，打算有朝一日登上光榮的寶座。

時間一到，校長拿著一本讚美詩集，手指插進書頁間，站上講台，同時示意大家安靜。主日校長要說話的時候，手上非拿著一本讚美詩集，就像在演唱會中擔綱獨唱的歌手一定會拿著幾張樂譜一樣；奇怪的是，校長並不會照著讚美詩集發表演說，歌手也不會盯著樂譜來唱歌。那為什麼他們不能空手上台呢？其中的道理至今還沒人參透。主日校長年紀約三十五歲，身材清瘦，蓄著淡褐色的山羊鬍，留著淡褐色的頭髮。脖子上漿得挺直的立領幾乎卡到他的耳垂，衣領的立角都快碰到嘴巴了，高聳的立領讓他無法轉動脖子，只能往前看。當他想轉頭時，非得全身轉過去不可。他的下巴下繫著寬大的領結，簡直跟鈔票一樣大，尾端還飾以流蘇。他的靴子非常時麾，尖端像雪橇的角架一樣向上翹起。讓靴尖漂亮地翹起，這可是當時的流行。年輕男子們為了讓靴子頂在牆上好壓住弧形，不惜面牆而坐好幾個小時。真誠坦白的華特斯先生非常尊敬有關宗教的一切，把神聖的宗教儀式和俗世分得一清二楚，連上主日課時的聲音腔調也和平時的他大不相同。

華特斯先生神情誠懇地開口說道：「現在，孩子們，好好地坐正起來，認真聽我說幾句話。對，就是這樣。好男孩好女孩就該這個樣子。我看到有個小女孩正對著窗外發呆，妳是不是以為我站在窗外？以為我站在那棵樹上跟小鳥演講？（孩子們拍手竊笑。）我告訴你們，看到這麼多活潑整潔的小孩聚在這裡，學習做好事，當好人，實在太令我欣慰了。」華特斯先生說不停，實在沒必要全記下來，畢竟他說的話一成不變，我們早已了然於心。

幾個壞孩子玩鬧引起的紛爭打斷了華特斯先生最後三分之一的演說，到處都是此起彼落的竊竊私語，人人都坐立不安，連像磐石一樣沉穩認真的席德和瑪麗也魂不守舍。但是，隨著華特斯先生的聲音慢慢放低，躁動也戛然而止。雖然沒人仔細聽華特斯先生說了什麼，但此刻，孩子們滿懷感謝地以靜默慶祝演說的終結。

原來，主日學校突然來了令孩子們心神不寧的幾位貴客：瑟雪律師、一位虛弱的老先生、一位優雅魁梧有著銀灰頭髮的中年男子和一位尊貴的女士——八成是中年男子的妻子——牽著一個小孩走了進來。湯姆一見到來訪者就如坐針氈，臉頰發燙，緊張萬分，甚至羞愧極了，他再也無法正視深情款款地看著自己的艾美。但他一看到那嬌小的陌生女孩，他的心就燃起幸福的火焰。湯姆馬上又開始耍酷——右拳揍人、左手拉頭、外加擠眉弄眼，盡其所能地裝腔作勢，想讓女孩迷上他，為他獻上掌聲。麻煩的是，湯姆知道自己上回在天仙美女的花園裡出了大糗，不過他寄望重逢的幸福與快樂能洗刷不愉快的回憶。

訪客們坐上最高貴的席位，華特斯先生一結束冗長的演說就向孩子們介紹訪客；原來那位中年男子是身分尊貴的郡法官——對孩子們來說，他可是前所未見的超級大人物。大家幻想著他的吼聲一定像雷聲那樣響亮，生起氣來也很可怕，總之他是不平凡的人物。瑟雪大法官來自十二英里外的康士坦丁堡，孩子們欣羨地想著：這位先生遊歷四方，見多識廣，他一定親眼看過郡法院，聽說法院的屋頂是錫做的呢。孩子們轉著靈活的眼珠，大氣也不敢哼一聲，臉上都是欽佩的神情。大法官是鎮上那位瑟雪律師的哥哥，於是傑夫立刻走上前向伯父打招呼，其他學生都投以羨慕的目光。

「瞧瞧傑夫，他走過去了……快看！他在跟大法官握手耶，握——手——耶！老天爺！真想變成傑夫。」

傑夫聽到大家的竊竊私語，得意地飄飄然。

華特斯先生忍不住在貴客前賣弄一下，他指揮各種歡迎活動、下達命令、表達意見又取消指示，這裡說幾句話，那裡指點一下，到處尋找可以顯露本事的機會。圖書館員也在賣弄，嘀嘀咕咕地抱著一大疊書東奔西走，誇示自己的重責大任。年輕女老師也賣弄起來，溫柔地輕聲安慰遭受責罵的學生，讚許地輕拍乖孩子的肩膀。年輕男老師也忙不迭地藉由責罵學生來展示自己的威權，炫耀自己注重紀律並明察秋毫。其他的老師都忙著在講台上的圖書室和教室間東奔西走，一臉氣急敗壞的樣子。小女孩賣弄的方式也很多，而小男孩更是用力賣弄，紙張亂飛，人人唇槍舌劍。那位偉大高貴的大法官先生坐在高處，帶著明辨是非的微笑俯視全場，沉浸在眾人矚目的喜悅裡——其實，他也在賣弄。

華特斯先生的美夢幾乎全實現了，只差最後一步：頒發《聖經》給認真的好孩子以資鼓勵，好向貴客們炫耀校內人才濟濟。他到處向認真的好孩子們打聽，但只有幾個學生集到一些黃券，沒人集滿十張。此刻，華特斯先生願意不計代價交換那位德裔孩子恢復正常，好讓他能再次上場表演。

當華特斯先生的希望落空，正煩惱不已時，湯姆突然站到講台前，他手上拿著九張黃券、九張紅券加十張藍券要來換《聖經》。好一道晴天霹靂！華特斯先生壓根兒想不到湯姆會收集到那麼多的小獎券。他確認這些獎券都是真的，就算他打心底不相信但也無話可說，只能歡迎湯姆加入法官先生與貴客的行列，坐上特別席。這是十年來最令人意外的大事件——湯姆成了新的英雄，簡直和瑟雪大法官來訪一樣是奇蹟。湯姆坐在瑟雪法官旁邊，一起享受眾人的注目禮。男孩們眼紅極了，不過有一群人卻悔恨不已，因為他們同意與湯姆交換獎券，那一張張獎券湊成了湯姆登上寶座的基石。湯姆之所以如此富有，手上有各種讓男孩們垂涎的寶物，是因為男孩們為了贏得粉刷籬笆的機會而交出所有的身家財產。孩子們悔不當初，終於明白自已被湯姆擺了一道。湯姆真是一條心懷鬼胎的毒蛇啊！

華特斯先生深深地吸一口氣，一邊把獎品交給湯姆，一邊言不由衷地說著讚美的話，因為他知道湯姆一定是用不法勾當才收集到獎券。這調皮搗蛋的男孩怎麼可能背出兩千多段的《聖經》經文？華特斯先生從沒看過湯姆認真地背誦，光是背誦十句話就要湯姆的命了！

艾美希望湯姆看到她多麼以他為傲，但湯姆並沒有看向她，這令艾美困惑不已，忍不住懷疑湯姆變心了。她心神不定，一下子愁雲慘霧，一下子又告訴自己想太多了。她觀察著湯姆的一舉一動，發現他飄忽的眼神停在另一個人身上，她終於確定自己的世界瓦解了，她嫉妒又生氣地流下眼淚，痛恨這世上的每個人。不過，她最恨的當然是湯姆。

華特斯先生向瑟雪法官介紹湯姆，但湯姆緊張得說不出話來，只能屏住呼吸，連心臟都顫抖不已。大法官的威嚴震懾了湯姆，但最令他激動的是，法官就是他意中人的父親。要不是眾目睽睽，他真想謙卑地屈膝跪在法官之前。法官輕撫著湯姆的頭，稱讚他真是一個男子漢，並詢問他的名字。

湯姆結結巴巴了好一陣，好不容易深吸一口氣後說：「我叫湯姆。」

「不對，這時你得說全名——」

「湯瑪斯。」

「你是湯瑪斯。我想說你應該有正式的全名，好極了。名字後面有姓，對吧？可不可以告訴我，你的姓？」

華特斯先生說：「告訴這位紳士，你的姓氏。別忘了加上『先生』，要有禮貌，湯瑪斯。」

「我叫湯瑪斯・索亞。先生。」

「就是這樣。好極了。你是好孩子，非常有教養的好孩子，是一個氣概十足的男子漢。你能背誦兩千句經文很不簡單，非常了不起。你一定花了很多時間苦讀，但努力終有回報，你絕不會後悔自己的付出。知識是世上最珍貴的財富，知識讓人偉大，引人向善。湯瑪斯，有一天你會成為善良的偉人，你會回顧此時，滿懷感激的說，都是因為小時候的主日學校幫我達到現在的成就。一切都要感謝我親愛老師的教誨，多虧好心的校長鼓勵我，看管我，給我一本珍貴的《聖經》，裡面滿是金言錦句。我有了自己的《聖經》就能隨時翻看。多虧我的家庭教育。湯瑪斯，有天你會這麼說。這兩千句經文是無價之寶，你將銘記不忘。現在，你可不可以告訴我和我身邊這位女士，你學了哪些東西？我知道你一定會大方和我分享，我們都喜歡用功的孩子。你一定記得十二門徒的名字吧，可不可以告訴我們，最早兩位門徒的名字呢？」

湯姆侷促不安地拽著鈕扣孔，羞紅了臉。此時，他只敢盯著地板，但說不出話來。華特斯先生看著湯姆怯懦的神情，心沉落到谷底；他安慰自己，也許這麼簡單的問題難不倒湯姆。哎呀，為什麼法官先生要測試湯姆啊？華特斯先生忍不住開口說：「湯瑪斯，回答紳士的問題，別害怕。」

湯姆依舊說不出話來。

「來，跟我說，」瑟雪夫人說，「第一位和第二位門徒的名字是——」

「大衛和歌利亞。」

我們就發發慈悲饒過可憐的湯姆，別提他鬧了多大的笑話。

5

十點半，小教堂的鐘聲響起，鎮民立刻前來參加午前的講道。上完主日課的孩子們和父母們重聚，在家長的監督下，乖乖的坐上高背木椅。湯姆、席德和瑪麗都坐在波莉姨媽的身邊，她讓湯姆坐在遠離窗戶的走道旁，但美妙的夏日一直在呼喚他。走道上擠滿人，有曾經意氣風發、如今年老貧困的郵政局長、市長和市長夫人——別懷疑，這麼小的地方也有市長和其他效益不大的機構。治安官也來了。還有美麗睿智的道格拉斯寡婦，四十歲左右的她為人善良慷慨，住在山坡上那座像皇宮一樣的豪宅裡。她熱情又好客，常舉辦的豪華派對是聖彼得堡的大事。堅持己見但受人尊敬的華德少校和少校夫人也到了。還有遠道而來的貴客——律師瑞弗森先生。接下來是那位全鎮公認的美女，她後面跟著一群打扮迷人、衣服上裝飾著蝴蝶結的青春少女們；年輕店員和職員的頭髮都抹了油，打扮得光鮮亮麗，全都聚集在前廳形成一面人牆，向走進教堂的少女們露出愛慕的微笑；直到最後一名少女走進教堂，大夥兒才散開。最後是那個模範好孩子威利・莫費森，他小心翼翼地陪在母親身邊，好像她是珍貴的雕花玻璃藝術品。威利總會陪著媽媽上教堂，太太們都對他讚不絕口，但男孩都討厭他自認完美的愛現態度。威利的褲子口袋老是露出一截純白的手絹。湯姆沒有半條手帕，他覺得用手帕的小孩都是自負的傢伙。

信徒們都坐定了。教堂的鐘聲再次響起，提醒遲到的人加快腳步。一陣神聖莊嚴的肅靜籠罩教堂，只隱約聽見二樓露台的唱詩班傳來的低低細語。牧師講道時，唱詩班老是竊笑耳語。我只遇過一個有禮貌的唱詩班，但那是好多年前的事，我現在已經記不得那個教堂在哪裡，也記不清當時情境，只模糊地記得應該是在國外的教堂。

牧師史普拉格先生宣布今天的聖詩曲目，他先以豐富的情感向眾人朗誦，那特別的聲調在全國各地都很受歡迎。他開始朗讀時是平和的中音調，接著音調不斷揚升直到在最重要字彙達到高點，然後像從跳板上一躍而下似地下墜：「別人為主奮勇作戰，血汗滿披沙——場，難道自己獨享安逸，逍遙進入天——堂？」

大家都說史普拉格先生是完美的朗誦者，他甚至在牧師的集會中被請上台朗誦詩歌。當他朗誦時，女士們不禁陶醉地高舉雙手搖曳，隨著他話音漸歇，雙手再頹軟地落在腿上。她們閉上雙眼，搖頭晃腦像是在說：「這種感動難以言喻，他的聲音實在太美妙了，這世間再找不到像他那麼動人的聲音。」

唱完聖詩，受人敬重的史普拉格先生用公事公辦的聲音報告各種集會、社團的告示通知，冗長的內容好像永遠也唸不完。雖然現在多由報紙傳遞或宣傳訊息，但這種由牧師向鎮民宣布各種消息的特殊習慣，還留存在美國的許多鄉鎮和城市裡。有時，愈沒有實際效用的傳統習慣愈難以消除。

牧師開始禱告，他的禱詞既激動人心又鉅細靡遺；涵蓋了教堂和孩童、鎮上別的教堂、鎮、郡、州、州政府等美國各地的教堂、美國國會、總統、政府官員、在海上漂流的可憐水手、深受歐洲君主制度與東方專制統治壓迫的百萬人民、上帝的榮光就在眼前卻視而不見，充耳不聞的人們、遠方海上島國的異教徒……等等，最後他希望上主恩准他的懇求，期望他的話語會像落在肥沃土壤的種子一樣，終將開花結果，造福世人。阿門！

話音一落，站著的人們又坐下，衣服裙襬聲窸窣作響。擔任本書主角的那個男孩很不喜歡這場禱詞，他壓抑本性，忍住焦躁不安的心，無意間居然也記住不少細節。他沒有認真聽內容，但他知道牧師掛在口邊的那套陳腔濫調，因此他總能立刻發現與平常不同的字句，內心責怪牧師任意添加內容，埋怨他浪費大好時間盡說廢話。禱告中途，一隻蒼蠅停在前排的椅背上，湯姆的眼睛一亮，看著蒼蠅自在地搓揉雙手，伸出胳膊抱著頭，仔細地把頭來回抹乾淨，簡直就要把自己的頭掰下來似地。牠像絲線一樣細的頸子都露了出來。接著蒼蠅又用後腳撥弄翅膀，那翅膀好像禮服的衣襬，牠輕輕地把它們向上收起。蒼蠅悠閒地打理門面，似乎覺得自己處境安全無虞。的確，湯姆雖然很想伸手抓住蒼蠅，但他擔心在眾人禱告時打蒼蠅，上帝會立刻懲罰大不敬的他。禱告快結束時，他把手彎成碗狀，偷偷地向蒼蠅靠近，大家一說完「阿門」，他伸手一抓，蒼蠅就成了他的階下囚。但是波莉姨媽早就看到他的獵捕行動，要他放了蒼蠅。

牧師的講道內容千篇一律，主題一成不變，慢慢地，許多人開始搖頭晃腦地打起盹來，儘管牧師正在講述地獄裡的各種磨難。在他口中，值得獲救上天堂的人實在太少了，何必大費周章地救他們呢？湯姆數算著講道詞的頁數，每次上完教堂，他都能說出牧師講了幾頁的聖經，但他從不記得講道內容。但此刻牧師描述了一幅壯觀動人的圖像——在千禧年時人們不分種族聚在一起，獅子與羔羊共枕，還有一個孩童帶領大家前進。這引起了湯姆的興趣，他不記得牧師解釋的道理教義，只想著那孩子多拉風帥氣呀。湯姆徜徉在幻想裡，想著如果那隻獅子不會咬人，他真想當那個引領天地萬物的孩童。

牧師的演說很快又變得無趣，湯姆又開始心神不定。他從懷裡掏出一個裝雷管的小盒子，拿在手上把玩。原來盒子裡面裝著一隻下巴堅硬突出的黑色大甲蟲，湯姆把牠取名為「巨鉗蟲」。湯姆一把盒子打開，巨鉗蟲就鉗住他的手指，他痛得忍不住彈了指尖一下就把甲蟲彈了出去，甲蟲腹部朝上的掉落在走道中間。湯姆趕緊張口含住受傷的手指。甲蟲腹面向上動彈不得，腳在半空中無助地划來划去，怎麼掙扎也翻不了身。湯姆盯看著甲蟲，想把牠抓回來，但距離太遠了，他伸長了手也搆不著。正無聊得發慌的信徒們也發現了甲蟲，好奇地盯著牠瞧。

此時一隻貴賓狗漫步晃了過來，一看到在地上掙扎的甲蟲，小狗立刻豎起低垂的尾巴，用力搖了搖。牠盯著這得來不易的玩具，繞著甲蟲走了一圈，小心地隔著安全距離聞聞牠，再繞一圈。小狗膽子大了些，又靠近甲蟲近一點，再深深地聞一下，接著牠張開嘴想叼起甲蟲，可惜沒叼到。於是小狗試了又試，漸漸亢奮起來，壓低了背、肚子貼地，伸出狗掌圍住甲蟲，想握住這小傢伙。玩了好一會兒，累壞的小狗對甲蟲逐漸失去興趣，開始打起盹；小狗的頭一頓一點，愈來愈靠近地板，也逼近地板上的甲蟲，甲蟲看準機會，一躍而上！然後一聲慘叫，響徹教堂，只見小狗不斷用力地甩著頭，把甲蟲拋到幾碼遠之外，可憐的甲蟲又被摔在地上，動彈不得。坐在附近的人看了這一幕只能努力憋笑，許多人用扇子或手巾擋住他們抖動的嘴，逗得湯姆開心極了。

那隻狗氣急敗壞地想要對甲蟲還以顏色。牠又走近甲蟲，試著攻擊：牠在甲蟲周圍跳來跳去，伸出狗掌猛力揮舞，只是招招都離甲蟲一寸遠。不只如此，牠對甲蟲呲牙咧嘴，東咬西咬，甩著頭東搖西晃，耳朵也搧個不停，但牠什麼也沒咬到；牠試了又試，最後決定放棄，轉移目標去追一隻蒼蠅。但一會兒牠又轉移目標，牠把鼻子壓在地板上跟著一隻螞蟻爬了一小段路就累了；牠打打呵欠，嘆了口氣，完全忘了先前的甲蟲，用力一坐就坐到甲蟲身上。下一秒，牠痛徹心腑地慘叫一聲，滑到走道中央。牠一邊大吼一邊東奔西跑，跑過聖壇前，跳到另一條走道再衝過大門，咆哮著繞著教堂跑了一圈還停不下來，奔跑讓牠的痛苦加劇，愈痛牠就跑得愈加速，直到牠成了一團繞著教堂運轉的毛絨絨的彗星，沒人能看得清楚牠的身影。終於，受盡折磨的烈士脫離軌道跳入主人的懷裡。主人把牠往窗外一丟，那慘烈的狗叫聲立刻遠去，慢慢消失。

此時，全教堂的鎮民已經憋笑得快喘不過氣來，個個漲紅了臉，不知何時牧師也已停止講道。很快地，牧師繼續講下去，但語調呆板又猶疑不決，大家都對聽道失去興趣。當牧師描述哀慟的情境，坐在後面的信徒卻不時爆出一陣壓抑的笑聲，好像牧師說了什麼滑稽的話。當牧師終於開始賜福時，大家都慶幸著這漫長的苦難終於結束了！

湯姆回家時心情大好，狗兒和甲蟲把他逗得很開心，這意外的娛興節目讓神聖的禮拜有趣多了。他心中只有一個遺憾，就是沒想到狗兒會帶著他珍貴的巨鉗蟲逃得無影無蹤。

6

星期一早上，湯姆很不開心；應該說，每個星期一早上，湯姆總是不開心。星期一的到來代表他又得去面對學校那漫長的苦刑。他想著要是沒有星期日就好了，每次週末過後的週一都讓他更覺得上學既無聊又痛苦。

湯姆躺在床上胡思亂想，突然想——如果他生病了，就能待在家裡不用去上學？這辦法說不定可行。他東摸西摸地檢查著自己身體，但沒有半點難受的感覺。他鍥而不捨，處心積慮想找出一點毛病；過了一會兒他覺得肚子不大舒服，滿懷希望地等著腹痛加劇。可惜他大失所望，不舒服的感覺一會兒就漸漸淡去。湯姆又展開偵調行動，突然他像挖到寶一樣興奮地發現牙齒上排有顆牙鬆動了。太幸運了！他正想使出拿手好戲，大呼小叫地呻吟一番，但他轉念一想，波莉姨媽一聽到他牙痛，一定會毫不猶豫就把他的牙齒拔下來，那痛可是會要人命呀！於是湯姆決定按「齒」不動，再找找看有沒有哪裡不舒服。但找了好一會兒，都沒結果，這時湯姆想到醫生說過，有個病人因為手指發炎而在床上躺了兩到三週，差點就得截肢。湯姆立刻把在棉被下痠疼的腳伸起來查看，看看腳趾有沒有什麼奇怪的地方。然而，他並不知道醫生提到的病有什麼癥兆，不管了，湯姆決定孤注一擲，他深吸一口氣就張口開始呻吟起來。但旁邊的席德仍舊呼呼大睡。

湯姆更大聲的呻吟，好像腳趾真的痛得要命。

席德還是一動也不動。

這回，湯姆呻吟到喘不過氣來。他停了一會兒又深吸一口氣，發出一陣驚心動魄的哀叫。

席德繼續打呼。

湯姆生氣了，一邊搖晃他一邊說道：「席德！席德！」這回終於奏效，席德悠悠醒來，湯姆立刻躺回床上唉聲嘆氣。席德打著呵欠，伸著懶腰，哼了一聲用手肘撐起上半身，瞪著湯姆。湯姆繼續呻吟。席德說：「湯姆，欸，湯姆！」

湯姆不理他。

「湯姆！你怎麼了？湯姆？」席德用手推推湯姆，緊張地望著他的臉。

湯姆嗚咽地說：「席德，別推我，不要再搖我了。」

「怎麼了？發生什麼事？湯姆，我去叫姨媽過來。」

「不要叫她，算了。我過一陣子就好了。希望不會痛太久。別叫他們。」

「不行，我得跟他們說！湯姆，別叫了，你叫得我頭都痛了！你捱了多久的痛？」

「好幾個小時了。哎唷！不要！千萬不要跟他們說！席德，你會毀了我！」

「湯姆，你怎麼不早點叫醒我？哎呀，湯姆，別這樣！你叫得我都起雞皮疙瘩了！湯姆，你到底怎麼了？」

「席德，以前的帳我都跟你一筆勾銷。（慘叫）你對我做的壞事我都不在乎了，等到我死了……」

「天哪！湯姆，你不會死的，不會吧？別這樣！湯姆！你不會有事的。說不定……」

「席德，我原諒所有人，（慘叫）你要幫我跟他們說。席德，幫我把我的窗格子、還有那隻獨眼貓給鎮上新來的女生，告訴她——」

席德沒聽完就抓起衣服跑出門去。現在，湯姆厲害的想像力發威了，他真的覺得痛不欲生，發出一聲接著一聲痛苦的慘叫。

席德飛奔下樓喊道：「哎呀，波莉姨媽，快來、快來！湯姆快死啦！」

「快死了？」

「對呀，姨媽！沒時間了，快上來！」

「胡說八道！我才不信！」雖然波莉姨媽嘴上這麼說，還是趕忙衝上樓。席德和瑪麗忙不迭地跟在後面。波莉姨媽面色發白，雙唇顫抖，一到湯姆床邊就急急忙忙問道：「湯姆！你怎麼了？」

「啊，姨媽……我……」

「你怎麼了？你怎麼了呀？孩子？」

「哎，姨媽，我那個受傷的腳趾頭死蹺蹺啦！」

老太太噗哧一笑就跌坐在椅子裡，又不禁流出眼淚來，覺得哭笑不得，回復鎮靜後她開口說：「哎呀，湯姆，你真把我嚇壞了！現在別說那些鬼話，快下床吧！」

湯姆停止呻吟，突然間他的腳趾頭一點也不痛了。他自覺做了蠢事地說：「波莉姨媽，我真的以為我的腳趾頭完蛋了，真的很痛，痛到我都忘了我的牙痛啦。」

「你牙痛！你牙齒怎麼了？」

「有顆牙齒鬆了，痛得要命。」

「好啦，別再哀哀叫啦！嘴巴打開讓我瞧瞧。嗯，牙齒的確鬆了，但你不會痛死的啦。瑪麗，幫我拿一條絲線來，再從廚房拿一塊燒紅的炭。」

湯姆立刻說：「拜託，姨媽，別把它拉出來，我不痛了，一點兒也不痛。我不該嚇到你們，沒事的。拜託別拔我的牙齒，我想去上課，我不要待在家裡。」

「哎唷，你想上學？不想待在家啦？所以你鬧了那麼大名堂就只是想待在家裡，好去抓魚玩耍？湯姆呀湯姆，我那麼愛你，你卻盡搞這些名堂來傷我這老人家的心呀。」波莉姨媽一說完，拔牙工具也都拿來了。老太太把絲線的一端繫在湯姆的牙齒上，另一端繫在床柱上。接著她拿起木炭猛地就往湯姆的臉撞過去，眼看就要碰上了，湯姆嚇得急忙往後一閃。這一閃躲，牙齒就被拔了下來，掛在床柱旁晃來晃去。

人生有所失就有所得。

湯姆在上學途中，利用上排牙齒的缺口發明了一種全新的吐痰方式，看得人人稱奇，每個男孩都羨慕得不得了。一大群孩子簇擁著湯姆就想看他吐痰；之前那個手指受傷而成為眾人焦點的男孩已被人遺忘，過去的榮耀離他遠去。男孩悶悶不樂，故作不屑地說湯姆的吐痰沒什麼了不起，馬上有人反擊他「吃不到葡萄說葡萄酸」，於是鬱鬱不樂的過氣英雄黯然走開。

過了不久，湯姆遇見鎮上出名的壞孩子哈克貝利．芬恩。哈克貝利有個酒鬼老爸。媽媽們對哈克貝利又怕又恨，因為沒人管教的他遊手好閒，到處惹事生非。但所有的孩子都很佩服他，想學他做些大人不准的勾當，變得像他一樣大膽妄為。湯姆和其他家境不錯的男孩一樣，很羨慕沒人管的哈克貝利，但又被大人限制不能跟他玩。因此，他一逮到機會就偷偷跑去找哈克貝利。

哈克貝利老是穿著別人丟棄的破爛衣物，大大的衣服隨風飄盪；戴著一頂寬大破爛的帽子，帽緣也都裂開了。有時他穿一件長到腳跟的外套，背後的扣子都拖到臀部。他的吊帶褲頭只有一條吊帶，過大的褲子鬆垮垮的，原該在臀部的口袋垂在腿上，裝不了東西。如果他不把褲管捲起來，走路時就會拖在地上，揚起一片塵土。

哈克貝利總是自由自在地來來去去。天氣好的時候，他就在人家的門階上睡覺，下雨時就躲進空的大木桶裡打盹。沒人強迫他去上學或上主日學校，也不需要聽老師的命令或服從誰的話。他想釣魚就去釣魚，想游泳就去游泳，想去哪兒就去哪兒。沒人禁止他打架，他徹夜不睡也沒人管。春天時，他是第一個脫掉鞋子，打赤腳嬉戲的男孩；秋天時，他也是最後一個把鞋子穿上的男孩。沒有人要求他洗澡或換上乾淨的衣服，他出口成髒也不會挨罵。簡而言之，男孩們夢寐以求的就是哈克貝利的生活方式——聖彼得堡小鎮每個常挨打被罵、整天被嚴加管教的好男孩都想當哈克貝利。

湯姆向這位傳奇浪子哈克貝利打招呼：「哈囉，哈克貝利！」

「你好啊，瞧這玩意兒，你喜歡嗎？」

「那是什麼？」

「一隻死貓。」
「讓我瞧瞧！哈克！老天爺，牠整個硬掉了。你在哪裡找到的？」
「從一個男生手上買下來的。」
「你拿什麼跟他買？」
「我給他一張小藍券和我從屠宰場那兒偷到的一個豬膀胱。」
「你怎麼會有小藍券？」
「兩個禮拜前用做鐵環的鐵條向班換的。」
「哈克，死貓能拿來幹嘛？」
「死貓？能治好肉疣啊！」
「不會吧！真的嗎？我知道更有用的辦法耶！」
「我才不信咧，你說說看是什麼。」
「就是仙露水啊！」
「仙露水咧！我才不相信什麼仙露水。」
「你不信？你又沒試過！」
「沒錯，我沒試過，但鮑伯試過啦！」
「誰跟你說的？」
「他跟傑夫說，傑夫跟強尼說，強尼跟吉姆說，吉姆又跟班說，最後班跟一個黑男孩說，黑男孩就跟我說啦！就是這樣。」

「那又怎麼樣！他們都是騙子，老是說謊。也許黑人沒說謊，我不知道，我不認識他。但我沒見過不說謊的黑人！你倒是告訴我，鮑伯是怎麼用仙露水的。」

「哎，他就找了汲滿了雨水的腐壞樹幹，把手浸在那水裡。」

「他是白天時沾的嗎？」

「當然囉！」

「他有面向樹幹嗎？」

「有啊！我記得他是這麼做。」

「他沾水時有沒有說咒語？」

「我記得沒有。這我就不知道了。」

「這就對啦！他這樣瞎搞，還說仙露水治不了肉疣！當然沒用啦！你得一個人走進樹林，一直走到有仙露水的樹幹那兒，到了午夜時，背對著樹幹把手伸進水裡說：『大麥粒呀大麥粒，印第安人幫幫忙，仙露水呀仙露水，快快治好壞肉疣！』接著閉眼快走十一步，轉三次圈，最後不要說話，趕快回家。如果你路上跟別人說了話，魔法就失效啦。」

「嗯，你說得挺有道理，不過鮑伯沒這麼做。」

「當然沒有，先生，他絕沒這麼做，因為他是全鎮裡最多肉疣的傢伙。如果他知道仙露水怎麼用的話，那些疣早就治好啦。我老是玩青蛙，所以手上老是長疣，就是靠這方法弄掉我手上幾千個肉疣。哈克，有時我用豆子治疣。」

「沒錯，豆子挺有用的，我也用過。」

「真的嗎？你都怎麼用？」

「你把豆子分成兩半，再切開一點肉疣，流幾滴血，接著把一半的豆子沾血後，等到午夜，月亮被遮住時，在十字路口挖一個洞把它埋起來；然後把另一半的豆子燒掉。沾了血的豆子會想辦法把另一半豆子吸過去，這樣就會把肉疣裡的血吸出來，過一下子肉疣就消了！」

「沒錯，就是這樣。哈克。不過呢，如果你在埋豆子的時候，說：『下沉吧，豆子！退散吧，肉疣！別再來煩我！』會更有效喔！喬都這麼做，他見多識廣，去過許多地方，還差點去了康維爾。話說回來，你要怎麼用死貓來治肉疣？」

「哎，我說給你聽。你要等有壞蛋死掉下葬，三更半夜時帶著死貓去墓園。午夜時魔鬼就會出現，說不定還成群結隊呢！你看不見魔鬼，但你會聽到一股詭異的風聲，就是牠說話的聲音。牠們把那壞蛋帶走時，你把貓交出去，說：『魔鬼跟著死屍，貓跟著魔鬼，肉疣跟著貓，我跟你一刀兩斷！』牠們就會順手把所有的疣都帶走啦！」

「聽起來很有用！哈克，你自己試過嗎？」

「還沒，是霍普金斯老婆婆跟我說的。」

「果然沒錯，我就猜是她說的。大家都說她是女巫。」

「對呀！湯姆，不用你說，我也知道她是女巫！她對我爸下咒耶！我老爸親口說的。有一天他遇到那個女巫，看到她在對他施咒，我爸立刻拿了石頭丟她，沒想到她躲得很快，不然我爸一定會逮住她。那天晚上，他喝完酒就找了一間小屋睡覺，不知怎地就摔了一大跤把手都摔斷了，動彈不得。」

「哎唷，真是太可怕了！他怎麼知道是女巫在施咒啊？」

「老天爺！我老爸一眼就看出來了，如果她們目不轉睛盯著你看，那就是在迷惑你，如果她們還唸唸有詞就是在施咒。因為他們施咒時會把《主禱文》倒著唸。」

「原來如此。哈克，你什麼時候要試那隻死貓？」

「我今晚就要用，我猜那些魔鬼今晚就會來取老荷斯．威廉斯的靈魂。」

「老威廉斯在星期六就下葬了，牠們沒在星期六來帶他走嗎？」

「你在說什麼？午夜過後，魔鬼才會出現，但星期六一過午夜就是星期日啦！魔鬼才不會在安息日跑出來到處亂晃，不可能啦！」

「我從沒想過這回事耶，挺有道理的。我可以跟你去嗎？」

「好啊，如果你不怕的話。」

「我怎麼會怕！我才不怕呢！你會學貓叫嗎？」

「會啊！不過你也得用貓叫回應我一下才行。上回你讓我喵了好久，海斯那老頭不但向我丟石頭還說：『該死的貓！』我氣死了，就朝他的窗戶丟了一塊磚頭！不過，你不能跟別人講。」

「我不會講出去。那晚我不能喵你，是因為姨媽盯著我。這回我會喵的。咦，那是什麼？」

「沒什麼，只是一隻蜱蟲。」

「你在哪裡抓到的？」

「在樹林裡。」
「你要什麼東西才願意賣牠？」
「不知道，我不想賣。」
「好吧，反正這隻蜱那麼小。」
「拜託，你別吃不到葡萄就說葡萄酸。我喜歡這隻蜱，對我來說，牠好得很。」
「隨便啦，蜱蟲到處都是，我要的話，抓個一千隻都沒問題。」
「你很會說大話，你怎麼不去抓抓看？因為你心知肚明自己抓不到。這隻蜱蟲出現得早，是我今年看到的第一隻蜱蟲呢。」
「拜託！哈克，我拿我的牙齒跟你換牠啦。」
「給我看看你的牙齒。」
湯姆掏出一個紙團，然後小心翼翼地攤開給哈克貝利看裡面包著的牙齒。哈克貝利飢渴地望著牙齒，非常心動，最後他說：「真的是你的牙齒？」
湯姆抬起嘴巴，露出缺了一角的牙齒。
哈克貝利說：「哼！好吧，成交！」
湯姆把蜱蟲放進原本囚禁大鉗蟲的雷管小盒裡，完成買賣的男孩心滿意足地分道揚鑣，兩人都自認變得更富有了！
當湯姆走近孤立在角落那個充當學校的小木屋，不禁神氣地邁開步子，一副理直氣壯的樣子。他大大方方地把帽子掛到掛勾上，敏捷地坐進位子。學生們唸書的嗡嗡聲像是催眠曲，老師坐在高高的木製大扶手椅上打著盹，被突然走進教室的湯姆驚醒。

「湯瑪斯・索亞！」

湯姆知道有人叫他全名時，代表他的麻煩大了。「是，老師！」

「到這裡來。現在，告訴我，你怎麼又遲到了？」

湯姆原本打算說個謊息事寧人，但此時一個熟悉的身影映入眼簾，那兩條金色的長髮辮多麼顯眼呀！一道愛的電流立刻傳遍他的全身。而且，她的旁邊居然有個絕無僅有的空位！湯姆立刻說：「我在路上和哈克貝利聊天。」

老師大吃一驚，一時之間說不出話來，直直地瞪著他看。唸書的嗡嗡聲靜止了，孩子們都抬起頭看著這場好戲，想著湯姆這笨蛋八成瘋了！

老師終於說話：「你……你做了什麼好事？」

「我在路上停下來跟哈克貝利聊了幾句。」

老師確定自己沒聽錯。「湯瑪斯，我從沒聽過這麼驚人的告白。你犯了天大的過錯，光打你一頓還不夠，把外套脫下來。」

老師毫不留情地鞭打湯姆，直到他的胳膊累了，動作慢了下來。接著他下令：「現在，你去坐女生那邊！這是給你的教訓！」

孩子們交頭接耳地嘲笑得和女生坐在一起的湯姆。

讀者們一定以為湯姆困窘得不得了吧！正好相反！湯姆一想到計策奏效就沾沾自喜，坐在心上人身邊讓他全身輕飄飄地。他一坐在松木凳的一端，那女孩就輕輕甩頭往旁邊挪了挪，好離他遠一點。孩子們看著這場好戲，紛紛擠眉弄眼地推來擠去，竊竊私語。而湯姆正襟危坐，手臂安放在又長又矮的書桌前，一臉用功地讀書。

慢慢地，孩子們不再注意湯姆了，沉悶的空氣裡又迴盪著嗡嗡的唸書聲。湯姆不時偷瞄著女孩，兩人的眼神一對上，她對他做了個鬼臉就把頭甩開，用後腦勺對著湯姆整整有一分鐘。等到女孩故作自然地把頭轉回來，意外地看見自己的手旁邊有一顆桃子。她把桃子推給湯姆，但湯姆把它推回來；女孩又推過去，但這回她的表情不再惱怒。湯姆耐心地再把桃子推給她，這一次她沒有推開。湯姆用粉筆在石板上寫：「拜託收下桃子，我有很多。」女孩瞥了他一眼，沒有說話。湯姆開始在石板上畫圖，還用左手臂擋住女孩的視線。女孩一開始裝作什麼也沒看到，但好奇心牢牢控制了她。湯姆埋頭畫圖好像忘了身邊的女孩。女孩故作不經意地偷看一下，但男孩仍然沒注意到她的動作。最後女孩怯怯地小聲說道：「讓我看一下。」

湯姆移開手，露出一幅乏善可陳的畫作：一棟有兩面山形牆的小屋，螺旋般的煙從屋頂的煙囪裊裊升起。女孩出神地盯著畫，把課堂忘在一旁。等湯姆畫好，她仔細地審視一番，低聲說：「畫得真好，再加一個人吧。」

畫家立刻在前院裡加了一個人──與其說是人，還不如說是巨大的人形鐵絲架，他一伸腳就能跨過旁邊小小的屋子。女孩並不挑剔湯姆畫得不成比例，反而很喜歡這個巨無霸怪物，又小聲說：「你把他畫得真帥。現在畫一個我吧！畫我走過來的樣子。」

湯姆畫了一個玲瓏有致的沙漏當作她的身體，再畫了滿月當她的臉蛋，還有像草桿一樣細的四肢，伸開的手指撐著一把怪異扇子。女孩說：「實在太美了！真希望我也會畫畫！」

湯姆小聲回答：「畫畫很簡單，我可以教妳。」

「你願意教我？什麼時候？」

「中午妳會回家吃飯嗎？」

「如果你願意教我畫畫，那我就留在學校。」

「好，太好了。妳叫什麼名字？」

「貝琦．瑟雪。你呢？喔！我知道了！你叫湯瑪斯．索亞。」

「大人要揍我時才叫我湯瑪斯．索亞。大家喜歡我的時候都叫我湯姆。妳叫我湯姆吧，好嗎？」

「好。」

湯姆又在石板上寫字，但他遮著不給貝琦看。這回，她不再裝模作樣，直接拜託湯姆給她瞧瞧。湯姆說：「別看，沒什麼。」

「我要看，一定很有意思。」

「不，真的沒什麼，妳不會想看的。」

「我就想看，我非常想看！拜託給我看一下。」

「妳會跟別人說。」

「不，我不會，我發誓、發誓、再發誓，絕對不跟別人說。」

「妳不會跟任何人說？有生之年都不說出去？」

「我絕對不會跟任何人說。可以了吧，讓我看一下。」

「妳不會想看的啦！」

「你都逼我發誓了，我非看不可！」貝琦把小巧的手放到湯姆手上，用力地推開他的手。湯姆假裝奮力抵抗後失手，剛好露出他寫的三個字：「我愛你。」

「哎唷，你這壞小子！」貝琦滿臉通紅地敲了敲他的手，但看起來很得意。

就在這個關鍵時刻，湯姆突然覺得耳朵一緊，他的耳朵被人掐住了！不但如此，那隻手慢慢地加上力道，把他提了起來。湯姆痛得動彈不得，只能任由老師把他拎起來，拖著他穿過教室，把他扔回原本的座位。孩子們的訕笑響徹教室，湯姆羞愧得全身發熱。老師生氣地在他面前站了好一陣子，才一言不發地走回神聖的寶座。雖然湯姆的耳朵痛得不行，但他心裡甜滋滋的。

教室裡的騷動終於平息，湯姆這回努力想認真上課，但心裡一直靜不下來，魂不守舍。接下來的朗讀課，他犯了一堆錯，把字都搞混了。到了地理課，他把湖泊當成山丘，山丘說成河流，河流成了大陸，世界回到混沌狀態。拼字課時，他連最簡單的字也拼錯了，居然拿了全班最後一名，他只得交出那個讓他風光了好幾個月的白鐵獎牌。

7

湯姆愈想努力用功，思緒就愈天馬行空，最後他重重地嘆了一口氣，打個呵欠就完全放棄了。他想著上午的課多麼漫長，午休時間怎麼還遲遲不來？教室死氣沉沉，空氣悶熱，真是讓人昏昏欲睡啊！二十五名辛勤用功的小學者喃喃唸書的嗡嗚聲就像催眠曲一樣催人入夢。在烈陽的那一頭，卡地夫山在蒸騰的熱氣中像塊柔軟的綠氈一樣綠意盎然，遠遠望去，它就像染上了一層薄薄的紫暈。幾隻小鳥慵懶地在高空中滑行，附近除了幾頭愛睏的乳牛外，沒有其他動物。湯姆的心揪緊了，他多渴望自由啊！真想做些有趣的事來度過這沉悶枯燥的日子。他把手伸進口袋，東掏西翻，突然面露喜色，心生感激——這就是人們禱告時的心情，不過湯姆並不知道。他偷偷地把雷管小盒子拿了出來，在又長又平的課桌上釋放那隻蜱蟲。蜱蟲心裡八成也像祈禱終獲回應的信徒一樣感激涕零。不過牠高興得太早了，正當牠動身實行逃跑計劃時，湯姆更快一步地用針把牠撥到另一個方向。

湯姆的患難之交喬就坐在他旁邊，原本百無聊賴的他此刻也緊盯著蜱蟲，這場突如其來的娛興節目就像久旱逢甘霖一樣令他感恩極了。湯姆和喬在上課日是莫逆之交，但一到星期六就成了沙場上奮命廝殺的死對頭。喬從衣領下也抽出一根細針，和湯姆一起折磨這名不幸的囚犯。逗弄獄囚的遊戲愈演愈烈，但湯姆覺得兩人互相阻礙，無法盡情玩弄蜱蟲。他把喬寫字的石板放到課桌上，在中間畫了一條線，說：「現在，蜱蟲跑到你那邊時，你可以盡情玩牠，我不鬧你。等到牠跑到我這邊來，就輪到我玩牠，你不能來干涉我。除非牠又跑到你那邊去。」

「好，就這麼辦，你先開始吧！」

才一眨眼，蜱蟲就逃出湯姆的領地，跨越寫字板的赤道線，跑到喬那兒去了。喬玩弄了牠一陣，牠又立刻逃到湯姆那一邊；過一下子又跑來喬這邊。就這樣，蜱蟲在兩人的領地間跑來跑去。當一個男孩逗弄蜱蟲時，另一個就認真觀察戰事，兩顆頭都專注地伏在寫字板上，愈靠愈近，完全忘了他們還在上課。最後，喬似乎開始走運了。蜱蟲往這邊繞繞，又往那兒走走，和盯著牠看的男孩們一樣興奮又緊張，可是每次蜱蟲就要越線到另一邊，湯姆心癢癢地準備拿針逗弄牠的時候，喬總是會出手止住蜱蟲，讓牠轉往別的方向，留在他的領地上。湯姆實在等不下去了，他想趕快玩，因此他伸出手用針挑了蜱蟲一下。喬看到了，氣極敗壞地說道：

「湯姆，你別動牠！」

「我只是想逗牠一下，喬。」

「不行，這樣不公平，你不能動牠！」

「又不是我的錯，誰叫牠那麼好玩，我不會一直弄牠啦。」

「我再說一次，別動牠！」

「好啦，我不會了啦。」

「你不能這樣，牠明明在我這一邊耶。」

「拜託，喬，你沒忘記那是誰的蜱蟲吧！」

「我不管牠是誰的，只要牠在我這一邊，誰也不能動牠！」

「是嗎？那我才不管你，我要玩牠就玩牠！牠是我的蜱蟲，我要怎麼玩是我的事，要牠活就活，要牠死就死！」

教鞭毫無預警地落在湯姆肩上，接著打在喬的肩膀上。不只如此，接下來兩分鐘內，教鞭毫不留情地輪流落在兩個男孩身上，他們外套上揚起的灰塵讓教室煙霧迷漫，其他孩子都樂壞了。兩個男孩剛剛只顧著蜱蟲爭奪戰，沒注意到周圍鴉雀無聲，老師早就發現他們沉迷遊戲，躡手躡腳地走了過來，還欣賞好一陣子蜱蟲的精采演出，才快如閃雷地揮舞教鞭。

午休時間一到，湯姆立刻飛奔到貝琦身邊，在她耳旁小聲地說：「戴上帽子，假裝回家。妳走到轉角時，避開其他人，走到小巷子再繞回來。我會走另一條路，也會把其他人甩掉再跟妳會合。」

於是他們各自和一群學生走出校園。過了一會兒，兩人在巷子底會合，一起折回學校，空蕩蕩的教室成了他們的遊樂園。他們坐在一起，在桌上放了一塊寫字板，湯姆給了貝琦一枝鉛筆，然後他握住貝琦的手，一筆一劃地帶她畫出一棟令人驚艷的房子。過了一會兒，兩人對畫畫失去興趣，就嘰嘰喳喳地聊起天來。湯姆覺得自己徜徉在至高無上的幸福裡。他說：「妳喜歡老鼠嗎？」

「不喜歡！我最討厭老鼠了！」

「喔，我也討厭，我討厭活老鼠。不過死老鼠倒挺有趣的，可以用線串起來，在頭上甩來甩去，很好玩。」

「那又怎樣？老鼠真的很噁心，我沒興趣。我喜歡口香糖。」
「哎呀，我也是耶！如果我有口香糖就好了。」
「我有口香糖喔，你要嗎？我可以讓你嚼一下，不過等一下你得還給我才行。」
氣氛真是太好了！他們輪流嚼著口香糖，心滿意足地在長凳下甩著雙腿，盪來晃去的。
湯姆問道：「妳看過馬戲團嗎？」
「看過呀，我爸爸說如果我聽話，他會再帶我去看馬戲團唷。」
「我看過三、四次馬戲團——我常常看唷！馬戲團比教堂禮拜有趣多了。馬戲團有好多表演，都超級精采。我長大要去馬戲團裡當小丑！」
「哇噻，真的嗎？太棒了，小丑很可愛，穿著彩色點點的衣服，超好看的耶！」
「對呀，很酷吧。而且他們還能賺進大把大把的鈔票耶，一天差不多可以賺一塊錢喔。這是班跟我說的。對了，貝琦，妳訂過婚嗎？」
「那是什麼？」
「訂婚就是兩個人說好要結婚呀。」
「我沒訂過。」
「妳想訂婚嗎？」
「應該想吧。我不知道耶，訂婚是什麼樣子？」
「什麼樣子？很難形容耶。就是妳跟一個男生說，從今以後妳只跟他一個人好，然後妳要親他一下，就結束了。每個人都可以訂婚。」

「親？為什麼要親一下？」

「嗯……其實……總之大家都這麼做啦。」

「大家？」

「對呀，大家談戀愛時都這麼做呀。妳還記得我在石板上寫了什麼嗎？」

「嗯……我記得。」

「我寫了什麼？」

「我才不說。」

「那我告訴妳。」

「嗯……不要現在說，下次再說。」

「才不要，我現在就說。」

「不、不要，等到明天再說。」

「不要啦，我想現在說，拜託啦，貝琦，我會小小聲說，小聲講就不會有人聽到。」

貝琦猶豫不決，湯姆把她的沉默當作默認，他手環繞著她的腰際，輕柔地對她呢喃，吐出的氣息拂過她的耳際。「現在輪到妳了，妳也要小聲地對我說這句話。」

貝琦抗拒了一下，說：「你把臉轉開，不要看我，那我就會說。但你不能跟別人說喔。你會說出去嗎？湯姆？你絕不能說出去，知道嗎？」

「不會的，我不會跟別人說。貝琦，快跟我說啦。」

湯姆把頭轉開，貝琦羞怯地傾身靠近他，直到她的呼吸吹在他的鬢髮上。她低低地細語：「我……愛……你。」

一說完她就立刻跳開，在課桌和木板凳間穿梭跑著，湯姆在後面追著她，最後貝琦躲到角落裡，翻起小巧白淨的圍裙遮住了自己臉。湯姆緊緊地抱住她，雙手環住她的頸項，哀求道：「好了，貝琦，我們都說了，現在就差親親了！妳別怕，親親一點也不可怕。求求妳，貝琦！」他扯下圍著貝琦小臉的圍裙，試著掰開遮住她臉的手。慢慢地，貝琦終於放棄阻擋，把手放了下來。剛才一陣拉扯讓她的臉染上一陣紅暈，此刻她嬌羞地露出溫順的神情，湯姆親吻了那紅豔的唇。

「我們辦到了！貝琦！現在我們訂了婚，以後妳只愛我一個人，妳只能嫁給我，不能嫁給別人。我們會相守直到永遠！妳願意嗎？」

「我願意，我會只愛你一個人。湯姆，我不會嫁給別人，只會嫁給你。你也不能娶別人喔，只能娶我。」

「當然囉！就是這樣。不止如此，別人看不到的時候，我們上學或放學都要走在一起，妳一定要跟我走在一起。舞會的時候，妳要選我作伴，我也會選妳，訂婚的人都是這樣。」

「聽起來真棒，我從來不知道有訂婚這一回事。」

「太開心啦！我終於甩掉艾美啦——」

貝琦睜大了眼，湯姆這才發現自己說溜了嘴，鑄下大錯，緊張地停住口。

「天哪，湯姆！你居然跟別人訂過婚！」貝琦啜泣起來。

湯姆趕緊解釋：「別哭，貝琦，我已經不喜歡她了。」

「才不，你喜歡她，湯姆，你明明還喜歡她。」

湯姆想用手臂環住貝琦的肩膀，但貝琦把他推開，轉向牆壁，號啕大哭。湯姆說著安慰的話，再試著抱住她，但又被她推開。湯姆生起氣來，驕傲地甩頭走出教室，留下貝琦一個人。他在門外站了一會兒，焦躁不安地邁著大步來回走，每過一會兒就往教室裡面望一望，等著貝琦感到後悔跑出來找他和好。但湯姆等不到貝琦，不禁後悔起來，擔心自己做了傻事。要心高氣傲的湯姆退讓求和可不是一件容易事，但這回他鼓足勇氣走回教室，看見貝琦仍舊在站角落，面向牆壁啜泣著。湯姆深深受到了打擊。他走向女孩，呆呆地站在旁邊，不知道該怎麼做才好。最後他吞吞吐吐地說：「貝琦，我……我真的只喜歡妳。」

貝琦沒回答，還是哭不停。

「貝琦……」湯姆哀求著：「貝琦，妳說說話嘛。」

貝琦哭得更傷心了。

湯姆在身上東翻西找，終於找到一個他最重視的寶物——一枚柴薪架的銅製把手。他把這份貴重珍寶遞過去給貝琦。「貝琦，求求妳把這個收下，好嗎？」但她手一揮，就把那個銅把手揮到地上。湯姆一愣，立刻大步邁出教室，頭也不回地一直走到遠遠的山丘。

過了好一陣子，貝琦終於發現情況不對勁；她跑向門口，沒看到湯姆的身影；她又跑到遊戲場，湯姆也不在那裡。

她大聲喊道：「湯姆！回來！」但沒有半點回音。

周圍沒有半個人影，寂靜與孤獨籠罩著她。她傷心地往地上一坐，抱頭痛哭，還把漂亮的髮辮都拆掉了。這時，吃過午餐的學生們陸陸續續回到校園。被陌生人圍繞的貝琦無法向人訴說內心的哀傷，她不得不強裝鎮定，壓抑那刺痛的苦楚，努力撐過漫長又無趣的下午課。

整個下午湯姆都沒有再回學校上課。

8

湯姆在小巷窄弄間東閃西挪，避開返回學校上課的學生，形單影隻又鬱鬱寡歡地走著。他在一條小溪跳來躍去，因為孩子們之間盛傳要甩掉追兵就得跨過水流，才能抹掉足跡。半小時之後，他已走到卡地夫山頂的道格拉斯家，繞到那華麗的大宅第後面。從這裡望過去，學校遠遠落在他身後的山谷裡，幾乎看不見了。他走進枝枒茂密的樹林裡，一直走到深處一棵盤根錯節的大橡樹旁，他找了一塊長滿綠茸茸苔蘚的地方就坐了上去。正午的炎熱讓大地變得懶洋洋，鳥兒也不再鳴唱，連微風也沒有，大自然慵懶地沉浸在夢一般恍惚境界，只有遠處啄木鳥偶爾傳來的啄木聲，更襯托出周圍的死寂與孤獨。

男孩的心被憂傷佔據，死寂的樹林正是他內心的寫照。他把手肘撐在膝蓋上，用手托著下巴，陷入沉思。他想著，人生真是一連串無止無盡的磨難啊。他不禁有點羨慕最近過世的哈吉斯先生，想著他終於掙脫人世牢籠，沉沉地睡去，盡情作夢，任由風在枝枒間低語，輕拂過墳墓上柔軟的綠草與小花，不用再承受活著時的痛苦，多愜意啊！他真後悔沒有乖乖按時上主日學校，那麼現在即使一死百了，他也沒有任何遺憾，可以直上天堂。他又想到了那個令他傷心欲絕的女孩，他到底做了什麼？他明明什麼也沒做啊！他滿懷善意只想討她歡心，卻被她當成狗——她把他當狗一樣！有一天，她一定會後悔的。也許那時一切都已太遲了！唉，如果他可以暫時死一回就好了！

但他年輕不羈的心沒辦法難過太久。過了一會兒，湯姆就考慮起現實問題。如果他此時轉身離去，神祕地銷聲匿跡呢？如果他走得遠遠的，甚至越過大海，到另一端未知的世界呢？如果他一去不回呢？貝琦會怎麼想？他又想到當小丑的志向，忍不住羞愧起來，多可笑呀！一想到迎向未知世界的浪漫冒險，小丑的把戲和笑話就變得毫無生趣，七彩圓點的緊身褲也變得可笑極了。不，他才不要當小丑，他要當士兵，歷經長年征戰終於回到故鄉，帶回令人嘖嘖稱奇的沙場故事。不，不止如此，他還要加入印第安人去獵捕水牛，走遍西部壯麗的山峰和杳無人跡的曠野，到處打仗。多年之後，他會成為大首領，身上盡是駭人彩繪，頭上戴著七彩羽毛，在一個昏昏欲睡的夏日早晨闖進主日學校，發出讓人聞風喪膽的戰呼，往日同伴都會艷羨不已地盯著他看。

不，這樣還不夠，他要成為更厲害的大人物！他要當海盜！太好了，當海盜才是他的終身志業！這一回，他看見了光輝燦爛的未來。想想看，全世界都會知道他的名號，只要一提起他的名字，大家就會怕得渾身發抖。他會駕著又長又低的黑色快艇「暴風怒神號」衝進驚濤駭浪，他那可怕的旗幟將在海上無懼地飄揚。當他的聲勢如日中天之際出奇不意地回到小鎮，大步邁進教堂，歷經風吹日曬、膚色黝黑的他穿著黑色天鵝絨的西裝上衣和褲子，腳上套著皮靴，身上掛著鮮紅色的飾帶；皮帶一邊裝著長馬槍，另一邊掛著嗜血的彎刀，帽簷垂著羽毛。當他得意地攤開畫著可怕骷髏頭和交叉人骨的黑色旗幟，大家會交頭接耳地說著：「那就是大海盜湯姆．索亞！西班牙海上的闇黑復仇者！」他志得意滿地迎接人們的驚嘆。

好極了！湯姆下定決心選定志業：他要逃家加入海盜。明天一早就這麼做。現在他得趕緊把家當打包齊全，準備啟程。他走到附近一塊腐爛的木頭旁邊，拿出巴洛刀在地上用力挖，一下子就挖到一塊木板。他把手放在木板上，嚴肅地喊出咒語：「還沒到來的，快來！已在這裡的，留下！」

他把上面的泥土撥開後，就露出一塊松木板。他打開木板，原來這是一個小小的松木寶盒，裡面放了一顆水晶彈珠。但湯姆一臉意外，困惑地抓抓頭，說：「怎麼失靈了！」他生氣地把彈珠往旁邊一丟，站著沉思，他和同伴們一直深信不疑的魔法失效了！孩子們相信只要把彈珠埋起來，再說上幾句咒語，然後等兩週之後，再說咒語把盒子打開，就會發現過去弄丟的彈珠——不管遺失多久、在多遙遠的地方弄丟的——全都會跑回盒子裡。然而，這次法術卻失靈了，湯姆堅定不移的信念被連根拔起。

湯姆知道法術成功的許多例子，從未聽過有人失敗。他親身試過好幾次，只是每次他都忘了把彈珠藏在哪裡，所以從來不知道到底有沒有召回彈珠。他想了好一陣子，終於得到結論，一定是女巫從中作梗，破解了他下的咒語。這樣一來，就能解釋為何魔法會失效了。他躺到小沙堆裡，對著像漏斗的凹陷處喊道：「小甲蟲！小甲蟲！快告訴我發生了什麼事！小甲蟲！快告訴我發生了什麼事！」

過一下子，沙堆有了動靜，一隻黑色小蟲子冒了出來，又立刻逃進土裡。

「牠什麼也不敢說，一定是女巫做的好事，我就知道。」

湯姆知道自己沒能耐和女巫鬥法，只能悶悶不樂地投降。他突然想到剛剛不應該把那顆彈珠丟掉，於是認真地到處尋找，但是什麼也沒找到。他又走回埋寶藏盒的地方，小心地站在之前拋彈珠的位置，接著從口袋裡拿出另一顆彈珠，像之前一樣把彈珠丟出去，喊道：「好傢伙，把你的好兄弟找出來。」

湯姆盯著彈珠落下的地方，立刻趕過去翻找。但他找了兩次都徒勞無功，彈珠一定是掉得太近或彈得太遠；所幸他最後一次的搜索行動成功了，終於找到落點相隔約一英尺遠的兩顆彈珠。

這時森林深處突然響起錫製的玩具喇叭號角聲。湯姆立刻把外套和褲子脫掉，解下吊褲帶當皮帶，在腐木後面的灌木叢裡翻找出一副簡陋的弓箭、一把木劍和一個錫喇叭。他解開上衣的扣子挺出上身，赤著腳，抱著裝備跑出去，然後停在一棵大榆樹下，也吹起號角回應。他小心翼翼地踮著腳尖，四處張望，對著想像中的同伴低聲說：「我親愛的朋友們，請停步，快藏起來！等我下令。」

打扮和湯姆一模一樣的喬走了出來。湯姆喊：「站住！你是誰，膽敢未經我的允許就擅闖雪爾伍森林？」

「吉斯本的蓋伊要來就來，才不需要誰的允許！你是哪裡來的……」

「大膽狂徒！口出狂言！」湯姆提醒喬的台詞，因為他們可是按照「史實」演的。喬接著說：「你是哪裡來的大膽狂徒，竟敢口出狂言！」

「就是我！我是俠盜羅賓漢，你這膽小鬼馬上就知道我的厲害了！」

「你就是那名揚四海的罪犯？好極了，我倒想跟你較量較量，看這片森林歸誰所有。看招！」

兩人把身上其他家當往地上一丟就高舉木劍，雙腳相對，擺出比劍的姿勢，小心翼翼地開始作戰。雙方誰也不讓誰，各佔勝場。過了一會兒，湯姆說：「聽著，你若真有兩下子，那就拿出真本事來跟我較量一下！」於是他們繼續酣戰，直到兩人都氣喘吁吁，汗流淋漓。

湯姆喊：「認輸吧！快認輸！你怎麼還不認輸！」

「我才不認輸。你怎麼不認輸？你快完蛋了！」

「才沒有，我好得很，絕不認輸！書裡面才沒說我輸了！書裡說：『他反手一擊，把來自吉斯本的可憐蓋伊刺傷了。』你得轉過身去，讓我往你的背上刺一劍才行。」

喬無可奈何，只能轉過身去，受了湯姆一擊後倒地。

「現在，」喬又站了起來。「輪到我刺你一刀。這樣才公平。」

「為什麼？書裡沒這麼寫，我才不要。」

「你這樣太過分了。太過分。」

「說得好！喬，你倒是可以扮成塔克修士或磨坊老闆的兒子馬奇，用棍子打我一頓。或者我當諾丁漢的警長，換你當羅賓漢，你就可以把我殺掉。」

這倒是個好主意，男孩立刻交換了角色又玩起來。接著湯姆又當起羅賓漢，演到可惡的修女沒有替他好好包紮傷口，讓他失血過多而死。喬假扮一大群傷心欲絕的俠盜，難過地拖著死去的羅賓漢，把弓放進他毫無生氣的手裡。

湯姆說：「箭落之地，綠林濃蔭，可憐的羅賓漢長眠於此。」接著他把箭射出，又倒了下去。照理說他應該死翹翹了，但他倒在帶刺的蕁麻上，痛得他翻身一躍而起，完全不像剛斷氣的屍體。

兩個男孩穿好衣服，把裝備藏好，一邊嘆息俠盜的沒落一邊踏上歸途，討論著現代生活有什麼好處能取代當俠盜豪傑的樂趣，最後他們得出結論，即使當一輩子的美國總統，也比不上在雪爾伍森林裡當一年的綠林好漢來得快活。

9

當晚九點半，湯姆和席德照常被趕上樓睡覺。兩人禱告完沒多久，席德就進入夢鄉，而湯姆則睜大眼躺在床上，焦躁地等著。過了好一陣子，他覺得天都快要亮了，才聽到十點整的鐘響。天哪！他快等不下去啦。他緊張得全身僵硬，很想翻身，但一想到可能會吵醒席德就不敢亂動，只能在黑暗中瞪大雙眼。屋子裡一片寂靜，令人坐立難安。慢慢地，那些微小且平時難以察覺的聲響變得清晰，在靜夜裡顯得格外刺耳——時鐘的秒針滴滴答答、老舊木樑發出神祕的剝裂聲響，好像要裂開了、連樓梯都發出奇怪的咿咿呀呀，一定是鬼魂現身了、波莉姨媽的房裡傳來規律的打呼聲。接著他聽見不知從哪裡傳來的蟋蟀唧唧叫，更讓他心煩意亂。突然，床頭牆上傳出蠹蟲啃著木頭的聲音，差點把湯姆嚇破了膽——這聲音代表有人時日不多了。接著，遠方的狗拉長了嗓門嗥叫，一會兒，更遠的地方有另一隻狗像是回應牠似地，兩隻狗一搭一唱地長嗥起來，把湯姆嚇得魂不守舍。時間慢慢地流逝，湯姆一直提醒自己要保持清醒，一陣恍惚後也忍不住打起盹來。

時鐘敲了十一響，但湯姆什麼也沒聽到，就在半夢半醒間，他隱約聽到一陣貓咪的哀鳴聲，接著附近有人打開窗戶，咒罵著：「該死的貓！滾開！」接著是空瓶擊響後院小屋的聲音，這下終於把湯姆驚醒了！一分鐘後他已經穿好衣服，躡手躡腳地溜出窗戶，輕輕地爬在屋頂上。他一邊爬一邊發出喵喵的貓叫聲，他先跳到後院小屋的屋頂，再從小屋跳到地上。哈克貝利拎著死貓就等在那兒。兩個男孩悄然消失在濃重的夜色裡。半小時後，兩人已經來到墓園旁，在長草裡奮力前進。

這是傳統的西部墓地，座落在小鎮外一英里半的丘陵地，周圍立著歪七扭八的木板圍籬，有些往內倒，有些往外傾，就是沒有好好直立的圍籬。墓園裡雜草叢生，有些古老的墳墓沒有墓碑，泥地也都坍了；有的墳墓只用一塊木板當墓碑，但也被蟲蛀得亂七八糟，歪歪倒倒。木板上曾經漆著「以此紀念誰誰誰（某人姓名）」，但上面的字跡都已淡去，即使是白天也看不出來到底是誰長眠於此。

樹林間吹來一陣淒風，湯姆害怕地想著那些過世的亡靈說不定正因他們的唐突闖入而生氣。兩個男孩不大敢說話，只偶爾低喃幾句。午夜時分的墓地一片肅靜，壓得他們喘不過氣來。他們找到了那座新堆的墳墓，然後坐在離墓地幾英尺由三棵大榆樹交錯而生的空地上，一言不發地等了好一陣子。死寂中只聽見遠處貓頭鷹的叫聲。湯姆愈來愈緊張，他非得說幾句話壓壓驚不可，於是輕聲說：「哈克，我們不請自來，死人會開心嗎？」

哈克貝利也輕聲回應：「我知道他們想什麼就好了。這裡安靜得可怕，對不對？」

「是啊。」

兩人又沉默了好一陣子，反覆揣摩剛剛的話題。湯姆又低聲說：「欸，哈克……你覺得荷斯聽得到我們說話嗎？」

「那當然，至少他的魂魄聽得一清二楚。」

湯姆頓了一下說：「我應該稱呼他威廉斯先生才對。我無意冒犯，只是大家都叫他荷斯。」

「講到過世的人本來就應該小心且有禮貌。」

湯姆被潑了一桶冷水，說不出話來，兩人之間又是一陣沉默。

過了一會兒，湯姆抓住同伴的胳膊，說：「噓！」

「湯姆，怎麼了？」男孩緊緊靠在一起，兩個人都緊張得心跳加速。

「噓！又是那個聲音！你聽到了嗎？」

「我——」

「在那兒！你聽見了吧？」

「老天爺！湯姆，他們來啦！一定是他們！現在我們該怎麼辦？」

「我不知道。他們看得見我們嗎？」

「湯姆，他們在黑暗裡也看得一清二楚，像貓一樣。真不應該來的。」

「哎呀，別害怕，我想他們不會找我們麻煩的，我們什麼也沒做。如果我們靜止不動，說不定他們不會發現我們。」

「我盡量。老天爺啊！我害怕得直發抖！」

「快聽！」

兩人的頭緊緊靠在一起，努力屏住呼吸。墓園的另一端發出一聲悶響。

湯姆低聲說：「快看那邊！那是什麼？」

「那是鬼火。湯姆，我們完了。」

夜幕中隱約顯出幾個緩慢走來的人影，打著一盞老舊的錫燈籠，燈火搖曳在地上落下點點光影。

哈克貝利顫抖地說：「一定是魔鬼來啦，有三個啊！老天爺，我們沒救啦！你會禱告嗎？」

「我試試看。你別怕，他們不會抓我們的。『此刻我躺下沉睡——』」

「噓！」

「又怎麼了，哈克？」

「他們是人，不是鬼啦！至少有一個是人。我聽見莫夫．波特那老頭的聲音。」

「不會吧……真的嗎？」

「我保證是他，沒錯。你千萬別動，他沒那麼機靈，不會發現我們的。他是個糟老頭，跟平常一樣喝醉了！」

「我根本不敢動。他們停下來了，好像在找東西……他們又走過來了。瞧，他們很興奮，好像找錯，很失望的樣子。他們又興奮起來，這回應該是找對方向了，他們的喘氣真大聲。欸，哈克，我知道另一個人是誰，那是印第安喬的聲音。」

「沒錯，就是那個殺人不眨眼的傢伙！唉，他比魔鬼還可怕。我寧願來的是魔鬼也不想遇到他們。他們在做什麼？」

三個男人走到離男孩的藏身之處只有幾英尺遠的墓地前，兩人立刻噤聲不語。

「就是這裡。」第三個人一邊說話一邊提起燈籠察看，火光映亮他的臉，原來是年輕的羅賓森醫生。

波特和印第安喬推著手推車，上面放著一條粗繩和兩把鐵鏟。他們把東西放下後就開始挖墳。羅賓森醫生把燈籠放在墳頭，倚靠在旁邊的大榆樹看著兩人。距離近到兩個男孩一伸手就碰得到他。

「趕快動手啊！」羅賓森醫生壓低了聲音說：「月亮隨時會升起來。」

另外兩個人應了一聲，就動手挖了起來。好一陣子，周圍沒有半點聲響，只有鐵鏟用力挖土、丟土的單調撞擊聲。最後鐵鏟碰到棺材，沉悶地「咚」了一聲，不過一、兩分鐘，兩個男人就把棺材抬出墓穴。他們用鐵鍬把棺木打開，搬出屍體，粗魯地丟到地上。

月亮從雲層後面露出臉來，灑下蒼白的月光。

他們把屍體放到手推車上，再蓋上一塊毛毯，最後用繩索固定。波特掏出一把大折疊刀，切斷垂下來的繩索。他說：「醫生，我們把這傢伙搞定了，現在你快拿出五塊錢來，不然我們就把屍體留在這裡。」

「說得好！」印第安喬附和。

「這是什麼意思？」羅賓森醫生說，「之前你們要我先給錢，我已經付清了。」

「沒錯，錢你是給了，但你欠我們的可不只那筆錢。」印第安喬邊說邊不懷好意地靠近醫生。「五年前的夜裡，我到你爸爸的廚房，哀求你給我一點食物，但你說我是大壞蛋就把我趕出門去。那時我就立誓要跟你算這筆帳，即使要等上一輩子我也不在乎。你爸爸還說我是遊民，把我關進牢裡。你以為我忘得了嗎？我身上流著印第安的血，我絕對要報復！現在你竟然來求我幫忙，我們正好算算這筆帳！懂嗎？」他握緊拳頭對著醫生揮來舞去，作勢威脅。

突然之間，羅賓森醫生揮出一拳，就把惡棍打倒在地。

波特丟下刀子，大叫：「欸！你竟敢打我朋友！」接著他抓住羅賓森醫生，兩人扭打在一起，下定決心一拼死活，把草地都踏爛了。印第安喬突然跳了起來，雙眼燃著熊熊怒火，他抓起波特掉在地上的刀子，像貓一樣彎著腰在兩人身邊繞來轉去，伺機而動。羅賓森醫生奮力掙脫波特的糾纏，一把抓住威廉斯墳上那塊沉重的木頭墓碑就往波特用力一擊，波特倒在地上，昏了過去；就在這時，印第安喬看準機會，緊握住刀子往前一躍，刀子就直直插進羅賓森醫生的胸部，醫生就頹然倒在波特身上，狂湧而出的鮮血染紅了波特的身軀。

兩個男孩目睹慘劇，嚇得魂飛魄散，趕緊趁著月亮又被雲層擋住，在黑暗的掩護下逃離墓園。

不久之後，月亮又露了出來。印第安喬站在倒地不起的兩人旁邊，思索著該怎麼辦。羅賓森醫生含糊不清地低喃幾句，長長地呻吟了一聲，接著一動也不動。印第安喬咕噥一聲：「這筆帳算清了。去死吧！」

他在屍體中東翻西掏，然後把那把致命的折疊刀放進波特的鬆軟手裡。接著他坐下來拆解棺材。三分鐘、四分鐘、五分鐘過去了，波特忽然呻吟著動了起來，感覺自己的手握著什麼東西，拿起來一看，竟是一把沾滿血的刀子，嚇得渾身哆嗦地把刀子丟到地上。他坐起身，推開羅賓森醫生的屍體，不明所以的看著那具屍體，又看看四周，最後對上印第安喬的目光。

「老天爺！怎麼會這樣？喬？」波特問。

「真是麻煩！」印第安喬回答，「你幹嘛殺掉他？」

「我？才不是我殺的！」

「拜託！你自己也看到了，再狡辯也沒有用！」

波特渾身顫抖，臉色發白。「我以為我酒醒了，今天晚上我不想喝酒的。我的頭腦不管用了，比我們來這裡的時候還更糟，我現在昏沉沉地什麼也記不清楚。哎，只有片片段段。告訴我，喬——別說謊，老朋友，你得說清楚我幹了什麼？喬，我從來不想——我以我的靈魂和榮譽起誓，我沒想過要殺掉他。老實告訴我發生了什麼事，喬。真慘哪，他那麼年輕，又有大好未來。」

「聽著，你們兩個扭打不停，他用木碑把你打在地上，你搖搖晃晃地站起來，抓起刀子就往他身上刺過去時，他也用力把木碑往你身上打，然後你們就同時倒下，兩個人都一動也不動，直到你醒來。」

「哎，我真不知道自己在幹嘛！我真想死了算了！都是威士忌惹的禍，害我迷迷糊糊，亂了方寸。我這輩子沒用武器傷過人。喬，我會打架，但絕不會用武器。喬，別說出去，你保證你不會說出去。這樣才對，你是一個好漢，我一向喜歡你，也一直都站你這邊。你記得我對你做的一切吧？喬，你不會說出去吧？」可憐的老頭跪倒在冷血的殺人凶手前，緊握他的手，不斷哀求。

「不會的，我不會說出去。你對我一向很好，為人很公正。波特，我不會出賣你的。好了，就這樣吧。」

「哎，喬，你真是個天使。我活著一天，就為你祈禱一天，保佑你平平安安。」波特哭了起來。

「來吧，沒時間哭哭啼啼了。你趕緊回去，我們在此分道揚鑣吧。快走吧，別留下太多痕跡。」

波特起身快步走開，過沒多久就遠遠地跑走了。印第安喬盯著他的背影，咕噥著：「瞧他挨了那一擊，又喝了那麼多酒，八成也忘了那把刀。就算他想起來，諒他也不敢回來撿。真是個膽小鬼！」

幾分鐘後，只剩月光冷冷地凝視著被殺死的羅賓森醫生、蓋著毯子的屍體、缺了蓋子的棺材和空洞的墓穴。墓園又回復往常的死寂。

10

兩個男孩沒命地奔跑，一路跑回小鎮裡，嚇得什麼話也說不出來。他們時不時轉頭瞧瞧身後有沒有人追來，心驚膽顫地害怕有人跟蹤。經過路旁的樹樁，都以為有人藏在那兒；他們擔心會遇上埋伏，連大氣也不敢喘，一直往前衝。他們跑過路旁孤伶伶的小屋，引得看門狗一陣狂吠，嚇得更心慌意亂的撒腿飛奔。

湯姆低聲說：「如果我們能一口氣跑到舊皮革廠就好了！」他上氣不接下氣地說：「我快跑不動了。」

哈克貝利沉重地喘著氣也說不出話。

男孩終於調整好步伐，肩並肩地往前衝，拚命地跑向他們的目標，最後跑進無人看管且大門敞開的舊皮革廠房，匆忙地躲進陰暗的角落裡。兩人慶幸的逃過一劫，等脈搏慢慢穩定，湯姆輕聲說：「哈克貝利，你覺得會發生什麼事？」

「如果羅賓森醫生真的死了，一定會有人被送上絞刑架。」

「真的嗎？」

「當然，這種事我見多了。」

湯姆思索了一下說：「誰會去通風報信呢？我們嗎？」

「你在說什麼？想想看，萬一印第安喬沒被送上絞架，會發生什麼事啊？不用懷疑，他遲早會來要我們的命。」

「我也這麼想。」

「要告密也是波特去，反正他蠢得要命又醉得一塌糊塗。」

湯姆沉思著沒回答，過了一會兒才說：「波特不知道發生什麼事，他怎麼能告密？」

「他怎麼不知道？」

「印第安喬殺醫生的時候，波特被醫生打暈了。你認為他有看到嗎？你覺得他知道嗎？」

「湯姆，你腦筋動得真快，有道理。」

「而且，想一想——說不定醫生把波特打死了——」

「不太可能。我看得很清楚，他喝得醉醺醺。我爸喝醉的時候，就算把一座教堂壓在他頭上，也不可能壓死他的。這是我爸親口說的。波特一定也是這樣。不過如果他那時沒喝醉，說不定醫生那一擊真能把他打死。我也不知道。」

接著兩個人陷入沉思，一陣沉默後，湯姆說：「哈克，你確定你不會說出去嗎？」

「湯姆，我們什麼也不能說呀。你明知道那個印第安壞蛋會怎麼做，他要把我們淹死就像淹死幾隻小貓一樣容易。如果我們走漏半點風聲，印第安喬又沒被絞死，那我們都完蛋了！湯姆，現在我們非得發誓不可，發誓一句話也不能說。」

「我同意，一定要保密。我們握手立誓——」

「不行，那種誓沒有用，無聊的誓言只能用來唬唬小女生，反正她們從不守信，老是背叛你，一聽到風吹草動就到處八卦。像這樣的大事，我們得立血誓才行。」

此時月黑風高，他們的處境堪慮，躲在被人遺忘的角落，得用血立誓才夠戲劇化。湯姆深深覺得這真是好主意，「歃血為盟」正適合這驚心動魄，既黑暗又邪惡的一刻。他拿起一根乾淨的松木片放在月色下，又從口袋裡掏出一小塊裁縫用的粉土筆碎片，就著月光用力在松木片上寫字，他咬著牙往下寫，筆順往上時手才放鬆力道。

「**哈克貝利．芬恩和湯姆．索亞在此立誓，三緘其口，謹守祕密；誰敢洩密，一命嗚呼，屍骨無存。**」

哈克貝利一臉佩服地看著湯姆流暢地寫字，欽佩他用字文雅。湯姆一寫完，哈克趕緊從衣襟下抽出一根針就要往手上刺下去，湯姆連忙阻止他：「等一下，不要用那根針，那是銅針，可能有銅鏽。」

「銅鏽又怎樣？」

「銅鏽有毒喔。反正它有毒性，你不信的話就吞下去看看，會要你的命。」湯姆說著就把他的針拿出來，挑掉上面的線；兩個男孩拿針各往拇指上刺了一針，好擠出血來。湯姆花了點時間才擠出足夠的血，用拇指當筆簽下名字縮寫。接著他教哈克貝利寫名字的開頭字母H和F，立下血誓。他們把松木片埋在牆角，又比劃了一些詭異的手勢，唸了幾句咒語，像是施法術般地要鎖上兩人的嘴，再作勢丟掉鑰匙，保證就此一字不提。此時，破敗的舊皮革廠另一端出現一個鬼鬼祟祟的人影，但男孩們完全沒發現。

「湯姆，」哈克貝利小聲地說，「這樣我們就說不出去了吧？我們的嘴巴已經上了鎖，打不開了吧？」

「當然，不管發生什麼事，我們都會把嘴閉緊，一句話也不說。不然我們就會當場斃命。你也知道的，不是嗎？」

「沒錯，我想就是這樣。」

兩人交頭接耳低聲說話時，突然傳來發出一聲大狗的嗥叫聲，那又長又淒厲的叫聲嚇得兩人魂飛魄散地緊緊靠在一起。

哈克貝利喘著氣說：「牠在對我們叫嗎？」

「我不知道……你從縫隙往外看一下，快！」

「才不要，你去看，湯姆！」

「我不敢，我辦不到。哈克！」

「拜託，湯姆。牠又叫起來了！」

聽起來那隻狗離他們不過十英尺遠。

「老天爺！太好了！我們真幸運！」湯姆低聲說，「我認得這聲音，牠是鮑爾．哈賓森*。」

*作者註：如果哈賓森先生有一個叫鮑爾的奴隸，湯姆會叫他「哈賓森的鮑爾」。但湯姆稱呼哈賓森的兒子或狗為「鮑爾．哈賓森」。

「太好了。湯姆，我承認我嚇破了膽，我以為是一隻野狗。」

狗又吠了起來，兩個男孩又瑟縮了。

「天哪！牠不是鮑爾．哈賓森！」哈克貝利壓低了聲音說：「看一下，湯姆！」

湯姆害怕得渾身發抖，但他放棄抵抗，從縫隙裡往外瞧。他終於說話了，聲音低得聽不見：「哎呀，哈克，是一隻野狗。」

「看清楚，湯姆。看清楚，牠在對誰叫？」

「哈克，牠一定是對我們兩個叫……我們一直靠在一起。」

「唉，湯姆，我們都完蛋了。我知道我死了會下地獄，我做了那麼多壞事。」

「倒楣透了！誰叫我不作正經事，到處搗蛋，也不聽姨媽的教訓。如果我願意，我也可以像席德一樣當個好孩子，但我就是不聽話。如果我有幸逃過這一劫，我發誓一定乖乖上主日學校。」湯姆說到後來哽咽了起來。

「你哪裡不乖了？」哈克貝利也語帶哽咽。「說起來，湯姆，你比我好太多了！跟我相比，你根本是聖人。老天爺呀！我要是有湯姆一半聽話就好了！」

湯姆難受得開始啜泣，過了一會兒，他低聲說：「看哪，哈克！你看看！那隻狗背對我們了！」

哈克瞧了瞧，興奮地說：「真的耶，牠背對我們！太棒了！牠一直背對著我們嗎？」

「是呀，我這個蠢蛋，剛剛頭腦不靈光，沒注意到牠背對我們。太好了！牠又叫起來了，牠到底在對誰吠啊？」

那隻狗的嗥叫戛然而止，湯姆豎起耳朵仔細傾聽。

「噓！那是什麼？」湯姆低聲問。

「聽起來——聽起來像豬叫。不對，是有人在打呼啦！湯姆。」

「沒錯。是誰在打呼？」

「聽起來是從那邊傳來的，應該是在另一邊。我老爸以前有時會在那兒跟豬一起睡，我跟你保證，他打起呼來能把屋頂都掀了。不過，我想那不是我爸，他不會再回到這鬼地方了！」

兩個男孩的冒險精神再次熊熊燃燒。「哈克，如果我走前面的話，你敢一起過去看看嗎？」

「我才不要。湯姆，萬一是印第安喬怎麼辦？」

一聽到「印第安喬」的名字，湯姆也瑟縮了。但好奇心又逼得他們坐立難安，最後一致同意一起去看看，但只要打呼聲一停就要立刻逃跑。他們一前一後躡手躡腳地走出去，距離打呼的人只有五步遠時，湯姆站到一塊磚塊上面，伸長脖子想看清楚是誰，突然磚塊裂了發出刺耳的響聲。睡在地上的人哼了一聲，動了一下，在月色下露出了臉——是波特。波特翻身的時候，兩個男孩的心跳都快停了，但現在恐懼已經消散。他們又躡手躡腳地走開，穿過破掉的防風板，一直走到遠一點的地方。此時，那又長又淒厲的狗嗥又劃破死寂的夜色，響徹鄰里。他們轉身一看，一隻陌生的野狗就站在離波特幾英尺遠的地方，面對著他，仰天長嘯。

「老天爺！真的是他。」男孩們齊聲驚呼。

「欸，湯姆，聽說兩個禮拜前，午夜時有一隻野狗到強尼．米勒家附近嗥叫，而且同一晚，有一隻夜鷹飛進他家，還停在樓梯的扶手上啼叫。不過至今他們家還沒有人死掉。」

「我知道這回事。也許沒人過世，但隔一週的星期六，葛蕾絲．米勒不是在廚房的爐火前摔了一跤，還把自己給燙傷了嗎？聽說她傷得很重。」

「是沒錯，但她沒死啊！而且她也慢慢康復了。」

「你等著瞧。她完蛋了，她和波特都完蛋了，沒救啦！黑人都這麼說，他們對這種事瞭若指掌，哈克。」

最後，兩人心事重重地道別。當湯姆從窗戶爬進房間時，長夜已盡。他小心翼翼地脫下外衣，慶幸沒人發現他的冒險夜遊，然後沉沉睡去。他沒發現輕聲打呼的席德其實已經清醒一小時了。

等到湯姆醒來時，席德已經不在房間裡了。湯姆發現睡過頭了，但不知道自己睡了多久，只覺得家裡少了平日的嘈雜。他驚慌地起床，納悶著今天怎麼沒人叫他，也沒人把他罵醒？他心中升起不祥的預感。不到五分鐘，他已經穿好衣服跑到樓下，他渾身酸痛也還很睏。家人們都在廚房，但已經吃完早餐。沒有人出聲責備他，只有閃躲的眼神和不尋常的沉默，嚴肅的氣氛讓良心不安的湯姆瑟縮發抖。他在餐桌前坐下，努力假裝開心的樣子，但徒勞無功，沒有人對他微笑，也沒人出聲答腔，他只好閉上嘴巴，心不斷地往下沉。

吃過早餐，波莉姨媽把湯姆拉到一旁說話。湯姆開心地想著姨媽總算回復正常，要揍他一頓了。但他大失所望，波莉姨媽對著他直掉眼淚，難過地說他怎能如此傷她的心，最後她說：既然他這麼想自我毀滅，那就隨便他吧，就讓她煩惱到滿頭白髮，最後帶著痛苦死去吧！因為不管她怎麼做，都沒辦法讓湯姆走上正途。姨媽傷心的眼淚比一千下的鞭打還讓湯姆覺得疼痛，他忘了身體的酸疼，心緊緊揪著，感到悔恨不已。湯姆哭了起來，哀求姨媽原諒他，他再三保證會改過自新。波莉姨媽並不相信他的話，只語帶敷衍地表示原諒他。

湯姆知道姨媽並不相信他會改過，痛苦得不得了，他根本沒想到是席德跟姨媽告密，也無心找人報復。席德擔心湯姆生他的氣，默不作聲地從後門溜掉了。但湯姆根本沒注意他，只是垂頭喪氣地上學去。

一上課，湯姆和喬就因為前一天蹺課而挨了一頓打，但他心不在焉，根本無暇在乎這些小事。他無精打采地回到座位，胳膊立在桌上，手托著下巴，兩眼無神地瞪著牆壁，心裡的痛苦讓他忘了皮肉之痛。桌上有個硬硬的東西頂著他的手肘，但他過了好一陣子才覺得不大舒服，他嘆著氣拿起那個用紙包起來的東西，打開一看，接著發出痛心疾首的嘆息，他的心完全碎了。那是他給貝琦的銅製把手。

這真是壓垮駱駝的最後一根稻草！

11

墓園凶殺案在正午前就傳遍了平靜的小鎮。鎮民們奔相走告，七嘴八舌地討論，消息一下子就傳遍大街小巷。當時，這座小鎮還不知道什麼是電報，但口耳相傳的通報左鄰右舍，消息傳播的速度比電報還要快。老師馬上宣布下午停課，才不會被鎮民說他太失職了。

人們在斷氣多時的屍體旁找到一把血淋淋的刀子，有人認出來那是波特的刀子——謠言立刻不脛而走。有一個晚歸的鎮民宣稱撞見波特凌晨一兩點在河邊洗澡，接著就偷偷摸摸地跑走了——大家都知道波特不愛洗澡，他的行為太可疑了。還有謠言說，警方搜遍了全鎮要抓住凶手（民眾採集證據和裁決定罪的效率驚人），但沒人知道波特跑去哪裡。騎警已經把小鎮的四面八方都圍了起來，警長拍著胸脯保證，入夜前就會抓到波特。

鎮民們往墓園聚集。湯姆已經把波莉姨媽的眼淚拋在腦後，此時他的心被莫名的力量控制，不得不加入人群。他明明想躲得遠遠的，但他的身體不聽使喚，只能拖著步子走向墓園。一行人浩浩蕩蕩來到觸目驚心的事發現場，湯姆戰戰兢兢地躲在人群中，再次見到毛骨悚然的情景——幾個小時之前，他就躲在旁邊大榆樹後面，但那彷彿已是好久之前的事。有人捏了捏他的手臂，他立刻轉頭，和哈克貝利對上了眼，但兩人旋即別開眼神，心虛的擔心被人發現異樣；他們都多慮了，周圍人聲嘈雜，大家都目不轉睛地盯著駭人的凶殺現場，議論紛紛地說：

「真可憐！」

「他年紀輕輕，實在太不幸了！」

「真該給那些盜墓人一個教訓。」

「等抓到波特，非把他送上絞刑架不可。」

牧師開口說道：「天理不容，他理應受到懲罰。」

湯姆突然在人群中看到印第安喬的臉，嚇得全身哆嗦。印第安喬反倒一臉從容自若。此時人群突然起了一陣騷動，有人大叫：「是他！他自己出來了！」

「誰？是誰？」二十幾個人齊聲開口問。

「就是波特呀！」

「哎呀，他停下來了！小心啊，他轉身了！別讓他跑了！」

矮小的湯姆什麼也看不見，只聽著周圍的大人在他頭上議論紛紛。有人說波特無意逃跑，他只是一臉困惑，不知所措。

「無恥的傢伙！真是魔鬼！」有個路人說，「八成想回來欣賞他的傑作吧！沒想到會被人包圍！」

人群間讓了一條路出來，警長一手抓住波特，大步地從鎮民面前走過去。可憐的波特一臉憔悴又神色驚慌，不知道接下來會發生什麼事。當他被帶到那具了無生氣的屍體前，只能全身發抖，把臉埋在雙手中痛哭流涕。

「我沒殺人，各位朋友，」波特哭著說，「我發誓我真的沒殺他。」

有人喊著：「誰控告你殺了人？」

波特抬起頭怯懦又無助地望向四周，突然他看到了印第安喬，立刻叫道：「印第安喬，你保證過你絕不會——」

「那把是你的刀嗎？」警長把刀拿到波特面前。

全身鬆軟的波特如果不是被人架著，一定會癱倒在地。他說：「有人跟我說如果我不回來拿回——」他顫抖得說不下去，接著勉強揮了揮欲振乏力的手，擺出投降的姿勢。「告訴他們吧，印第安喬，你說吧。唉，我沒救了。」

哈克貝利和湯姆都愣住了，只能傻傻地瞪著那冷酷無情的騙子像事不關己般說出成篇謊言。男孩們想著，晴空一定會劈下一道響雷來懲罰作惡多端的印第安喬，疑惑要等多久才會看到老天爺顯靈。但印第安喬不疾不徐地說完事發經過，卻仍好端端地站在那兒，毫髮無傷。兩個男孩原本很想打斷他，為那眾叛親離的可憐人說幾句話，但此時他們都噤若寒蟬，一句話也不敢說。印第安喬怎麼沒被天打雷劈？男孩們納悶著，這可怕的嗜血凶手一定是把靈魂賣給了撒旦。男孩可不敢向撒旦宣戰。

有人問：「你怎麼不逃？你何必回來這裡？」

「我受不了，我逃不了。」波特痛苦地低喃：「我想逃，但我哪裡也不想去，我身不由己，只能走來這裡。」語畢，他又低頭啜泣起來。

幾分鐘後，印第安喬在法官面前宣誓後，又冷靜地重述一遍證詞。等不到上帝震怒的兩個男孩深信印第安喬已經把自己賣給了魔鬼。一想到魔鬼的門徒就站在眼前，湯姆和哈克不禁好奇地盯著他看；難以捉摸的印第安喬成了男孩們無法理解的神祕人物。他們默默在心底下定決心，一定要找機會在夜裡跟蹤印第安喬，說不定會看到魔鬼的真面目。

印第安喬幫忙把受害者的屍體抬到馬車上，準備離開現場。突然有人低聲說「醫生的傷口流血了」，圍觀的群眾都大吃一驚。男孩們希望這是上蒼顯靈要把調查行動帶往正確方向，但他們再次失望了。幾個鎮民說：「啊，因為波特離屍體只有三英尺遠！果然他就是兇手！」

那天之後，湯姆守著恐怖祕密，深受良心的鞭笞，整個禮拜都睡不好覺。有一天早上，席德對他說：「湯姆，你睡覺時不但一直說夢話，雙手還會亂揮，我以為你醒著咧！」

湯姆臉色發白，眼神飄移。

「真是個壞兆頭。」波莉阿姨陰鬱地說，「湯姆，你有什麼煩惱？」

「沒什麼，我什麼煩惱也沒有。」湯姆猛搖頭，還把咖啡濺了出來。

席德繼續說：「你盡說些奇怪的話。昨天晚上，你說『血啊，都是血！全是血！』說了一遍又一遍。你還說『別再折磨我了，我說出來總行了吧，我全說出來。』說什麼？你要說什麼？」

湯姆一陣頭暈目眩，擔心祕密會被揭穿。幸運的是，波莉姨媽接著說：「噓！還不是那可怕的兇殺案，連我都每晚做惡夢呢！有時我甚至夢到是我殺了人。」神經大條的姨媽，無意間幫了湯姆一個大忙。

瑪莉說她也作了很多惡夢，席德終於不再窮追猛打地問湯姆做了什麼夢。

接下來整整一週，湯姆都抱怨牙齒痛得不得了，堅持把下巴包紮起來。但他沒發現席德每晚都睜著眼睛不睡覺，偷偷解開他的紗布，倚著手肘聽他說夢話，聽夠之後才又把他的下巴包起來。

過一陣子，湯姆的壓力慢慢淡去，開始覺得每晚包下巴太費事，最後終於放棄了。如果席德從湯姆的夢話裡聽出了什麼，他也沒說出去。

湯姆的同學老是在玩「替死貓驗屍」的遊戲，但這個遊戲總提醒他那件慘事，讓他變得疑神疑鬼。席德注意到湯姆不再參加驗屍遊戲，不像以前他總是第一個發明新把戲，搶著當領頭。席德還注意到湯姆也不扮證人，真是奇怪極了。他還發現湯姆很討厭各種調查遊戲，想盡辦法躲得遠遠的。席德訝異極了，但他一句話也沒說。終於，這些遊戲退了流行，湯姆總算暫時解脫。

在這段哀傷的日子裡，每隔一兩天，湯姆就會找機會偷偷跑到架著鐵柵欄的牢房外，透過小窗戶向「謀殺犯」送些他費盡心思偷到的小東西。監獄位在小鎮邊緣的沼澤地，是一間小小的磚造小屋，因為很少派上用場，所以沒人看守。湯姆不時地送些補給品給波特，讓良心得到一點安慰。

村民很想懲罰盜屍賊印第安喬，恨不得在他身上塗柏油，插羽毛，遊街示眾。但大家都知道印第安喬有多難纏，因此沒人敢教訓他，最後也只能不了了之。印第安喬作證時，謹慎地從醫師和波特兩人的打鬥開始說起，卻絕口不提三人同謀盜屍的計畫。因此，人們只好暫時放棄追究。

12

湯姆內心還盤踞著一件事，讓他慢慢淡忘那可怕的祕密——貝琦一直沒來上學，讓湯姆擔心極了。一開始，心高氣傲的湯姆不去想她，想讓一切隨風而逝。但過了幾天，湯姆沉不住氣了，他在貝琦家附近徘徊直到夜深，心裡很難過，因為貝琦生病了。萬一貝琦不幸過世該怎麼辦，想到這裡，那些戰爭遊戲、海盜冒險都變得微不足道。湯姆覺得生命了無生氣，只有無盡的折磨痛苦。他把馬戲用的鐵環、打仗用的棍子都收了起來，這些東西對他來說突然變得一文不值。無精打采的湯姆讓波莉姨媽擔心不已，她找了各種健康資訊和民間療法，想盡辦法要治好湯姆的心病。

波莉姨媽對各種新上市的專利藥品都很好奇，勇於嘗試許多新奇的健康療法，可說是重度上癮的醫療實驗家。她嘗試任何有益身心健康的新玩意，不過不是用在自己身上，而是專門治療身邊的人。她訂閱所有和健康、骨科有關的雜誌，聽信那些愚昧的胡說八道——宣稱空氣裡有許多有害物質、教導民眾該如何入睡，該怎麼起床、要吃什麼喝什麼、做哪些運動、保持怎樣的心情狀態、穿哪種衣服……這些來歷不明的道聽塗說就是她的聖經寶典；她從沒發現新一期的雜誌老是推翻上一期的說法。波莉姨媽頭腦簡單又耳根子軟，老是受騙上當。她相信雜誌宣稱的偏方，買無效的假藥，相信自己像死神一樣無人能擋。她彷彿是騎著白馬出征的健康將軍，所到之處一切疾病聞之走避。但她從沒察覺鄰居並不相信她是華陀再世，也不認為她手上握著的是仙丹妙藥。

波莉姨媽新學的水療法正好在魂不守舍的湯姆身上派上用場。每天早上天一亮，波莉姨媽就把湯姆帶到院子，讓他站在小木屋的屋簷下，然後把冰冷的水從他的頭淋下，再用浴巾把他全身擦乾，接著讓他躺在溼床單上，再蓋上厚棉被讓他全身冒汗，好讓「黃黃的髒東西都從他的毛細孔跑出來」——湯姆是這麼說的。

但是，水療法似乎不大管用，湯姆還是愈來愈落寞和蒼白，鬱鬱寡歡。於是波莉姨媽又要他泡熱水澡，用了坐浴法、淋浴法、全身浴法，但湯姆像被死神附身，還是不見起色。於是，波莉姨媽決定再下猛藥，只准湯姆吃燕麥粥，再幫他敷些創傷藥膏。她計算湯姆每餐的食量，用各種江湖藥方來餵飽湯姆。

然而，不管波莉姨媽使用哪一種療法，湯姆的情況都不見起色，心急如焚的她決心要治好湯姆的怪病。她剛聽說一種新藥物叫做止痛藥，立刻寄出訂單；收到新藥之後她迫不及待地親自試驗，沒想到這藥水嚐起來簡直像液態的火藥，辣得要命。她心想這神祕的偏方說不定能治好湯姆，於是立刻停止水療法和燕麥食療法，把一切希望都放在止痛藥上。她盛了一湯匙，盯著湯姆把止痛藥喝下，心焦地等著結果。湯姆喝下藥水的立刻臉色紅潤——其實是辣得身體發燙，這下波莉姨媽心情大好，相信止痛藥奏效了！湯姆不再心不在焉，眼神空洞。就算波莉姨媽把湯姆放上烤火架，恐怕也得不到那麼神奇的成效。

湯姆受不了神農嚐百草的日子，打算結束這場鬧劇。雖然扮演失意的傷心人引得姨媽日夜擔憂就像小說一樣浪漫，但他對姨媽推陳出新的醫療實驗實在忍無可忍了。湯姆絞盡腦汁想讓姨媽相信止痛藥有奇效，他吵著要姨媽再餵他吃止痛藥，姨媽被吵得不耐煩，要他自己去倒藥喝。姨媽總認為席德很聽話，不會亂搗蛋，但湯姆太頑皮了，所以她隨時注意藥瓶裡的份量，確認湯姆真的有按時服藥。藥瓶裡的止痛藥水的確逐漸減少了，但她萬萬沒想到湯姆是把藥全倒進起居室的地板縫隙，一口也沒喝下去。

有一天湯姆又拿著湯匙「餵地板」喝藥時，波莉姨媽養的黃貓彼得蹭了過來，撒嬌地呼嚕著，一臉貪吃地望著湯匙，哀求湯姆給牠嚐一口。

湯姆說：「彼得，你真的想嚐嚐嗎？不想吃就別亂叫。」

彼得應了一聲「喵」，睜著大眼，認真表示牠很想吃。

「你最好別反悔。」

彼得保證牠真的想吃。

「既然你那麼想吃，那就給你吃，我湯姆可不是小氣鬼。如果這玩意兒不合你口味，別忘了，是你自己要吃的，別怪到我頭上！」

彼得點頭。於是湯姆打開彼得的嘴，把止痛藥往牠的口中倒。彼得立刻發出慘叫，跳躍了幾碼高，接著繞著起居室狂奔，口中還不住哀嚎。牠在傢俱間撞來奔去地翻倒了花盆，搞得天下大亂。接著牠又一臉狂喜地抬起前腳跳來跳去，搖頭晃腦，開心地喵喵歡呼。下一秒，牠又生起氣來，像瘟神一樣瘋狂地在屋子裡橫衝直撞，翻倒東西，破壞傢俱。波莉姨媽走進起居室時，剛好看到彼得做了幾個連續後空翻後，一口氣跳出大敞的窗戶，牠身上還帶著花盆碎片的飛土。波莉姨媽嚇得愣在一旁，她戴起眼鏡東張西望，而湯姆已經笑得倒在地上。

「湯姆，那隻貓發什麼瘋啊？」

湯姆笑得喘不過氣，勉強回答：「我不知道，姨媽。」

「怎麼搞的？我從沒見過這種怪事，牠怎麼變得那麼奇怪？」

「姨媽，我什麼也不知道。但貓開心的時候老是會做些怪事。」

「說得也是。是吧？」

湯姆察覺姨媽的音調有異，警覺了起來。「是的，姨媽。我相信貓就是這樣。」

「你相信？」

「是的，姨媽。」

湯姆盯著姨媽。她彎下腰，聚精會神地盯著地板瞧。等到湯姆明白姨媽已經發現掉在床單旁的那只湯匙時，一切已太遲啦！波莉姨媽高舉著湯匙，被識穿的湯姆嚇得縮起身子，心虛地望著地上。波莉姨媽一如往常地掐住湯姆的耳朵，一把拉起他，用毛線針敲著他的腦袋。

「你這傢伙，為什麼要欺負那隻可憐的笨貓？」

「我可憐牠沒有姨媽，想餵牠止痛藥讓牠開心點，姨媽。」

「這什麼鬼話！你這笨蛋！這跟有沒有姨媽有什麼關係？」

「關係可大了！彼得沒有姨媽，沒有人餵牠吃那像火燒一樣的藥，沒有人把牠的腸胃烤得像火雞一樣焦熱！」

湯姆的話讓波莉姨媽恍然醒悟，她心裡懊悔極了，那藥水讓貓痛苦得發狂，小孩子當然也受不了。波莉姨媽對湯姆感到抱歉，雙眼噙著淚水，輕撫著湯姆的頭，柔聲說：「湯姆，我都是為了你好。而且那藥真把你治好了。」

湯姆抬起頭望著姨媽，嚴肅的表情隱約閃著一絲頑皮的光芒。「姨媽，我知道您一向為了我好，我也是為了彼得好。那藥會治好彼得的病，我從沒看過牠那麼活蹦亂跳——」

「哎呀，湯姆，你去玩吧，別再氣我了。你最好乖乖地當個好孩子，就不用再吃什麼藥了。」

湯姆提早到了學校，這一陣子他改變許多。現在他不太跟同伴一起嬉戲，只守在學校操場的門邊晃來晃去。他老是說自己生病了，而他看起來也的確病懨懨的樣子。他裝作若無其事地左顧右盼，其實目光緊盯著通往學校的那條路。當他望見傑夫的身影出現時，眼睛立刻亮了起來，但隨即又傷心地轉過身去。等傑夫走到校門口，他走上前和他說話，希望能無意中聊起貝琦，但呆頭呆腦的傑夫聽不出來湯姆的弦外之音。湯姆又在門口等著，每次看到穿著輕盈洋裝的女孩走來就燃起希望，但很快又大失所望，不禁埋怨起那些女生。最後，再也沒有女生往學校走來，湯姆只好垂頭喪氣地走進教室，準備承受漫長又無趣的上課酷刑。

此時，他又瞥見一個穿著洋裝的身影穿過校門，湯姆的心激烈跳動著立即衝了出去，像印第安人一樣又叫又笑地加入其他男生，玩起追逐戰，冒著危險跳柵欄，翻筋斗，還秀起倒立功夫。湯姆做盡所有他認為又酷又炫的行徑，不時偷瞄貝琦是否有注意到他的厲害。但她一臉無動於衷，一次也沒看向他。貝琦是不是沒發現他，湯姆立刻跑到貝琦附近，一邊表演誇張的把戲一邊喊著戰呼，一把搶走別人的帽子、又將帽子用力甩過教室屋頂，接著又跑到一群男孩旁邊翻著筋斗，最後在貝琦的眼前摔了四腳朝天。但貝琦鼻孔朝天地別過臉，一臉不屑地轉身，生氣的走開了。湯姆聽到貝琦說：「哎唷，有些人就是自以為聰明，愛現死了！」

湯姆的臉頰發燙，像亂箭穿心一樣痛苦不已，他氣餒地爬起來後就悄悄離開了。

13

湯姆覺得既怨恨又絕望，自言自語地說著自己被世人遺棄，沒有半個朋友，也沒人愛他，如果世人明白他們把一個男孩逼到何種境地，也許他們終將悔悟。他原本想當一個好男孩，做好事，說好話，渴望人見人愛，但沒人喜歡他，大家都想擺脫他。那就這樣吧，湯姆想，就讓他們都怪罪於他，他孤家寡人又有什麼好抱怨的呢？是的，他們終於贏得這場勝利，湯姆決定放棄當乖孩子，他要重操舊業，當個罪犯，過著放逐的人生。湯姆沮喪的覺得自己別無選擇。

此時，湯姆已走到草原巷的另一頭，隱約聽見學校上課的鐘聲。一想到再也聽不到這熟悉的鐘聲，他不禁掉下淚來——他並不是自願離開，而是被迫踏上漂泊之路，離開家鄉前往冷酷無情的世界。雖然他被世人逼到這種地步，但他不會和大家計較，想到這，他的淚水不禁簌簌地落了下來。

就在此時，湯姆看見了喬。他的神情嚴肅，看來也是心情苦悶，顯然兩個男孩同是天涯淪落人。湯姆用衣袖抹了抹哭溼的臉，開始對喬表明自己打算離家，他再也受不了冷酷無情的家鄉，只想遠走高飛，永不回頭。最後，他希望喬別因此忘了他。

沒想到喬也正到處尋找湯姆，他跟湯姆有一樣的感受。他剛被媽媽毒打一頓，媽媽以為他偷吃了鮮奶油，但他根本不知道家裡有鮮奶油，也不知道鮮奶油放在哪裡。顯然，媽媽想盡辦法要趕走他，如果這是媽媽的心願，他又何必賴著不走而惹人厭呢？喬希望自己離家會讓媽媽開心，就讓他走到殘酷淡漠的世界，受盡折磨後孤老至死吧，希望媽媽不會後悔。

兩人傷心地邊走邊立下誓言——兄弟義重如山，永不分離，直到離苦得樂的那一天。接著他們計畫該去哪裡；原本喬想當隱士，住在荒郊野外的山洞裡，吃粗食淡飯度日，在嚴寒裡孤苦地凍死。但他被湯姆說動了，亡命之徒的日子聽起來很刺激，於是他同意一起去當海盜。

密西西比河從聖彼得堡往下流約三英里處，那兒的河面寬約一英里多，有個又長又窄且林葉茂密的無人島，岸邊還有一個淺沙洲；小島一直往河岸延伸過去，緊臨著另一個濃密又杳無人跡的森林。這個無人小島很適合當海盜的基地，於是兩人決定前往傑克森島。雖然他們打定主意當海盜，卻沒想到要怎麼打劫來往船隻。

接著，他們找到了哈克貝利。他二話不說就決定加入他們，對他來說，海盜和其他職業毫無分別，他根本不在乎做什麼。最後三人約好，午夜在離鎮上兩英里外的河岸會合，那裡人煙稀少，他們打算從河面撈張木筏過河。之後三人就各自回家打包行李。他們互相提醒必須帶上鐵鉤和繩索，才能當神不知鬼不覺偷東西的江洋大盜。整個下午，三個人都沉浸在美妙動人的幻想裡——期待成為名號傳遍大街小巷的大海盜，多麼酷炫呀！當然，他們也不忘互相叮嚀，一定要謹守祕密並等待時機。

午夜時分，湯姆帶著熟火腿和一些零食來到河岸邊，找了一處可以俯瞰會面地點的峭壁，然後藏身在旁邊的矮樹叢裡。

夜裡繁星點點，萬物靜止，眼前那寬闊的河面就像沒有風浪的海面一樣平靜。湯姆側耳傾聽，周圍悄無聲息。他吹了一聲低低的口哨，峭壁下方馬上傳來回應。湯姆又吹了兩次口哨，對方也以相同音調回應。有人警覺地問道：「來者是誰？」

「在下湯姆．索亞，叱咤西班牙海上的闇黑復仇者。報上名來！」

「血手紅魔哈克．芬恩和四海狂魔喬．哈普在此。」

這些響叮噹的名號都是熱愛故事書的湯姆想出來的。

「好極了！說出暗號。」

兩個人壓低聲音，對著夜色用氣音齊聲說出那可怕的暗號：「嗜血梟雄！」

湯姆先把一大塊火腿丟下峭壁，然後蹤身往河岸一跳；這一跳不但扯破了他的衣服還擦破了皮膚。其實，峭壁旁有一條安全又方便的步道通往河岸，但湯姆覺得挑輕鬆的路走實在太沒海盜氣概了！冒險犯難才是他的真本色。

四海狂魔喬在懷裡揣了一大塊沉甸甸的培根，這一路走來可累壞他了。血手紅魔哈克帶著偷來的一把平底鍋、半烘乾的菸草和可以做成煙斗的玉米芯。不過其他兩位大盜都沒抽過菸，也沒嚼過菸草。西班牙海上的闇黑復仇者說「無火不成事」，這句話點醒了他們；於是他們展開大冒險，偷偷摸摸地潛入幾百碼外冒著火光的大木筏，偷了一些火種。他們不時發出噓聲要彼此當心，把食指放在唇上提醒同伴保持肅靜，還緊緊握著不存在的匕首，嚴肅地傳達命令，若是驚動了「敵人」，那就「割了他的喉吧！」因為「死人才不會洩密」。其實，他們很清楚負責撐筏的擺渡人都在鎮上睡了或忙著喝酒尋歡，但他們還是堅持要依「海盜」的方式行事，不能壞了行規。就這樣，湯姆在前面領頭，哈克操縱後槳，喬操著前槳，三人一起划著木筏離岸。

湯姆雄糾糾地站在木筏中央，眉頭深鎖、雙手交叉環胸，嚴肅地壓低聲音下令：「順風而行！再迎向上風！」

「是的！老大！」

「小心點，穩住！穩住！」

「穩住了，船長！」

「在那兒轉一下！」

「遵命，老大！」

男孩們平穩地操縱木筏，一路划到河中央。這些口令都是男孩們好玩地在耍帥，根本沒有任何意義和實際動作。

「我們升了什麼帆？」

「下桁大橫帆、上桅帆和三角帆。老大。」

「升起頂桅帆，升到杆頂。欸！你們六個快動手升帆！使盡全力！認真點！」

「遵命！老大！」

「升起主上桅帆！拉起帆腳索，轉帆索！快一點！」

「遵命！老大！」

「風要來了！準備好！風一到就往左轉！左轉！就是現在！好傢伙，用力點，穩住！」

「穩住了，老大！」

男孩們渡過一半的河面時，把木筏轉正，規律地一槳接著一槳奮力划。河的水位不高，流速只有兩到三英里。接下來的四十五分鐘裡，幾乎沒人說話，三人只顧著划槳。

此時，他們經過有點遠的小鎮，隱約可見兩三盞在靜夜裡搖曳不定的光芒，家人們都在那裡沉靜地睡著，一點也不知道映著星光的廣大河面上，一個新的犯罪集團儼然成形。

闇黑復仇者湯姆雙臂交叉，一言不發地站著凝視那承載了快樂的往日時光和近來各種痛苦的家鄉。他希望「她」能看到此刻正在驚濤駭浪海上勇往直前的他，無畏地迎向危險與死亡，帶著微笑步向毀滅。對湯姆來說，只要用想像力就能把河邊的傑克森島變成孤立在海上的島嶼。因此，他對家鄉投下最後一望，既心碎又帶著夢想成真的滿足感。另外兩位大海盜也望向小鎮，在心底默默向家鄉告別。

三人都沉浸在壯士一去再不復返的哀戚裡而忘了划槳，木筏順著水流漂，差點偏離了小島的上岸處。幸好他們及時發現，趕緊把方向轉正，木筏最後在離小島兩百碼左右的沙洲上擱淺了，這時已經凌晨兩點了。三個人在水裡來回跋涉好幾次，才把所有東西都搬上岸。男孩們在樹林裡找了一個角落，把木筏上那張老舊的帆撐開當作小帳篷，不過三名江湖大盜可不會睡在帳篷裡，這是用來堆放補給品的。他們要餐風露宿，展現海盜氣概。

三個男孩在森林深處的大樹旁生起火，用平底鍋烤幾片培根當晚餐，還吃掉一半的玉米麵包。在野地裡聚在火堆旁大吃大喝，三人覺得心情暢快。身處在杳無人煙，從未被人發掘的處女地，遠離世俗煩惱，三人齊聲立誓，就此告別文明世界，絕不回頭。跳躍的火光照亮他們的臉龐，把那搭在三根樹幹上的森林聖殿也映得紅通通，周圍的樹葉像裝飾神殿的藤蔓與枝葉，閃爍著金箔般的光芒。

他們吃完最後一片烤得酥脆的培根和最後一塊玉米麵包，躺在草地上舒展四肢，心滿意足。他們明明可以找涼爽一點的地方歇息，但躺在露天的營火旁多詩情畫意啊！他們捨不得離開這裡。

「多愜意呀！」喬說。

湯姆跟著說：「根本如夢似幻。等其他小孩發現我們消失之後，會說什麼啊？」

「有什麼好說的？他們只能老死在那個小鎮上。你說呢，哈克？」

「我也這麼想。」哈克貝利說，「總之，這裡太適合我了，我想這樣過一輩子。以前我從沒吃飽過，在這裡沒人打擾，也沒人欺負我、打罵我。」

「我一直想過這種生活。」湯姆接著說，「早上不用趕著起床，也不用上學、不用洗臉、不用做那些荒唐的糊塗事。喬，想想看，海盜上岸時什麼也不做，但隱士呢，就得一天到晚祈禱，當隱士多沒趣啊，而且還得孤身一人。」

「的確，你說的沒錯。」喬附和：「我之前沒想那麼多，現在當了海盜，我才明白海盜的生活好多了！」

「你看吧！」湯姆說：「現代人不像古代人，他們對隱士沒興趣，但大家很佩服海盜。而且啊，隱士睡覺時，得睡在堅硬的地方，只能穿粗麻布，還得在頭上抹香灰，站在雨中任雨淋，而且……」

哈克貝利插嘴問道：「為什麼隱士要穿粗麻布，又要在頭上抹香灰？」

「我也不知道，但隱士非這麼做不可，這樣才叫隱士。如果你要當隱士，就得遵守隱士的規矩。」

「哼，這種事我才不幹。」哈克貝利評論。

「不然你怎麼做？」

「我也不知道，反正我不做隱士那一套。」

「不能這麼說，哈克，你要當隱士就得照做，逃不了的。」

「但我受不了啊！我會一走了之。」

「逃走！哈！你這樣就當不成隱士啦！你會讓隱士蒙羞。」

血手紅魔沒有回答，因為他手上忙個不停——他把玉米棍鑿了個洞，插了根草桿，在空心處堆上菸草，用炭塊點著菸草後，一陣香氣嬝嬝升起。他深吸了一口，心滿意足地沉醉在這奢侈的娛樂裡。另外兩名海盜很羨慕血手紅魔那世故的姿態，暗暗決定也要學會抽菸。

過了一會兒，哈克貝利說道：「海盜得做什麼？」

湯姆回答：「海盜只要到處欺負人就好了，把船搶來放火燒掉，搶了錢就藏在島上的可怕地方，讓鬼魂和精靈替他們看管財物，接著把船上的人都殺掉——只要叫他們走上跳板跳進海裡就成了。」

「然後他們把女人帶到島上。」喬接著說，「海盜不殺女人。」

「沒錯！」湯姆附和，「海盜不殺女人。女人太尊貴了，而且女人很漂亮。」

「海盜不是要穿最酷的衣服嗎？對吧？他們穿金戴銀，還用鑽石當裝飾呢！」喬興奮地形容。

「誰穿那種東西？」哈克貝利問。

「海盜都這麼穿啊！」

哈克貝利鬱鬱寡歡地看著自己身上的衣服。「那我打扮得不像海盜，對吧？」他傷心的聲音令人同情。「我只有這種破爛衣服可穿。」

另外兩個男孩立刻安慰他，過不了多久他就會有新衣服可穿──他們很快就會搶到金銀財寶。他們向他解釋，雖然富有的海盜穿得很體面，但剛入行的海盜穿得破爛沒什麼大不了的。

三人的談話聲漸漸變小，瞌睡蟲跑上他們的眼瞼，引他們走入夢鄉。血手紅魔的煙斗從指間落下，他無憂無慮地安詳睡去。四海狂魔和闇黑復仇者還清醒著，雖然此時沒有人強迫他們跪著並大聲唸出禱文，但他們都在心中默默禱告。其實他們並不想禱告，但又害怕過著這樣大逆不道的生活，說不定老天爺會用雷劈或電擊來懲罰他們。

當睡意漸漸來襲，他們又被新的憂慮打醒，那就是永遠不眠的「良心」。他們暗暗懷疑自己是不是不應該蹺家，又想起自己偷了火腿和培根，罪惡感牢牢地鉗住他們的心，折磨他們的良知。他們在內心抗辯應該沒關係，因為之前也偷過糖果和蘋果，但如此薄弱的辯解無法平息良心的鞭笞。畢竟，偷幾顆糖吃只是順手牽羊，但偷珍貴的培根和火腿可是像打家劫舍的罪行，而且《聖經》十誡裡明文禁止偷盜。於是，他們暗下決心，在海盜生活裡不可再犯下偷盜罪。終於，他們的良心得到安慰，言行不一的兩名海盜終於安穩地睡著了。

14

次日早晨，湯姆一醒來時還搞不清楚自己身在何處。他坐起身，揉揉眼睛望向四周，終於記起昨晚的航海大冒險。天色灰濛濛的，清晨的空氣有點涼意，悄然無聲的樹林和無邊無際的平和景色讓人心情既平靜又暢快。沒有半片葉子飄動，沒有任何聲息驚動大自然深沉的冥想。露珠停在綠葉和新草上，已熄滅的營火只剩下灰白的灰燼，最後一縷薄煙冉冉而升又隨之消散。喬和哈克還沒醒來。

終於，森林深處響起第一聲鳥鳴，另一隻小鳥隨即回應，過沒多久，一群起床的啄木鳥開始辛勤工作，「嘟！嘟！」地啄起樹幹。灰濛濛的涼意慢慢退去，各種動物的聲息緩緩甦醒，生命的氣息重回大地。

湯姆默默地看著大自然展現魔法，甩去夜裡的睡意，精神抖擻地迎向早晨的忙碌工作。一隻綠色的毛毛蟲爬上還沾著露珠的綠葉，時不時用力抬起上半身東嗅西聞，再緩緩往前爬。湯姆猜牠一定是在估量距離。毛毛蟲慢慢爬向湯姆。他一動也不動地坐著，其實心裡激動不已。毛毛蟲愈靠近，他就愈興奮，毛毛蟲猶疑停下時，他就沮喪，猜想著毛毛蟲會往哪兒去。毛毛蟲走走停停的，不斷地抬頭嗅聞，最後牠下定決心毫不遲疑地爬到湯姆的腿上，緩緩前進。賭贏的湯姆開心極了，這代表他將有一套新衣服，一定是引人注目的海盜裝吧！

接著他又發現有一排螞蟻列隊而行，個個埋首工作，一隻螞蟻辛苦地扛著比自己大五倍的死蜘蛛，一路拖進一根樹幹深處。湯姆看到一隻咖啡色帶圓點的小瓢蟲爬到長長尖尖的草葉上，他彎下腰靠近瓢蟲，輕聲說道：「小瓢蟲，小瓢蟲，快快飛回家，家裡失了火，小孩沒人顧！」小瓢蟲立刻拍翅飛了起來。湯姆早就知道昆蟲一聽到失火就會緊張極了，他常用這一招逗弄蟲兒玩。接著他發現一隻金龜子努力地搬著一團土塊，湯姆伸出手指輕碰牠一下，就把牠嚇得縮起腳來裝死。

此時，鳥兒都起床了，嘈雜地爭論不休。一隻啼聲像貓叫的小嘲鶇正站在湯姆頭頂的樹枝上，模仿左鄰右舍的鳥囀，洋洋自得。聒噪的鵲鳥從天際俯衝而下，簡直像一團青藍色的火焰。鵲鳥停在湯姆伸手可及的枝幹上，把頭歪向一邊，好奇地打量眼前的陌生人。灰松鼠和一隻不知名的動物——約莫和狐狸一樣大小，也步出森林，時不時停下來坐在地上，盯著男孩交頭接耳地討論一番。這片野地的動物們顯然沒和人類打過交道，不太確定該不該逃跑。此刻，完全清醒的大自然充滿活力，金燦燦的朝陽在遠遠近近的枝椏間投下長長的光束，幾隻蝴蝶翩翩飛舞其間。

湯姆叫醒另外兩名海盜。三人歡呼一聲，才一兩分鐘就脫光全身衣物，追逐打鬧著跑到河水清澈的白色淺灘嬉戲玩耍。他們一點也不想念遠在大河那一端尚在熟睡中的小鎮。突然一陣激升的急流帶走了木筏，三個男孩不但不難過反而有點慶幸，因為沒有木筏，他們和文明世界的橋樑就斷了。

三人開心地回到營地時也餓壞了，就七手八腳地生起火來。哈克貝利在附近找到清澈冷洌的泉水，於是他們用橡木或山核桃木的葉子做成杯子汲水來喝。泉水多麼甜美啊——野地森林的芬芳甘甜，比咖啡好喝多了。喬切著培根準備做早餐，但湯姆和哈克制止了他，然後兩人來到河岸。他們滿懷希望地抛下魚線和釣餌，才一下子就釣到了活跳跳的魚。沒多久，喬就看到兩人拎著一尾鱸魚、兩尾鱒魚和一尾小鯰魚走了回來，這些魚夠餵飽一大家子了！三個人把鮮魚和培根放在一起煎，香味四溢，令人食指大動。他們很意外煎魚居然這麼好吃。他們並不知道新鮮的魚隨便料理都好吃，也不知道睡在星光下的一場好覺、戶外活動和玩水都會讓他們食慾大開，更沒想到饑餓的人吃什麼都像天下第一珍味的道理。

吃完早餐，他們坐在樹蔭下休息，哈克又抽起煙斗。之後，一行人走入森林，踏上探險之旅。他們開心地邁著大步，跨過枯木，穿過交纏的灌木，走在森林的神木間，長長的藤蔓從樹冠垂掛而下，那是王者的象徵。這會兒，他們走到一片開滿花朵，柔軟如氈的草地上。

這美景雖然賞心悅目，但沒有特別令他們驚奇的事物。他們發現這座島大約三英里長、四分之一英里寬，最靠近河岸的地方，水面只兩百碼寬。他們幾乎每個小時都下水游泳，直到下午都快過了才回到營地。他們餓得都沒力氣去釣魚，就吃起冷火腿來。吃飽喝足的三人坐在樹蔭下閒聊，沒多久就失去興致。無聲靜止的森林彷彿也陷入沉思，孤寂漸漸籠罩男孩的心。他們低著頭像在思索什麼，某種難以形容的渴望在心中蠢動，慢慢地，他們明白了這是什麼感覺——思鄉病。連血手紅魔哈克貝利都想念起小鎮的路邊台階和大木桶——那些他睡覺的地方。但三個人都不敢坦白承認自己想家。

遠處傳來一陣奇怪的悶響。一開始沒人察覺，就像許多人不會注意時鐘的滴滴答答一樣。不過這聲音愈來愈響，終於引起他們的注意。三人從思緒裡驚醒，你望我，我望你，側耳傾聽。但一陣漫長深沉的寂靜重新籠罩他們。過了一會兒，他們又聽見低沉的隆隆聲。

「那是什麼聲音？」喬輕聲驚呼。

湯姆嘟囔著說：「我也不知道。」

「這不是雷聲。」哈克貝利驚懼地說，「因為雷聲——」

「哈克！」湯姆制止了他，「仔細聽，別說話。」

他們不發一語地等著，好像等了一整年似地，接著那悶悶的隆隆聲又打破肅靜。

「我們去瞧瞧。」

三人一躍而起，快步跑到面向小鎮的水岸。他們躲在河水旁的樹叢裡，從枝葉間往河面上望去；看見一艘蒸氣渡船在小鎮下游一英里處順流漂行，船上似乎擠滿了人。渡船旁邊還有好幾艘小艇在四處划動。三個男孩搞不清楚這些人在做什麼。過了一會兒，那沉悶的隆隆聲再次響起，渡船旁還冒出一陣裊裊升起的白煙。

「我知道啦！」湯姆大叫，「有人溺水啦！」

「沒錯！」哈克貝利說，「去年夏天比爾溺水時他們也這麼搞過，只要在水面上放炮，溺水的人就會浮上來。就是這樣，他們還在麵包裡放了水銀，好讓麵包浮在水面上，麵包就會漂到溺水的人那裡。」

「我也聽說這種辦法很有效。」喬同意。「我想不出來麵包怎麼會那麼靈。」

湯姆回答：「不是麵包厲害。我敢打賭，他們一定是在放麵包前唸了什麼咒語。」

哈克貝利說：「可是他們什麼也沒說，我盯著他們把麵包放到水上，沒人唸咒語。」

「那就奇怪了。」湯姆說，「也許他們在心中默唸。當然啦！一定是這樣，這樣就說得通了。」

另外兩人覺得湯姆說得很有道理。如果沒有咒語的指引，又蠢又笨的麵包絕不可能那麼聰明能找到水底下的溺水者。

「哎唷，真想去那艘船上看看。」喬喃喃地說。

哈克貝利接著說：「我也想去瞧瞧，我想知道是誰溺水。」

三個男孩躲在樹叢裡觀察著水面那些人的一舉一動。過了一會兒，湯姆突然靈光一現，喊道：「夥伴！我知道溺水的人是誰——就是我們呀！」

湯姆話音一落，三個男孩都覺得自己成了英雄，神氣極了。多精采的一場勝利！人們想念他們，為他們哀悼，他們的離家讓許多人傷心欲絕，淚流不止。他們想到以前對這些男孩多麼狠心苛刻，此刻都懊悔不已，深深地自責。最棒的是，一去不回的三個人成了全鎮的焦點，這下子，其他孩子一定嫉妒死他們響亮的名聲。太好了，當海盜真是太棒了。

黃昏慢慢來臨，渡船又照常來往擺渡，其他的小艇都離開了。三名大海盜興高采烈地回到營地。三人都沉醉在勝利的榮耀裡，對自己引起的風波得意洋洋。他們抓了魚，吃著烤魚大餐，熱烈地討論鎮民的心情，大家會怎麼談論他們，想像著他們的失蹤引起多少人的痛苦，多麼令人欣慰的成就啊！當然，只有他們這麼想。當夜色緩緩降臨，三個男孩停止談話，沉默地望著跳動的火光，各自心事重重。此刻，先前的亢奮淡去，湯姆和喬不禁想起家裡的人。家人絕不會像他們一樣為了這場騷動心花怒放。恐懼與擔憂湧上心頭，兩人愈來愈消沉，不禁偷偷地嘆著氣。過了一會兒，喬怯懦地探口風，詢問其他人對重回文明世界的意願——當然不是現在，如果有一天。

湯姆立刻嘲笑他意志不堅。一向中立的哈克貝利這回附和湯姆。喬立刻表現出毫不留戀的樣子，強調自己絕不是想家的膽小鬼，暗自慶幸自己沒說實話。他們成功壓制了潛在的叛變，又團結起來。

夜暮低垂，哈克貝利打起盹來，過了一會兒就開始打呼。接著，喬也加入打呼陣營。湯姆倚著手肘，一動也不動地凝望另外兩人，然後他小心翼翼地起身，跪到地上，在草叢與閃爍的火光間翻找著東西。他拿起幾塊梧桐樹的灰白薄樹皮，有點捲翹的大樹皮像剖半的圓筒。他東挑西揀，總算選了兩塊中意的樹皮。他跪在火邊，拿著那塊縫紉用的紅粉筆用力在樹皮上寫字，然後，他捲起一塊放進自己外套口袋，另一塊放到喬的帽子裡；再把帽子放在離喬幾步遠的地方。除此之外，他還在帽子裡放了幾樣對男生來說十分珍貴的寶物：一段粉筆，一個橡皮球，三個魚鉤，一個據說「想必是水晶球」的稀有彈珠。接著他躡手躡腳地走進樹林，等到他覺得沒人聽得到他的腳步聲時，就往沙洲飛奔起來。

15

幾分鐘後，湯姆跑到了沙洲，踉踉蹌蹌地在水中走向伊利諾州的岸邊。他走到河面中間時，雖然水深只到他的腰際，但水流湍急讓他走不穩，於是他開始游泳，打算游到對岸。雖然他奮力往上游，但河流一直把他往下游帶，河流的阻力比他想像得困難。他好不容易游到岸邊，又漂流了一陣子才找到一處低地可以慢慢站起來。他把手伸進外套口袋確認樹皮安然無恙，就沿著河岸走進樹林，任由溼透的衣服滴滴答答。十點不到，他來到小村子對面的一塊空地，看著停在河堤旁的大樹蔭下的那艘渡船。星光閃耀，世界顯得格外安詳。他沿著河堤小心爬行，四處張望，又滑進水裡，游了一下再爬進渡船旁邊掛著的小艇裡，然後躺下來，喘著氣等待開船。

過不久，船上的破鐘敲響，有人下令：「開船！」幾分鐘後，渡船發動濺起的浪花把小艇的船頭衝得豎立了起來，渡船開始航向湯姆的家鄉。湯姆很開心自己成功上了船，這可是今晚最後一班渡船。過了漫長的十二或十五分鐘，船停了下來，湯姆在夜色的掩護下悄悄地溜出了小艇，往岸邊游去。他在離渡船約五十碼的下游處上了岸，避免被人發現他的蹤跡。

他穿過冷冷清清的小巷，一下子就跑到波莉姨媽家後院的圍籬。他俐落地翻過圍籬，走近邊房，然後從起居室的窗戶往內望。屋子裡面點著蠟燭，波莉姨媽、席德、瑪麗和喬的母親坐在床邊說話。床另一邊就是門。湯姆走近門，輕輕地把門閂抬起，門被推開時發出咿呀一響，湯姆心驚膽顫地將門打開到他勉強可以鑽進去的大小，戰戰兢兢地爬進屋裡。

「怎麼蠟燭晃成這樣？」

波莉姨媽的聲音傳來，湯姆趕緊縮進床底。

「哎呀，門開了。原來是這樣，沒什麼好大驚小怪的。席德，快去把門關上。」

及時躲進床底的湯姆，直直躺平，忙著喘氣，接著他慢慢挪動身子，直到他伸手就可以碰到姨媽的腳的距離。

「我剛說到一半，」波莉姨媽說，「他本性不壞，只是愛搗蛋，胡作非為，莽莽撞撞。但他從不會真的做壞事，也沒什麼壞心眼，他其實是個心地善良的孩子……」波莉姨媽開始啜泣起來。

「我的喬也是這樣——他就是那麼淘氣、調皮、愛惡作劇，但他沒有私心，是個體貼的孩子。老天啊！原諒我！一想到我為了鮮奶油把他毒打一頓，完全忘了是因為餿掉，我就順手丟掉了。現在我再也見不到他了……再也……見不到了……我誤解他了！」哈普太太心碎地痛哭。

「我希望湯姆現在過著逍遙日子。」席德說，「雖然他有時挺惹人厭的——」

「席德！」雖然湯姆看不見姨媽的表情，但從她的聲音聽來，她八成氣得眼睛都要冒出火來。「別說我的湯姆的壞話。現在他已走了！老天會好好照顧他的，你管好你自己就好。唉，哈普太太，我不知道怎麼放下他。我一直想著他，雖然他常讓我操心，但他也是我最心疼的孩子。」

「『上帝把他們賜給我們，又把他們收回去了。感謝上帝！』但這太殘酷了！太讓人心痛了！上星期六，我還因為我的喬寶貝玩鞭炮，打得他哀叫不已。當時，我根本沒想到，才一下子——哎，早知道……如果一切可以重來，我會緊緊抱著他，安慰他。」

「是啊！我懂妳的心情，哈普太太，妳說的正是我的心境啊。昨天中午，我的湯姆餵貓吃止痛藥，把那隻老傢伙嚇得東奔西逃，搞得家裡天翻地覆。老天呀！原諒我，我用毛線針打了湯姆的頭，那個可憐的、可憐的、死掉的孩子。現在他無憂無慮了，可是我忘不了他最後說我不該餵他止痛藥的樣子……」

回憶讓人難以承受，老太太的眼淚潰了堤，說不下去。湯姆也鼻酸了，心疼起自己的可憐遭遇。他聽見瑪麗也在哭泣，不時說一兩句讚美湯姆的話。他不禁覺得自己還真是個偉人。傷心的姨媽感動了他，他好想從床底下鑽出去，給姨媽一個大大的驚喜——他一向喜歡做誇張又戲劇化的事，但他強忍住衝動，安靜的躺在床下。

湯姆從他們斷斷續續的話語中拼湊出事情經過。大家認為三個孩子一定是跑去游泳，不小心溺水了。接著有人發現少了一艘木筏，有孩子說，那三人曾經說過大話，要做一番令大家刮目相看的大事。於是有人就推測孩子們一定是划著木筏往下游去了，過不久鄰鎮應該就會有人來通知他們的行蹤。但到了中午，有人在密蘇里州的河岸上找到遺失的木筏。這結果讓大家都失望了，顯然孩子們溺水了，不然他們沒東西吃，一定會在天黑前回到家。雖然下午的搜救行動沒找到人，也沒撈到屍體，但是三人都是游泳好手，一定是在河中央遇難的。今天是星期三，如果到了星期天還沒找到屍體，就沒希望了，到時就會決定葬禮日期。湯姆聽了，哆嗦一陣。

哈普太太哽咽地道了晚安後準備離開，兩個傷心欲絕的女人突然間悲從中來，緊緊相擁，倒在彼此懷中又抽泣了一陣子才分開。波莉姨媽比平常更溫柔地跟席德和瑪麗說晚安。席德帶著鼻音走上床。而瑪麗回房時則痛哭失聲。

波莉姨媽跪在地上，懇切地為湯姆祈禱。她的禱詞多麼感人又真誠呀，每個字都充滿了她對湯姆的疼愛，那蒼老的聲音微微發顫。湯姆才聽到一半就熱淚盈眶。

等姨媽上床睡覺後，湯姆又在床底下躲了好一陣子，因為她不時發出心碎的嘆息，翻來覆去，難以成眠。終於，她不再翻身，但在睡夢中仍然低聲呻吟。

湯姆輕手輕腳地挪動身子，緩緩地從床下爬出來。他用手擋住燭光，凝望著姨媽熟睡的臉龐。湯姆很捨不得姨媽，他把懷中的梧桐樹皮放到蠟燭旁，但腦中突有了別的主意，思索解決的辦法，最後臉上露出欣喜的表情，又把樹皮放回口袋裡。最後他彎下腰，親吻一下姨媽蒼白的唇，然後轉身輕輕地溜出去。

湯姆走向碼頭，四周沒有半個人影，他知道此時船上空無一人，看守碼頭的那個人老是待在屋裡呼呼大睡，於是他大膽地上了船。湯姆把船尾的小艇解下來，爬進小艇，往上游划到距離小鎮約一英里遠時，調轉船頭，再使勁地往對岸划過去，很順利就划過河面，到了對岸。他很想把小艇據為己有，海盜理所當然該偷船。但他知道大家一定會搜索小艇的蹤跡，這樣他們的形跡就會敗露了。他只好放棄小艇，往森林裡走去。等到他走近沙洲時，天色已經大亮。

他休息了一下子，直到太陽高高升起，河面上金光閃閃，他才跳進水裡去。過了一會兒，他終於回到小島。

走近營地時，他聽見喬說：「不，湯姆重情重義，他一定會回來的，他不會拋棄我們。他知道這是海盜的奇恥大辱，湯姆心高氣傲，絕不會做這種事。他一定在盤算新計畫。我真想不透他去哪兒了。」

「反正，這些東西都是我們的，對吧？」

「可能吧，但我還不敢說，哈克。上面寫著『如果我錯過了早餐，那這些就是你們的』。」

「我已經錯過早餐啦！」湯姆戲劇化的大叫一聲，大搖大擺地走進帳篷。

三個人立刻煎了鮮魚和培根，享受一頓豐盛的大餐。湯姆得意洋洋地誇耀他的暗夜歷險記，不忘加油添醋一番，說他們三人成了多麼偉大、令人景仰的大英雄。接著湯姆躺到大樹蔭下，一口氣睡到中午。另外兩名大海盜則忙著捉魚，到處玩耍。

16

吃完午餐，全體海盜幫都跑到沙洲上找烏龜蛋。他們拿著樹枝在地上刺來刺去，一發現特別鬆軟的沙地就跪下來徒手挖沙。有時，他們在一個洞裡就找到五、六十顆蛋。又白又圓的烏龜蛋比英國胡桃還小一點。海盜們煎烏龜蛋當晚餐，星期五早上又享用一次烏龜蛋早餐。

早餐吃完，三個男孩吵吵嚷嚷地跑到沙洲上追逐嬉戲，熱了就把衣服脫丟在一旁，直到大家都脫得精光，就光著身子跑到水邊。有時水流太急，他們無法前進，只能逆水而走。他們用手掌汲水，一邊小心伺機把水潑向敵人進擊水攻，一邊別過臉躲開敵人的攻勢。最後三人玩起水中摔角，直到最會閃躲的海盜獲得勝利。接著大夥兒一起跳進水裡，恣意揮舞四肢濺起無數晶亮的水花。三個人縱聲大叫大笑，一會兒浮出水面深吸一口氣，又潛進水裡玩捉迷藏。

玩得累壞了的孩子們最後呈大字型地癱在被太陽烘烤得又熱又乾的沙灘上，用沙子埋住彼此的身體。過一會兒又跳進水裡，玩累了再上岸，一次又一次。突然，他們發現自己赤裸的皮膚和小丑穿的膚色緊身衣很類似，就在地上畫了一個大圓，充當馬戲團的舞台；三個小丑同時粉墨登台，因為誰也不想讓出當小丑的難得機會。

表演完小丑，三人就打起彈珠遊戲，他們在地上畫了一個圈，誰的彈珠被撞到圈外就輸了。或在地上挖幾個洞，其中一個是死洞；比賽誰能讓彈珠避開死洞，又以最快速度將彈珠依序打進每個洞裡；勝利者能贏走輸家的彈珠。

喬和哈克貝利又跑去游泳。湯姆突然發現自己腳踝上的響尾蛇鍊不見了，疑惑著為何失去腳鍊保祐的他還能東跑西跳也不會抽筋？當他找回腳鍊時，哈克貝利和喬也玩累了，表示只想休息。三個男孩各自散開，都覺得有點興味索然，望著慵懶陽光下大河那一頭的家鄉。湯姆不自覺地用腳趾頭在沙上寫下「貝琦」，又趕緊用手抹掉字跡，氣惱自己意志不堅。但他忍不住又寫了一遍，寫完又匆匆抹去，決心停止愚蠢行徑的他跑去找哈克貝利和喬玩遊戲。

但無精打采的喬對什麼都提不起勁，他想家想得不得了，再也受不了不告而別的折磨，淚水隨時會潰堤而出。哈克貝利也很憂鬱。湯姆雖然也很沮喪，但努力裝作若無其事的樣子。他現在還不想說出心裡的祕密，但若大家一直意興闌珊，恐怕也只能趕緊使出最後一招。他假裝興奮地說：「我敢打賭，以前就有海盜待在這座島上，這裡一定埋了海盜偷來的寶藏，我們得去找找看。想想看，說不定會找到裝滿金銀的大寶箱！多酷啊！」

垂頭喪氣的兩人虛應一下又不說話了，氣氛還是很消沉。湯姆又提了一兩個遊戲，仍然引不起喬和哈克貝利的興致，最後連湯姆也氣餒極了。喬一臉萎靡地用樹枝戳著沙地，最後他說：「同志們，我們就承認吧！我想回家，這裡太寂寞了！」

湯姆回說：「喬，過一陣子就好了。想想看，這裡到處是魚，抓魚多好玩啊！」

「抓魚好無聊，我想回家。」

「喬，回家就不能像現在這樣一直游泳了！」

「游泳也很無聊，我對游泳沒什麼興趣。如果沒人禁止我游泳，游泳根本沒什麼特別的。我寧願回家。」

「拜託！你真是個愛哭鬼！你一定是想你媽媽了！」

「沒錯！我就是想看看我媽。我打賭，如果你媽媽還在，你也會想她。你們根本沒比我強，你們也一樣想家！」喬哽咽了起來。

「好吧，那我們就讓愛哭鬼去找媽媽吧！哈克！這傢伙真沒用，那麼想找媽媽，你就走吧。哈克，你喜歡這裡吧？你想待在這裡吧？你和我會一起待在這裡，對吧？」

哈克貝利拖長了聲音，有氣無力地說：「好——吧——」

喬站了起來，說：「我這輩子不會再跟你們說話了。再見！」語畢，他陰鬱地走到旁邊，穿上衣服。

「隨便你！」湯姆說，「反正我們也不需要你。你就自己回家，當大家的笑柄吧！你算什麼海盜！哈克，你和我，我們可不是哭哭啼啼的愛哭鬼，我們會待在這裡，對吧？哈克？他想走就走吧，沒有他，我們一樣過得很好！對吧！」湯姆不安地看著一言不發的喬繼續穿衣，有點驚慌。

湯姆注意到哈克貝利渴望地盯著準備離開的喬，但他什麼也不說。三人間一陣可怕的沉默。過了一會兒，喬就涉水往伊利諾州的方向走。湯姆的心開始往下沉，他看了哈克貝利一眼，但哈克貝利只是低下了臉，最後他說：「我也想走，湯姆。這裡真的很無聊，再待下去只會更痛苦。我們也回去吧，湯姆。」

「我才不走！你們要走就走！我會留在這裡！」

「湯姆，我真要走囉。」

「那就去啊，又沒人逼你留下來。」

哈克貝利也穿回破舊的衣服，說：「湯姆，我希望你一起走。不要想不開，我們會在岸邊等你。」

「要等就等吧，你們等不到我的。」

哈克傷心地走了。湯姆站著凝望他的背影，他很想拋下自尊，追上他們，然後一起回家。他祈求哈克和喬停下來，但他們繼續在水裡蹣跚前行。湯姆突然發現少了夥伴，這座島多麼孤獨又無趣啊！他的自尊與渴望不斷交戰，最後他奔向兩位同伴，喊著：「等一等！等一下！我跟你們說一件事！」

兩個男孩停下來看著他。湯姆跑過去把內心深藏的祕密說了出來。哈克和喬原本不大開心，一直到湯姆和盤托出他的計畫，兩人立刻一邊鼓掌一邊發出勝利的戰呼，得意地叫著：「酷斃了！」他們異口同聲地說，如果湯姆早點把祕密說出來，他們絕不會這樣一走了之。湯姆編了一個聽起來很可信的藉口，但其實他暗自擔心這個祕密無法留住他們太久，所以他想到最後一刻才使出終極法寶。

三名大海盜又興高采烈地回到島上嬉戲，談論著湯姆的計畫簡直無懈可擊，佩服著湯姆的足智多謀。吃完了有蛋有魚的精緻晚餐，湯姆說他想學抽菸，喬立刻附和，他也想試試看。於是，哈克貝利做了幾個菸斗，並裝上菸草。湯姆和喬沒有抽過菸，只抽過葡萄藤做成的雪茄，一抽就被煙嗆得舌頭發麻，卻自認很有英雄氣概。

他們支著手肘，伸展雙腳，舒服地側身而臥，既謹慎又得意地抽起菸。菸草的味道不太好聞還有點嗆鼻，但湯姆說：「哎唷，抽菸其實挺容易的。如果早知道抽菸那麼簡單，我早就學起來了！」

「對呀，抽菸沒什麼大不了的。」喬附和。

湯姆繼續說道：「之前看到別人抽菸，我也好想抽幾口。沒想到我一下子就學會啦！」

「我也是這麼說過，對吧，哈克？你常聽我這麼說，對吧？哈克，我真的這樣說過，對不對嘛？」

「對，你說了好幾次。」哈克貝利回答。

湯姆說：「我說過千百次啦！上次在屠宰場那兒我也這麼說，你記得吧，哈克？鮑伯、強尼、傑夫也在場，你記得我這麼說過，對吧？哈克。」

「記得，我記得。」哈克說，「就是我丟掉白色玻璃珠那一天——喔，不，是前一天。」

湯姆說：「看吧，我真的這麼說過，哈克記得！」

喬說：「我可以抽一整天，我一點也不覺得難受。」

「我也可以。」湯姆回嘴，「我可以抽一整天。我打包票傑夫不敢抽。」

「傑夫！他當然不敢！他抽兩口就會暈倒啦！下次讓他試試，他一定受不了！」

「他一定受不了的！還有強尼，我真想看看強尼抽菸會多好笑！」

「哎唷，一定超爆笑！」喬想像著：「我打賭強尼一口也不敢抽，一小口就會要他的命了！」

「對啊。哎，我真希望其他人看到我們這副酷樣！」湯姆說。
「我也希望。」喬說。
「想想看，有一天大家一起玩的時候，我就走過去跟你說：『喬，有菸嗎？我想抽一口。』你就一副沒什麼大不了的樣子說：『好啊！我用我的老菸斗，還有另一個菸斗可以給你用，不過我的菸草不怎樣。』然後輪到我說：『無妨，夠嗆就好。』然後你把兩個菸斗都拿出來，我們把菸草點著，他們一定會嚇死了！」
「我的媽呀，你這點子太妙了！我現在真想試試看！」
「我也是！等到我們炫耀當海盜的日子多酷多炫，他們一定會羨慕得要死！」
「當然，他們一定嫉妒死了！」
他們七嘴八舌地說個不停，但才一會兒就得意不起來了，談話變得零零落落，沉默的時間愈來愈長，因為他們口裡冒出一大堆痰，下顎像是淹了水的地窖，必須不斷吐痰才不會被嗆到，但是仍然止不住嘔吐噁心的感覺。兩個男孩臉色蒼白，愈來愈不舒服，最後喬終於有氣無力地放下菸斗，湯姆也跟著放下，兩人都用盡全身力氣地忍住噁心想吐的感覺。
喬虛弱地說：「我的刀子掉了，我得去找一找。」
雙唇顫抖的湯姆結結巴巴地跟著說：「我幫你一起找。你去那邊，我去河這一邊找。哈克，你留在這裡就好，我們會把刀子找回來的。」
於是哈克貝利又坐下。獨自等了一個小時之後，寂寞的他起身去找兩個同伴。湯姆和喬各自在林子裡的一頭，臉色蒼白地睡著了。不過哈克在他們附近發現有嘔吐物的痕跡。

晚餐時三個人的話都變少了。湯姆和喬顯得病懨懨地，之前趾高氣揚的氣勢都不見了。吃完飯哈克又準備抽菸斗，他順手想幫湯姆和喬裝菸草，但湯姆和喬都婉拒了，他們推說身體不大舒服，大概是中午吃壞了肚子。

午夜時分，喬突然醒了過來，感覺有種大難臨頭的壓迫感，連忙叫醒身旁的兩人。他們圍在一起，想升火熱鬧一下，但悶熱的天氣令人窒息。火光之外，世界一片黑暗，不久後，遠處亮起一陣電光石火，轉眼就消失。慢慢地，閃電愈來愈近，也愈來愈刺眼。森林裡似乎傳來嘆息聲，接著一陣冷風拂過他們的臉頰。吹得三人直打哆嗦，他們想著一定是夜之鬼魅走過去。一陣沉默後，突然一道強烈閃電照亮夜空，也把周圍照得像白晝，腳下小草也清晰可見，也映亮了臉色死白的三人。沉重的雷聲從遠處鋪天蓋地而來，不斷迴盪後消失在未知的遠方。冷風吹得樹葉窸窣發抖，營火周圍的煙灰像雪花般隨風四散。又一道閃電映亮森林，一陣轟隆隆的雷聲在三個男孩頭頂正上方爆開，他們驚慌失措的緊緊抱在一起，接著烏雲罩頂，豆大的雨珠落了下來，打得樹葉劈啪作響。

「夥伴們，快躲進帳篷裡！快來！」湯姆大叫。

三人一躍而起，跌跌撞撞地跑進黑漆漆的樹林裡，頭上的枝葉、腳下的盤枝錯節不斷絆倒他們，孩子們慌張得四處亂逃。又一陣猛烈雷聲響徹樹林，一時之間天搖地動。眩目的閃電不斷劈下來，震耳欲聾的雷聲緊接在後，大雨傾盆而下，狂風吹著雨水。男孩呼喊彼此的名字，但回答的只有風吹雷嘯。好不容易，他們終於找到帳篷的位置，挨在一起躲到船帆下，瑟縮著發抖的身體，又冷又怕，三人的全身都被雨淋溼了。在這可怖的夜裡，幸好還有夥伴互相依靠。老舊的船帆被風吹得鼓鼓地發出啪啦的聲響，吵得什麼聲音也聽不見，完全無法交談。風愈來愈強，不久就把固定船帆的釘子吹掉了，一轉眼，營地的帳篷就被連根拔起，隨風飛起。三個男孩緊抓著彼此的手在森林裡像無頭蒼蠅一樣飛奔起來，被枝葉打得滿是瘀青，踉踉蹌蹌地跑到河堤的大榆樹下。

暴風雨來到最強烈的時刻，一道又一道的閃電點燃夜空，照亮無所遁逃的萬物：枝葉錯雜的林木、河流激起如萬馬奔騰的白色浪花和一片片的白色泡沫、河那端的峭壁，都一望無遺。閃電每隔一陣子就把一棵巨樹劈成兩半，倒在那些初生的草地與年輕的灌木上。毫無疲態的雷公不斷發出猛烈又尖銳的怒吼，不但把三個男孩嚇破膽，也快把他們震聾了。暴風雨的威力無人能敵，弱不禁風的小島似乎隨時會被扯成兩半，任由電火吞噬，或被暴漲的河水淹沒，或被狂風吹跑；巨大的雷聲似乎也要把所有的昆蟲鳥獸都震聾了。對無家可歸的三名年輕海盜來說，這真是令人驚懼的一夜。

過了好一陣子，暴風雨終於減弱了，閃電與雷聲也漸漸遠去，平靜再次回到人間。三個男孩走回殘破的營地，發現自己僥倖地死裡逃生——那棵大梧桐樹被閃電劈了，他們老是徜徉在樹蔭下，要不是他們及時逃跑，後果真不堪設想。

營地裡的東西都溼透了，火堆再也升不起火來。粗心大意的男孩跟現今的年輕人一樣，從未想過下雨時該怎麼辦，當然沒有任何補救辦法。三個人淋了一整夜的雨，又累又溼，很失望地看著眼前的一切，嘰嘰喳喳地埋怨著。不過，他們發現有一塊大木頭剛好擋在原本營火延燒的盡頭，遮住了雨勢，所以木頭底下還有些乾的餘燼。於是三人收集沒被淋溼的枝葉和樹皮，費盡心思終於又把火生了起來。他們不斷往火裡添枝加葉，直到火勢熊熊燒起，把三人的身子和衣物都烘乾了。他們狼吞虎嚥地吃著烤火腿補充體力，七嘴八舌地說著暴風雨多刺激又多駭人，而他們是多麼勇敢地死裡逃生。不過一直到黎明，三個人都沒闔眼，因為周圍沒有半塊乾地，根本沒地方可躺下休息。

太陽悄悄升起時，昏昏欲睡的三個男孩忍受不了了。他們走到開闊的沙洲上，倒頭就睡，直到烈日曬得他們渾身發燙，只好撐著濃重的睡意起來。他們渾身痠痛，手腳僵硬，更想家了。湯姆察覺了喬和哈克的心思，想方設法地逗他們開心。但三個海盜都不想玩彈石子，不想扮馬戲團，也不想玩水游泳，什麼事也不想做。湯姆提醒同伴那個美妙的祕密，終於讓他們開心起來。湯姆趕緊抓緊機會，提議玩新遊戲——暫時不當海盜，扮演印第安人。於是三人又開始嬉鬧起來，用污泥在彼此的臉上、身上畫來畫去，直到三個人都像極了斑馬。可想而知，他們三個都是印第安酋長，於是三個酋長跑進樹林攻擊那些英格蘭人的村莊。接著，他們又各自帶領一個部落，時不時就喊著戰呼，互看不順眼就不斷挑釁，到處征戰廝殺，割頭皮，各自都有數千人陣亡。多麼慘烈又痛快的一天啊！

晚餐時三人重回營地，餓得頭昏眼花但心滿意足。不過麻煩來了，剛剛還廝殺得不可開交的三位印第安酋長，怎麼能在握手言和前就同桌吃飯呢？要達成和解，就要一起抽菸斗，吞雲吐霧一番。哈克酋長覺得這是唯一的和解辦法，另兩名被逼到走投無路的酋長後悔不已，早知道就繼續當海盜，不要玩印第安遊戲。不過，他們只能硬著頭皮，假裝泰然地拿著菸斗輪流抽了一口。

看哪！他們慶幸自己跑來小島當野人，因為他們學到不少經驗——現在他們可以抽一會兒煙，不用急著跑到樹林裡找那把丟失的小刀。雖然還是有點不舒服，但至少不會嗆得想吐。他們並不滿足這樣的成果，決不放過進步的機會。晚餐後，他們又小心地練習抽菸斗，結果非常順利。今晚多麼值得慶祝呀！他們對今天的成就既自豪又得意，學會抽菸斗比扮成酋長、到處割頭皮、剝人皮還要光采。

就讓他們抽菸談笑，吹噓各自的豐功偉業吧！現在，我們來講講別的地方發生了什麼事。

17

星期六午後，海盜幫的家鄉一點也沒有週末的歡快氣氛。哈普家和波莉姨媽家哀悼著逝去的孩子，每個人都悲慟欲絕，淚流不止。平常就不太熱鬧的小鎮此時更顯得冷冷清清。鎮民都心不在焉，不大說話，時不時就聽見幾聲嘆息。一向愉快的星期六讓孩子們難受極了，玩起遊戲也興味索然，最後也不再玩耍了。

貝琦不由自主地走到空無一人的校園，既落寞又惆悵，什麼也安慰不了她。她自言自語地說：「如果我還留著那銅把手就好了！我沒有一個能記住他的東西！」她哽住了，說不出話來，站定後才又說：「就在這裡。哎，如果時光能重來，我就不會說那句冷血的話——我絕對不會說！但現在他已經不在，我再也看不到他了。」

一想到再也無法見到湯姆，貝琦不禁悲從中來，止不住的淚水撲簌簌地流了下來，她一邊哭一邊離開學校。接著，一群常跟湯姆和喬一起玩的男孩女孩走了過來，他們隔著柵欄望向校園，嚴肅地說著上次看到湯姆時，他正渾身是勁地在那兒玩耍，又回憶著喬說過什麼話（啊！他說的話裡暗示了不幸的命運，但當時他們渾然不覺）。每個人都鉅細靡遺地描述當時情景：「那時我就站在這邊，就是這裡，他就站在你站的地方，我們兩個人靠得那麼近。他笑了起來，就像這樣——突然間我感到一陣強烈的悲傷，你們懂得——那種痛苦，我當時不知道那是什麼意思，現在，我終於明白了！」

孩子們爭論著誰是最後一個看到湯姆和喬的人，好幾個人都提出各種證據，還拉著朋友作證，強調自己才是最後與他們接觸的人。爭執了好一陣子，終於有幾個人提出足夠的人證和物證，幸運的他們這會兒成了眾人尊敬的大人物，享受別人嫉妒的眼神。有一個可憐的男生想不出什麼和湯姆有關的故事，只能露出難忘的神情，自豪的說：「我被湯姆揍過一次。」

可惜，這沒什麼大不了的。大部分的男生都跟湯姆打過架，根本沒什麼好說嘴。孩子們慢慢散去，語氣哀傷地繼續討論兩位英雄的生前事蹟。

主日課結束後，教堂敲起和平時鐘響大不相同的喪鐘。這是個死氣沉沉的星期日，哀傷的鐘聲不斷迴盪在沒有歡笑的小鎮，似乎整個世界都變得空寂。鎮民們慢慢走到教堂，群聚在門廳外，低聲談論不幸的意外事件。教堂裡面一片肅靜，只有女士們就坐時喪服裙襬發出的窸窣聲。教堂裡可說是前所未見的擠滿了人。突然大家停止一切動作，目光全望向緩緩走入教堂的波莉姨媽，席德和瑪麗跟在她身後；接著是哈普一家人；每個人都穿著全黑的喪服。

全體鎮民和牧師肅然起立，沉默地看著喪家走到前面，坐在教堂的第一排。大家噤聲不語，只聽得到用手帕摀住的啜泣聲。牧師伸出雙手帶領大家禱告。

唱詩班唱著動人心弦的聖詩，接著唸道：「復活在我，生命也在我。」

牧師提起三個過世的孩子種種不為人知的優點，讚美他們的聰明才智，嘆息著他們未能實現的大好前程。牧師的講詞感動人心，鎮民紛紛自責以前有眼無珠，只看到三個男孩的缺點。牧師還敘述了許多事蹟，強調他們既貼心又大方。大家現在終於明白他們品格高尚，又懊悔以前對他們多麼刻薄，總把他們當做欠管教的野孩子，還想毒打他們一頓。牧師的演說愈來愈動人，鎮民也愈來愈傷心，大家忍不住一起嗚咽起來，悲泣聲此起彼落，連牧師也深受感動，在講壇上掉下眼淚。

傷心的鎮民們沒注意到旁邊的走廊裡傳來一陣沙沙聲。一會兒，教堂的門咿呀一聲開了，熱淚盈眶的牧師從手帕裡抬起頭往門口一望，驚訝得說不出話來。鎮民們察覺牧師怪異的舉動，一個接一個地轉頭望向大門，然後驚訝地都站了起來，瞪著那三個「已經」過世的男孩大搖大擺地踏上走道：湯姆走在最前面，接著是喬，最後是衣服破破爛爛、神情膽怯的哈克貝利。原來這三個男孩一直躲在無人的走廊裡見證自己的葬禮，聽著牧師歌頌他們的功績。

波莉姨媽、瑪莉和哈普全家都衝上前抱住湯姆和喬，邊親吻他們邊感謝上帝，哈克被晾在一旁，他侷促不安地呆站在那兒，不知道該怎麼辦。他想轉身離開，但湯姆一把拉住他，說道：「波莉姨媽，這樣太不公平了，大家也該歡迎哈克。」

「當然。我很開心看到哈克平安回來。可憐的孩子，沒有媽媽的照顧。」波莉姨媽立刻疼惜地抱住他。哈克更不自在了。

突然間，牧師用盡全力地喊道：「讚美上帝！上帝保祐我們！唱讚美詩吧！真心誠意地唱吧！」

鎮民們歡欣鼓舞地高聲唱歌，〈大衛詩篇〉第一百篇的旋律響徹整個教堂，屋頂都快被掀了。海盜王湯姆看著四周那些小男生、小女生艷羨的眼神，不禁陶醉地想著，今天真是他人生的高峰呀！

那些被湯姆騙倒的鎮民們走出教堂時，紛紛談論著今天的聖詩多麼動人，真想再聽一次如此震撼人心的大合唱，就算得再次被騙也在所不惜。

那天，湯姆挨的打和親吻都比一整年的總和還要多，挨打或親吻都由波莉姨媽的心情決定。他搞不清楚波莉姨媽的打罵和親吻，哪一個是在感謝上蒼的慈悲，哪一個是表達對他的疼惜不捨。

18

這就是湯姆之前忍住不說的祕密計畫：三名海盜在自己的喪禮上現身。

星期六的黃昏時分，他們用一根大木頭充作小舟，順流而下，漂到密蘇里州距離小鎮下游五、六英里的岸邊，上岸後就露宿在樹林裡。天快亮時，三人躡手躡腳地走過後街小巷，溜進教堂堆滿舊長凳的小房間裡，繼續呼呼大睡。

星期一吃早餐時，波莉姨媽和瑪麗把湯姆照顧得無微不至，百般疼惜。

波莉姨媽說：「湯姆，你把我們耍得團團轉。大家為你難過了一整個禮拜，而你們倒很逍遙，到處玩耍。但你怎能狠心折磨我那麼久？我真的很傷心。你有辦法靠一根木頭回來參加自己的葬禮，應該也有辦法捎給我一點暗示，讓我知道你不是死了，只是蹺家。但你沒有。」

「的確，你該回來警告我們。湯姆，」瑪麗接著說，「如果你仔細想想，就知道該這麼做。」

「湯姆，你會嗎？」波莉姨媽一臉期待地問道：「如果你有想到，你會回來跟我說一聲嗎？」

「我……我不知道。但先跟你們說的話，就不好玩了。」

「湯姆，我希望你多替我著想一點。」波莉姨媽失望的語調讓湯姆難受極了。「你事先沒警告我們就算了，居然連掛念我的心都沒有，完全沒有想到我……」

「不是這樣的，姨媽，別這麼想。」瑪麗趕緊打圓場。「湯姆就是那麼頑皮，他老是莽莽撞撞，根本沒空想事情。」

「哎，這樣就更糟糕了。席德就不會像湯姆這樣莽撞，他不只會惦記著我，還會回來通知我們一聲。湯姆，有一天你回顧自己的所作所為，會後悔你從不顧念我，就算根本花不了你多少力氣。」

「姨媽，您明知道我很牽掛您。只要您多表達對我的關心，我就會讓您知道我多想您。」湯姆帶著懺悔的口氣說下去：「我很抱歉，沒替您多著想，但我夢到您了，這代表我真的很在乎您。」

「那又怎樣？貓也會夢到牠的主人。好吧，有夢到總比沒有好。你夢到什麼？」

「星期三晚上，我夢到您坐在床旁邊，席德坐在木箱上，瑪麗在他旁邊。」

「星期三晚上——我們的確這樣坐著沒錯。我們一向是這樣坐的。看來你在夢裡挺牽掛我們的，我很感動。」

「我夢到喬的媽媽也在這裡。」

「真的嗎？她星期三晚上真的有來！你還夢到什麼？」

「夢裡發生很多事，但我現在記不太清楚了。」

「你仔細想一想，看能不能想起來。」

「我好像夢見有風……有風在吹……」

「用力想，湯姆。那天晚上風真的挺強的。」

湯姆用手指用力壓著額頭，假裝努力回憶，然後說：「我想起來了！我想起來了！風吹得燭火一直搖曳。」

「老天保祐！湯姆，快說，你還夢到什麼？」

「我好像記得您說，你說：『咦？我想那門——』」

「湯姆！快說！」

「讓我好好想一下……等我一下。哎呀，對了，您說門應該被吹開了。」

「我坐在那兒這麼說，對吧？那晚我的確這麼說！瑪麗，妳也記得吧？湯姆，你再說下去。」

「然後……然後……我不太確定……您好像要席德……」

「要席德做什麼？想清楚，湯姆，我要席德做什麼？」

「您要席德……您……您要席德把門關上。」

「老天爺！我活了這麼一大把年紀也沒聽過這種神蹟！他們說夢沒什麼意思，我才不信！我得趕緊跟哈普太太說說這事。她對迷信嗤之以鼻，這回我倒要看她怎麼說。湯姆，你再多說一點。」

「哎呀，我全想起來了。接下來您說我並不是一個壞孩子，只是調皮了點，到處搗蛋。您說……說我只是不識相的毛頭小子之類的。」

「沒錯！我就是這麼說的。老天有眼。湯姆，你還夢見什麼？」

「然後您哭了起來……」

「就是這樣。你說的沒錯，我哭了起來。我已經為你哭了好幾次。然後呢？」

「然後哈普太太也哭了起來，她說喬也是一樣，她不該懷疑喬把鮮奶油吃掉而揍他一頓，明明就是她自己倒掉的……」

「湯姆！你被神明附身了！你根本是先知！太神奇了。快說下去。」

「然後席德說……他說……」

「我什麼也沒說。」席德打斷湯姆。

「席德，你當時有說話。」瑪麗回道。

「你們都別說話，讓湯姆說。湯姆，席德說了什麼？」

「他說……在我夢裡，他說他希望我在另一個世界過得逍遙自在，不要像我在這裡老是搗蛋……」

「看吧，你就是這麼說的。席德真的那樣講！」

「然後您叫席德別說了。」

「沒錯，我就叫他住口。世上真有天使。一定是天使顯靈了！」

「然後，哈普太太提到她被喬的鞭炮嚇得要命，您就跟她說彼得和止痛藥的事——」

「就是這樣。」

「接著你們一直討論在河邊打撈我們的事，又提到星期天要舉行葬禮。最後您和哈普太太抱在一起哭了好久，她才離開。」

「沒錯！你說的全是真的！就跟我現在坐在這裡一樣真實。湯姆，就算你真的見證這一切，也沒辦法比你描述夢境那樣真實了。然後呢？你還夢到什麼？」

「我想……您好像為我祈禱。我看著您，可以聽見您說的每句話。您禱告完就躺到床上睡覺。我真的很心虛也很抱歉，所以我在一塊梧桐樹皮上寫：『我們沒有死，我們只是跑去當海盜了。』然後把樹皮放在蠟燭旁邊。您安詳地躺在床上，睡得那麼熟，我彎下腰，在您嘴上輕輕吻了一下。」

「真的嗎？湯姆，我原諒你了！完全原諒你了！」波莉姨媽緊緊抱住湯姆，而湯姆被沉重的罪惡感佔據。

「真感人呀，就算它——只是一個夢。」席德自言自語似地說。

「別說了！席德！人就是日有所思才會夜有所夢！湯姆，我幫你留了一個大蘋果，想說要是你幸運地活著回來，一定要讓你嚐嚐。拿去吧，你該去上學了。我感謝上蒼，感謝慈愛的天父讓你回到我身邊。上帝對祂的信徒一向寬容，雖然我知道自己配不上祂的眷顧，但如果祂只祝福特定的人，只幫助那些值得祂幫助的人，就不會有那麼多人臨死時帶著微笑，相信祂會在天國迎接我們。席德、瑪麗、湯姆，快去上學吧，你們花太多時間聽我叨唸了。」

孩子們一去上學，波莉姨媽就趕緊去跟哈普太太說湯姆神奇的夢境，反擊完全不信邪的哈普太太。席德這回學乖了，沒把心裡的想法說出口，他想著：「這夢境居然那麼詳細，一點誤差也沒有，太假了吧！」

湯姆成了風頭人物了！他不再玩跳繩，也不再橫衝直撞，只是神氣地昂首闊步，像極了一個享受人們注目禮的大海盜。孩子們都盯著他瞧，而他故作若無其事，假裝沒聽到那些崇拜的話語。其實，那些仰慕的神情與佩服根本是湯姆的生命泉源。比湯姆身材小的孩子衝到湯姆面前，只要站在大英雄身邊就讓他們覺得與有榮焉，值得炫耀。湯姆寬宏大量地容忍他們的吵嚷，好像自己是遊行的前鋒鼓手或是領著動物接受眾人圍觀的大象，對這些觀注習以為常。和湯姆個頭差不多的男生假裝沒注意到他消失了一整個禮拜，其實他們心裡嫉妒得發狂，羨慕曬得一身黑的湯姆，希望自己也有那樣的膚色，也能像他一樣贏得冒險犯難的美名。但即使有人拿馬戲團來跟湯姆交換這一切，他也會一口回絕。

學校裡，孩子們把湯姆和喬團團圍住，個個閃著欽佩又愛慕的眼神，兩位大英雄愈來愈趾高氣昂。他們向熱情的聽眾描述這幾天刺激萬分的冒險生活，不斷加油添醋，把短短幾天的翹家生活變成沒完沒了長篇小說。當他們拿出煙斗，悠然自得地吞雲吐霧時，孩子們的崇拜達到新高潮。

這下子，湯姆覺得沒必要再留戀貝琦了，得到眾人仰慕的光環，此生足矣。他靠榮耀維生，其他都是次要。不過，現在他成了人見人愛的大英雄，也許貝琦會想要跟他和好如初。如果她想要示好，就隨便她吧，他會一副漠不關心的樣子。當貝琦到學校時，湯姆假裝沒看到她，加入其他孩子談話，熱烈的談天說地。很快地，他就瞥見貝琦紅著臉，雙眼閃爍，開心又緊張地在他附近走來走去。她假裝和同學玩鬧，但一直徘徊在湯姆附近，時不時就望往他。湯姆當然有注意到貝琦的舉止，他像贏得一場勝仗一樣沾沾自喜。可惜的是，貝琦並沒有贏得他的心，反而讓他的心意更為堅定，絕不露出他注意到她的樣子。貝琦假裝漫無目的地走近他，邊晃盪邊嘆氣，既期待又怕受傷害的偷偷望向他。她發現湯姆熱切地跟艾美聊天，好像特別在意她。貝琦深受打擊，一時之間心慌意亂，手足無措。她想要離開這群人，但她的腳背叛了她，反而把她帶到更靠近他們的地方。貝琦跟湯姆旁邊的一個女生搭上話，故作開心地說：

「哎呀，瑪麗，妳太調皮了，怎麼沒來上主日課？」

「我有去呀！妳沒看到我？」

「咦！我沒看到妳呀！妳坐在哪裡？」

「我在彼得斯小姐的班上，我有看到妳呢。」

「真的嗎？我沒瞧見妳。我想跟妳說野餐會的事。」

「野餐。多棒呀！誰要辦野餐會？」

「我媽媽要幫我辦。」

「哇！好羨慕喔！希望妳媽媽會邀請我參加。」

「當然！她會邀請妳。野餐會是為我辦的，我想要誰來，誰就可以來。我希望妳來。」

「太棒了！什麼時候？」

「很快，也許放暑假時。」

「一定會很好玩。妳會邀請所有的女生和男生嗎？」

「當然囉！我會邀請我所有的朋友和想要跟我做朋友的人。」貝琦怯生生地往湯姆那兒望了一眼。但他正忙著跟艾美敘述那個席捲全島的暴風雨，活靈活現地形容閃電如何把粗壯的梧桐樹撕裂成碎片，而他「就站在離樹三英尺遠的地方」。

「哎呀，我可以去嗎？」葛蕾絲問貝琦。

「可以呀！」

「那我呢？」莎莉問。

「當然囉！」

「那我呢？」蘇西跟著問：「我可以帶喬去嗎？」

「好呀！」

男孩和女孩們都爭先恐後地問著貝琦，得到野餐會邀請的人就拍手慶祝，只有湯姆和艾美沒來跟貝琦說話。湯姆一直在和艾美說話，然後冷漠的一轉身就跟著艾美走遠了。貝琦的雙唇顫抖，雙眼噙滿淚水，但她強顏歡笑地和身邊的人說話，雖然此時的她一點也不在乎野餐會。之後她找地方躲起來，像女生說的：「抱頭痛哭一場。」哭累了，她就擦乾淚水，鬱悶地坐著，舔舐她遍體鱗傷的自尊。上課鐘響時，她站了起來，甩甩髮辮，眼神帶著復仇的決心。

下課時，意氣風發的湯姆還是和艾美形影不離，有說有笑。不但如此，他還刻意在貝琦面前演出和艾美情投意合的大戲。但湯姆卻突然發現貝琦坐在校舍後面的板凳上看圖畫書，而且她不是獨自一人——艾爾菲坐在她身邊，兩人狀似親密地靠在一起，專注地翻著書頁，好像世界只剩他們兩人。湯姆的心往下沉，嫉妒地血脈賁張。他痛恨自己的心高氣傲，當貝琦想跟他言歸於好時，他卻棄她如敝屣。他生氣自己的愚蠢，懊悔地自責不已。和湯姆並肩而行的艾美渾然不覺地笑著說話，她心中滿是喜悅，但湯姆卻像咬到舌頭一樣沉默不語。其實湯姆的一舉一動貝琦都看在眼底，她知道自己贏了這一回合。看到湯姆像她一樣苦不堪言，她很開心嚐到復仇成功的喜悅。

艾美輕快的絮絮叨叨惹得湯姆煩躁不已，想著：「老天爺，我到底要怎麼甩掉她呀？」最後湯姆堅持他真的有事要走了，而艾美仍鍥而不捨地說，下課時她會在附近等他。湯姆一邊走開一邊生氣艾美的不識時務。

「她怎麼會看上那個傢伙？」湯姆咬牙切齒地想著，「她也太會選了，居然看上那個聖路易來的有錢小子！瞧瞧他，穿得那身好衣服，又聰明，又有家世，根本是個貴族。你搬到鎮上的第一天就被我揍，還學不到教訓。我一定要再痛扁你一頓！我一定會找到機會跟你算帳！我要——」湯姆對著空氣拳打腳踢，和想像中的敵人打個沒完。「唷，你自以為厲害，是吧？你以為你很強，是吧？我就給你點顏色瞧瞧！」他想像著敵人被打得鼻青臉腫，心裡又快活起來。

午休時，湯姆一路跑回家。他承受不了艾美對他的一往情深，感到有點良心不安，嫉妒也燒炙著他的心。貝琦和艾爾菲又在一起看圖畫書。時間一分一秒悄悄流逝，但貝琦等不到湯姆出現，嚐不到折磨他的快感，難過地埋怨自己玩得太過火了。可憐的艾爾菲知道貝琦人在心卻不在，但又不知道該怎麼辦，只能不斷地讚嘆：「瞧，這張圖多美！妳快看這裡！」貝琦終於失去耐性，說：「哎唷，別煩我了！根本沒什麼好看！」她突然失聲痛哭，站起來走開了。

艾爾菲趕緊跟在貝琦身邊，想說幾句安慰的話，但貝琦拒絕道：「走開！離我遠一點！求求你讓我靜一靜！我討厭你！」哭個不停的貝琦頭也不回地往前走。

艾爾菲只好停步，百思不解她怎麼哭了起來？明明是貝琦說中午要跟他一起看圖畫書的。艾爾菲回到空盪盪的教室，覺得既丟臉又生氣。但他很快就想通了，明白貝琦只是利用他來氣湯姆而已。艾爾菲本來就討厭湯姆，這下更對他恨之入骨。艾爾菲想著有什麼能讓湯姆遭殃又不會惹禍上身的好方法，這時他瞥見湯姆的拼字課本，多麼天載難逢的大好機會呀！他立刻把書翻到下午上課的頁面，然後倒上墨水。

貝琦站在窗戶外面，看到艾爾菲的舉止，頭一甩就轉身走開。她往回家的路上走，想著如果她跟湯姆講艾爾菲做的壞事，湯姆一定會很感謝她，這樣兩人就會和好了！但她走到一半就打消了通風報信的念頭，因為她想到早上湯姆充耳不聞野餐會的高傲態度，讓她覺得全身像火燒一樣難受。她想，就讓湯姆因為弄髒課本而挨揍吧，反正他活該！她至死都不會原諒他！

19

湯姆悶悶不樂地回到家，但一聽到波莉姨媽說的話，他就發現自己回來得不是時候：「湯姆，我真想剝了你的皮！」

「姨媽，我做了什麼？」

「你這孩子真是心懷鬼胎。我被你感動得要死，跑去跟哈普太太說你的夢境多麼神奇，結果喬說你那天偷跑回來，還偷聽了我們說的話。湯姆，我真不懂你怎麼會變成這樣？你怎麼能夠面不改色地到處說謊？一想到你存心害我大出洋相，我就很難過。你為什麼沒阻止我，也不跟我說實話呢？」

湯姆沒想到事情會變成這樣。原本他對自己想出前所未有的新花招很得意，但現在他明白自己的行為既無恥又可惡。他垂頭喪氣地說：「姨媽，我真希望自己沒做這種蠢事……我真沒想到……」

「孩子呀，你什麼都不想，從來不會三思而行，你只在乎自己的私利。你有辦法從傑克森島回家來嘲笑我們的傷心與悔恨，還編出什麼夢境把我騙得團團轉，但你從不會設身處地為我們著想，也不想減輕我們的煩憂。」

「姨媽，我知道我很壞，但我不是故意要惹您傷心的。我真的不想傷您的心，姨媽。那天晚上我跑回家不是回來看笑話的。」

「那你回來做什麼？」

「我只想告訴您，別擔心我們，我們沒被淹死。」

「湯姆呀湯姆，如果我能夠相信你說的話，我就會開心極了！謝天謝地。但你知道自己根本不是這麼想。我也知道。」

「真的，我真的這麼想，我真的希望自己沒搞出那麼多麻煩。」

「哎，湯姆，別再說謊了。不要再騙我了，說謊只會把事情變得更糟。」

「我沒說謊。姨媽，我說的是真的。我不希望您難過……我真的是怕您太傷心才跑回來。」

「我真的想相信你說的話，我願意用一切換回對你的信任。湯姆，如果這是你的真心話，我可以原諒所有你之前做的壞事。我很高興你只是逃家、貪玩而已。但這說不通，如果你真心如此，你怎麼都不跟我說？」

「唉，我一聽到你們談起葬禮的事就想到好多有趣的點子，想著要怎麼躲到教堂裡嚇大家一跳。我不想打草驚蛇，所以才把樹皮又放回我的口袋。」

「什麼樹皮？」

「我在一塊樹皮上留言給您，告訴您，我們只是去扮海盜。唉，真希望在我親您的時候您醒了過來，我真的這麼希望。」

波莉姨媽臉上慍怒的表情柔和多了，她的眼裡露出了溫暖的光輝。

「你真的有親我嗎？湯姆？」

「怎麼了？我當然有親呀！」

「你確定嗎？湯姆？」

「確定呀，我真的親了您一下。姨媽，我很確定。」

「你為什麼要親我，湯姆？」

「因為我愛您呀，看到您翻來覆去地嘆息，我覺得很難受。」

湯姆似乎是認真的，老姨媽顫抖地說：「再親我一下，湯姆。好了，你該回學校了，別再煩我了！」

湯姆一出門，波莉姨媽立刻打開衣櫃，拿出湯姆蹺家時穿的那件外套——翹家回來外套已經變得破破爛爛。她遲疑地說：「算了，我不在乎！傻孩子，我知道他八成又說謊了。但他的話多令我感到安慰啊！多麼善意又好聽的謊言啊！我真想相信他說的謊話，希望上蒼——我知道上帝一定會原諒他的，因為他心地善良才會說謊來安慰我，但我不想確認他說了謊——」

波莉姨媽猶豫不決地放下外套，最後她還是拿起外套，再三地對自己喊話：「沒錯，他說的是謊言，是用意良善的謊言。我不該太難過。」她邊說邊伸手在外套口袋中翻找，馬上就掏出了一塊梧桐樹皮，熱淚盈眶地讀著湯姆寫的字。

「不管那男孩犯了什麼滔天大罪，我也會原諒他！」

20

波莉姨媽親吻湯姆時的溫柔眼神撫去了湯姆的煩惱，現在他的心情好多了。他轉進草原巷時，剛好撞見走在前頭的貝琦。湯姆總是依照心情的好壞來決定要做什麼。而此刻好心情的他毫不猶豫地跑向貝琦，說：「貝琦，真對不起，我今天早上實在太過分了。我保證絕不再這樣欺負妳，永遠不會，只要我活著一天就一定會好好對妳。我們和好吧，好不好？」

貝琦停下腳步，一臉鄙夷地瞪著他說：「湯瑪斯．索亞先生，請你管好自己的事。我再也不會跟你說話了。」

貝琦頭一甩就毫不猶豫往前走。湯姆沒想到貝琦會如此生氣，一時之間忘了開口反擊，他想回嘴：「隨便妳，自以為是大小姐！」但她已經走遠了，只好把話吞回去。湯姆的怒火又再度燃起，氣急敗壞地走進校園，心想要不是貝琦是女生，他一定狠狠地痛扁她一頓。當湯姆經過貝琦身邊時，立刻開口譏刺她，貝琦也還以顏色，兩人脣槍舌戰後正式決裂。貝琦氣得臉紅脖子粗，等不及上課看湯姆因拼字課本而挨打的慘樣。

可憐的貝琦完全不知道自己就快大禍臨頭啦！達賓斯老師已邁入中年，他畢生的遺憾就是沒有實現幼年時想當醫生的心願，因為他家境貧困無法繼續深造，只能留在小鎮的學校當校長。每當學生忙著唸書或寫作業時，他就會從講桌的抽屜裡拿出一本神祕的書來翻閱。平時他都把書小心地收在上了鎖的抽屜裡。不只是孩子們，連操場的飛禽鳥獸都對達賓斯老師的書很好奇，全校都想知道那本是什麼書，只是苦無機會。男孩女孩們對那本書各自有一套理論，時常爭論不休，但從來沒有人找出答案。這會兒，貝琦走進教室經過講台時，意外發現鑰匙就插在抽屜的鎖孔上！大好機會就在眼前！她轉頭張望，確定四下無人，伸手轉動鑰匙，從抽屜裡拿出那本神祕之書。貝琦看見書的標題頁寫著《某某教授之解剖學》，但她不解其義，繼續翻看下一頁，是一張非常精緻的赤裸人體彩色鏤刻畫。突然有一道陰影落在書頁上，原來是湯姆走了進來，他剛好瞄到那張圖。貝琦立刻啪地一聲用力把書闔上，驚慌之中不小心把書頁撕破了，她嚇得立刻把書丟進抽屜，害怕地邊哭邊鎖上抽屜。

「湯姆，你真是徹頭徹尾的大壞蛋！你幹嘛偷偷摸摸地偷看別人在看什麼！」

「我怎麼知道妳在看什麼？」

「你真卑鄙！湯姆，我知道你一定會告狀。我該怎麼辦？天哪，我該怎麼辦才好？我一定會被老師打，我從來沒在學校挨過打！」她一邊哭喊一邊跺步：「你要告狀就去告吧！我知道你會這麼做。你等著瞧！我會要你好看！過分！太過分了！」說完，她就哭著跑出教室。

湯姆搞不懂貝琦為什麼氣成這樣，自言自語地說：「女生真是奇怪，根本是一群蠢蛋！說什麼沒在學校挨過打！不懂被打的滋味！女生就是這樣，一群臉皮薄的膽小鬼！拜託，我才不會跟達賓斯老頭告狀，反正我有的是機會報復她，何必當這種小人？但那本書到底是什麼書啊？老師一定會問是誰把書撕破了，然後沒人回答，接著他會像平時一樣質問每個人，等到他走到犯人面前，犯人一句話都不用說，他就發現了。女生就是守不住祕密，光看她們的臉就知道啦，她們都沒膽量。她會挨揍的，反正她理應被揍。貝琦完蛋了，這回她插翅難逃。」湯姆想了一下，又說：「隨便她吧，她老是想看我出糗，這次可有她受的了！」

湯姆走出教室加入其他孩子們的玩鬧。過了一會兒，達賓斯老師走進教室，學生們也魚貫入座。無心上課的湯姆每次往女生那裡望，貝琦的模樣就讓他心煩意亂。雖然他知道自己不必同情貝琦，但除了同情他也幫不上忙；直到他發現自己的拼字課本被墨水弄髒了，才暫時忘掉貝琦的事。貝琦也等著看湯姆受罰，一時忘了自己處境堪慮；她想，就算湯姆否認自己弄髒了課本，還是免不了挨打。她猜想得沒錯，湯姆的否認令老師更生氣，下手更重。貝琦以為自己會幸災樂禍，這真是大快人心的報應，但她一點也不開心。當老師重重地懲罰湯姆時，貝琦真想站起來舉發艾爾菲的惡行，但她還是忍住了，默默想著：「湯姆一定會告我的狀，他一定會跟老師說書是我撕的。我才不要幫他一把。」

挨完揍的湯姆回到座位，心裡一點也不難過。他粗心大意地以為是自己心不在焉時把墨水弄倒了。他雖然對老師辯解一番，但這只是例行公事，一句話不說就默認而挨罰，實在太沒男子氣概了。

一個小時過去了，學生們嗡嗡地朗讀聲讓人昏昏欲睡，坐在講桌前的老師也開始打盹。過了一陣子，達賓斯老師打起精神，挺直腰桿，打了個呵欠，把抽屜打開，手伸了進去，但猶豫不決，拿不定主意要不要把書拿出來。學生們漫不經心地看著老師，湯姆和貝琦都緊張地瞪著他的一舉一動。達賓斯老師終於把書拿了出來，調整好坐姿，開始看書了！湯姆望往貝琦，她就像一隻無路可逃的無助小兔，好像有一把槍抵住了她的太陽穴。湯姆立刻把和貝琦的爭執忘得精光，得快想辦法幫助貝琦，不然就來不及了！腦筋轉啊轉，但在這緊張的節骨眼，卻一籌莫展。終於，他想到一個辦法——他可以跑過去搶走那本書，再跳出窗外逃之夭夭！太好了！

可惜他猶豫了一秒，機會稍縱即逝——老師把書打開了。如果能把時間倒轉該多好！來不及了，現在誰也幫不了貝琦了。下一秒，達賓斯老師抬起頭，用銳利的眼神掃射全班每一個人，不知道發生什麼事的孩子們害怕起來。教室一片死寂，過了十秒鐘——達賓斯先生正在累積怒氣，終於，他開口了：「誰撕了這本書？」

沒有人敢說話，全班靜止不動，連一根針掉下去的聲音也清晰可聞。達賓斯老師盯住每一個學生，尋找心虛的肇事者。

「班傑明．羅傑斯，是你撕的嗎？」

班立刻否認，大家又一陣沉默。

「喬瑟夫．哈普，是你嗎？」

喬也否認。達賓斯老師慢吞吞地質問每一個男孩，嚴厲的神色讓人喘不過氣來。湯姆也愈來愈緊張。老師想了一會兒，轉向女孩們：「艾美．勞倫斯，是妳嗎？」

艾美搖搖頭。

「葛蕾絲．米勒？」

葛蕾絲也搖了搖頭。

「蘇西．哈普，是妳嗎？」

蘇西也搖頭。

下一個就是貝琦了，湯姆不知所措地全身顫抖著。

「貝琦．瑟雪！」

湯姆盯著貝琦嚇得發白的臉。

「是不是妳撕了——妳把頭抬起來，看著我。」

貝琦抬起頭來，一臉哀求的神色。

「是不是妳把書撕了？」

湯姆突然靈光一閃，站起來大喊：「是我撕的！」

全班學生都傻眼地瞪著突然自首的湯姆。湯姆站在那兒，竭力保持鎮定。當他走到講台從容赴義時，貝琦臉上那又驚又喜，感激又欽慕的凝視讓他得意極了，即使要被打一百下，他也心甘情願。湯姆沉浸在英雄救美的崇高節操裡，即使無情的達賓斯老師打得他皮開肉綻，他連唉也沒唉一聲。他也不在乎放學後得罰站兩個小時才能離開，因為他知道不管他忍受多少責罰，捱多少痛苦，一定會有人默默地在校門口等他。

那天夜裡，湯姆躺在床上盤算要怎麼向艾爾菲算這筆帳。羞愧不已的貝琦向湯姆說了她看到的一切，包括她自己的背信忘義。不過湯姆很快就把報仇的事拋到腦後，因為幸福的甜蜜爬上他的心頭。湯姆沉入夢鄉時，耳邊還不斷迴響著貝琦的那句話：「湯姆！你真是太偉大了！」

21

暑假快到了，也就是要期末考了。不苟言笑的達賓斯老師變得愈來愈嚴厲，也愈來愈興奮，他不斷揮舞棍子與教鞭希望學生的表現亮眼，只有年紀最長的男生和十八歲到二十歲之間的成年女孩能免於體罰，年紀小的孩子們過著水深火熱的生活。達賓斯先生打人時從來不會手下留情。他戴著假髮來掩飾禿頭，其實達賓斯老師才剛步入中年並不像外表那樣蒼老，手臂肌肉還很強健。隨著期末考逐漸逼近，潛藏在達賓斯老師心中的暴虐個性也顯現在外。不管多微小的錯誤都逃不過他的法眼，他似乎以懲罰學生為樂。

每天被達賓斯先生找麻煩的男生們，在學校心驚膽顫，但一回家就暗暗謀畫復仇方法，他們可不會放棄任何讓達賓斯老師出糗的機會。可惜的是，達賓斯老師老是棋高一著；每次男生們成功得逞詭計，達賓斯就祭出更嚴厲的懲罰手段，讓頑皮的男生吃不完兜著走。節節敗退的孩子們重新謀劃，終於想出一個天衣無縫的計策。

他們把希望寄託在油漆師傅家的男孩，向他說明計謀，說動他出手相助；剛好油漆男孩早就看達賓斯先生不順眼了，雙方一拍即合。趁著師母到鄉下拜訪，達賓斯先生都會到油漆師傅家吃飯的那幾天，男孩們的計畫悄悄進行。他們發現達賓斯老師常在大日子喝得醉醺醺的，於是油漆師傅家的孩子保證，期末考那天，等達賓斯先生喝醉在椅子上打盹時，他就會偷偷下手完成任務，之後再叫醒達賓斯先生，讓他趕到學校。

孩子們焦心等待的復仇時刻終於到了。當天晚上八點，教室一片燈火通明，四周掛著花朵與樹葉、藤蔓做成的花環和彩帶。達賓斯老師高高地坐在講台上的寶座裡，背對著大黑板，他喝了酒一臉飄飄然。講堂裡，左右各放了三張長板凳，中間放了六張長板凳，分別坐著鎮上有頭有臉的大人物和學生們的父母。達賓斯老師的左前方是鎮民座位區，後面臨時架了個舞台，今晚的考生全都正襟危坐地坐在平台上。前面幾排是梳洗得乾淨整齊，顯得渾身不自在的年幼男孩們。後面坐著笨拙莽撞的大男孩們。再後面是衣著素雅的女孩和少女，她們穿著上等細麻布或平紋細布做成的洋裝，裸著手臂，戴著祖母的古董珠寶，髮間繫著粉紅或水藍色的緞帶。不用參加夜考的學生們也都來了，講堂裡坐滿了人。

考試開始。一名小男孩站了起來，怯怯地背誦：「各位應該想不到像我這麼年幼的孩子會登台演講……」他配合演講內容比手畫腳，但他僵硬的肢體比機器還呆板，甚至比機器還不流暢和諧。緊張的小男孩終於順利完成演講，博得全場熱情的掌聲，他像機器人一樣敬禮然後回座。

接著是一名害羞的小女孩背誦童謠〈瑪麗有隻小綿羊〉。她行屈膝禮的可愛模樣融化了觀眾的心，紛紛報以熱烈掌聲，她開心地紅著臉回到座位。

湯姆自信滿滿的往前一站，高聲朗誦扣人心弦的〈不自由毋寧死〉，聲調鏗鏘有力，慷慨激昂，不時以手勢加強戲劇效果，但講到一半卻戛然而止，他突然怯場了起來，雙腳不斷打顫，喉嚨像哽到似地一句話也說不出來。全場觀眾都替他捏了一把冷汗，四周鴉雀無聲，更讓湯姆難受得不得了。達賓斯老師皺起眉頭，終結了難堪的一幕。湯姆垂頭喪氣地坐回位子，觀眾席響起稀疏的掌聲。

接下來，考生們輪流朗誦了許多令人動容的名作，如希曼斯夫人的詩作〈卡薩比安卡〉：「那男孩站在燃燒的甲板上……」和拜倫的詩作〈西拿基利的覆亡〉*1：「亞述人走來了……」及其他情感豐沛的作品。

接下來是朗讀表演和拼字比賽。拉丁班的人數雖然稀少，但朗讀時個個意氣風發。最後，今晚的重頭戲登場了，少女們朗讀原創作品*2的時間到了。每一個站到講台前的女孩都清清喉嚨後（還綁著別緻的緞帶）開始朗誦作文，聲音特別強調情感表現與抑揚頓挫。作品的主題和女孩的媽媽們以前寫過的文章差不多，也許跟祖母、祖母的祖母寫過的作文相差不遠，更或許也跟十字軍東征時的女性寫的很相似，諸如：〈友情〉、〈往日時光〉、〈宗教的歷史地位〉、〈理想國度〉、〈文化的優點〉、〈政府體系之比較與對照〉、〈傷感〉、〈親情〉、〈心之所願〉……等等。

這些作品中最常見的特色是傷春悲秋，無病呻吟；第二是濫用華麗辭藻；第三是過多的陳腔濫調，讓人聽久生厭；而最糟糕、最難以忍受的是，她們千篇一律地以說教講道的方式作

---

*1 譯者註：作者在此處都以作品的第一句取代作品名，為方便讀者理解，這裡加上詩作名與作者名。

*2 作者註：本篇提及的「原創作品」取自一本《一位西部女士的詩文集》，可說是在學女生的經典範文，由此可見一般女學生的作文會是什麼樣子。

總結。不管主題為何，她們都費盡心思地找出符合道德或宗教教條的論點。雖然這些文章從眾媚俗，一點也不真誠，但直到現在，學校都維持一樣的考試制度，也許還會一直延續下去吧。在我們的國度，每個少女都以為作文非得以講道式的口氣總結不可，而且愈愛玩愈不在乎信仰的女孩，愈是拚命歌功頌德。算了，忠言逆耳，就不多說了。

讓我們回到期末考的現場。第一名少女朗讀了以〈這就是人生嗎？〉為題的作品，我節錄一小段，請讀者忍耐一下：「日常生活中，年輕的心總是滿懷喜悅地期待各種歡慶，豐富的想像力忙著描繪玫瑰色的歡樂景象。時尚的忠誠信徒幻想著成為眾人的焦點，在熙攘人群中脫穎而出。她一身雪白，舉止高雅，歡快地舞蹈著，迷人的倩影不斷旋轉。她的雙眼閃爍如星，雙足靈巧輕盈如風。

「如夢似幻的時光荏苒，她即將踏上極樂之土。她幻想著一切將會多麼光輝燦爛！萬事萬物都將令人陶醉，樂不思蜀，眼花撩亂。但過了一會兒，她發現樂園只是金玉其表，盡是虛華，曾經迷惑她心靈的逢迎讚美此刻成了嚴厲批評。舞會不再有趣，失去健康、內心空虛的她，決心告別無法滿足靈魂渴求的俗世享受。」

如此這般滔滔不絕地講個沒完。聽眾時不時點頭稱讚，有時說著：「多美呀！」、「用辭多麼精準流暢！」、「說得真好！」等到女孩唸完令人雞皮疙瘩掉一地的結尾，全場立刻爆出熱情的掌聲。

一位纖細又多愁善感的女孩站到台前，預備吟頌一首「詩」。她的臉色蒼白，多半是因為亂吃藥和消化不良的關係。那首〈密蘇里少女致阿拉巴馬告別詞〉在這裡節錄兩節就夠了：

「阿拉巴馬！再會了！我情深至堅！
但命運乖舛只能告別。
我心黯然神傷，
刻骨銘心的回憶讓我眉心深鎖。
我曾穿梭在你的花園小徑，
漫步於泰拉波西河畔，
聽過如萬馬奔騰的泰勒西水流，
看過庫薩之巔萬丈光芒的晨曦。
我憂傷滿懷，熱淚盈眶，
我將告別熟悉的故土，
我將揮別相知的故人，
我落腳於此，賓至如歸，
如今我將告別不斷遠去的高山壑谷。
我心如槁木，面如死灰，
親愛的阿拉巴馬！
當回憶淡去，我也將撒手而歸。」
聽眾們不太確定這句「撒手而歸」的意涵，但這首詩非常華美動人，大家十分滿意。
下一位是膚色黝黑、黑眼黑髮的少女。她嚴肅的站到台前，沉默幾秒後露出哀愴的神情，用仔細拿捏的莊重聲調唸〈一場幻影〉：

「狂暴闇黑的夜色降臨。巍然
而立的天父王座上，暗夜無星，只有
沉鬱的雷聲不斷響起，來自
天庭的駭人閃電憤怒地劈下，彷彿
被大名鼎鼎　無懼無畏的科學家
富蘭克林所激怒。不知來向的疾風
也一陣陣呼嘯咆哮，讓情勢更加險惡。
此刻多麼黑暗可怖，我不禁
心生憐憫、低聲嘆息，但儘管如此，
『我最摯愛的知交，我的導師，我的慰安，
我的嚮導，在苦難中為我打氣，歡樂時為我祝福』的人，
來到我的身邊。如同浪漫知青的想像，她是走在
美麗伊甸園裡光彩奪目的仙女，她是
無飾而美　超凡脫俗的女王。她款步輕盈，
悄無聲息，她的纖纖玉指
帶來如魔似幻的悸動，就像世上樸實的
絕美，總是來無影去無蹤。她的倩影

藏著一絲憂鬱，就像十二月的冰淚。她指向窗外的狂風暴雨，要我深思其中涵義。」

這可怕的噩夢長達十頁，荒謬八股的結論可謂經典廢話的極致，勇奪今晚最佳大獎。人們讚許地說這是今晚最棒的一篇作品。鎮長頒發首獎給作者時，還特別表揚這篇是他聽過最「動人心弦、擲地有聲」的作品，如果政治家丹尼爾．韋伯斯特聽到也會佩服得五體投地。

我得順便指出，今晚許多作品濫用了「華美」這個詞，而把人生經驗講成「人生的一頁」更是隨處可見。

此刻，醉醺醺的達賓斯先生一改往日嚴厲的形象，幾乎變得和藹可親了。他推開椅子，轉身背對觀眾，在黑板畫著美國地圖，準備考驗地理班的學生。他的手有氣無力地畫出歪扭的線條，惹得大家竊竊私語。他抹掉筆跡決定重畫，沒想到手不聽使喚，畫得更歪斜扭曲，大夥的訕笑更大聲了。他專心致志，絕不因嘲笑聲而放棄。達賓斯先生感到講堂裡所有人的目光都聚在他身上，他幻想自己畫得好多了，但笑聲並沒有停止，反而更激烈了。好吧，誰理他們！

這時達賓斯先生上方那扇連通講堂上面閣樓的天窗被打開了，一條繩索慢慢垂降下來，繩子上還綁著一隻被碎布纏住頭和下巴而張不了嘴的小貓。被吊在半空中的貓縮起身子伸展著尖爪，扭來扭去想抓住繩子，但老是撲空，只能在半空中揮舞著爪子擺來盪去。觀眾的笑聲愈來愈大，貓也愈來愈低，直到距離達賓斯先生的頭頂只有六寸，然後再低，再低，小貓爪子一伸就抓走了達賓斯先生的假髮，突然之間，繩索被用力往上一拉，貓咪就帶著假髮一起消失在閣樓了！一時間，金光四射，滿室生輝——油漆師傅家的孩子把他的禿頭塗成金色啦！

期末考就此中斷，男孩的計謀成功，暑假到了！

22

湯姆加入新成立的「少年自制訓練會」，因為他們的綬帶既顯眼又酷炫。身為會員，他必須保證不抽菸、不嚼菸草、不瀆神。然而湯姆體悟到一個新的真理：只要禁止做某件事，你想做那件事的欲望就會格外強烈。湯姆加入自制會沒多久就深受想喝酒和咒罵的欲望折磨，難以壓抑的渴望愈來愈強烈，他只能一直想像戴上漂亮的紅肩帶，大搖大擺在路上遊行的樣子，才能勉強堅持下去。

七月四日就快要到了，但他加入自制會不到四十八小時就放棄在國慶日招搖過市的願望，太難熬了。現在他把期望寄託在病入膏肓的治安官——老弗萊瑟法官先生身上，因為大人物過世後一定會辦盛大的葬禮。湯姆花了三天全心關注弗萊瑟先生的病情，不放過任何小道消息。他實在太渴望在葬禮上遊行了，有時甚至偷偷把綬帶拿出來，攬鏡自照，陶醉極了。但事與願違，弗萊瑟先生的病況時好時壞，湯姆的心情就像坐雲霄飛車一樣起起伏伏。最後，消息傳來弗萊瑟先生的身體好轉了。湯姆失望的退出自制會。沒想到當天晚上弗萊瑟先生的病況突然急速惡化而過世了，消息馬上傳遍大街小巷。湯姆暗下決心，絕不再相信像他這種搖擺不定的人。

葬禮莊嚴盛大，少年自制會的成員們意氣風發地列隊行進，令那位太早放棄的前會員眼紅不已。重獲自由的湯姆現在可以喝酒也可以大聲咒罵，但他一點都不想這麼做。自由雖然很棒，但一旦沒人禁止，那些欲望就煙消雲散。

湯姆突然發現，自己渴望已久的假期居然既沉悶又無趣。他開始寫日記，但三天來什麼事也沒發生，無事可寫，就把日記丟在一旁了。

夏天的第一群黑人歌舞團來到鎮上，引起一陣騷動。於是湯姆和喬也帶頭組了一個樂團，但只開心地玩了兩天，樂團就無疾而終了。

國慶日當天下了傾盆大雨，湯姆期待許久的遊行被迫取消，更慘的是，他見到他心中最偉大的人物班頓先生——一位如假包換的美國參議員——但他大失所望，想不到這樣一位「大人物」，居然一點也不「大」，沒有高達二十五英尺的身材，個子只是跟平常人差不多而已。

馬戲團來了！一群男生用破爛的舊地毯搭了一個帳篷，就扮起馬戲團。而且要看他們表演還得付錢，男孩要三根細針，女孩要交兩根針。但三天後馬戲團就歇業了。

一位骨相術士和催眠師來到鎮上，不久又走了。小鎮變得更沉悶難耐。

孩子們之間辦了幾次舞會，但像這樣歡樂的場合實在太少了，反而讓無事可做的日子更加漫長無聊。

貝琦回康士坦丁堡的家和父母一起度過暑假。湯姆人生唯一的亮點也棄他而去。目擊謀殺現場一直是湯姆揮之不去的夢魘，像無藥可治的癌症一樣侵蝕他的心，時時帶來一陣刺痛。

接著，麻疹拜訪了小鎮。

湯姆臥病在床，整整兩週像囚犯一樣哪兒也不能去。他病得很重，無精打采，對一切都提不起興致。當他終於有力氣下床時，虛弱地走到鎮上，發現一切都變了樣，鎮上的氣氛哀傷凝重，人人心事重重。大家都經歷了一場精神洗禮，大人和小孩都重新投入信仰的懷抱。

湯姆想找回老是心懷鬼胎的玩伴，瞧瞧那些不懷好意的笑臉，但大失所望。他找到喬時，喬居然認真在頌讀《舊約》，湯姆只能落寞地離去。湯姆去找班，他正拿著一籃子的佈道手冊要去拜訪窮人。湯姆去找吉姆，他認為麻疹是一個警訓，決心改過向善。最後，快要絕望的湯姆去找哈克貝利，哈克貝利卻以《聖經》裡的名言迎接他。湯姆垂頭喪氣地回家。他倒在床上，發現自己是鎮上唯一一個心術不正的孩子，成了那頭「迷途的羔羊」。

當晚，暴風雨來了。傾盆大雨挾帶著震耳欲聾的雷聲和閃爍不斷的閃電。湯姆用棉被蓋住頭，瑟縮地等待末日來臨。他想著自己作惡多端，報應終於來了，上天終於對他失去耐性，決心懲戒他。雖然對他來說，動用整座火藥庫來殺一隻小蟲似乎太小題大作，又覺得老天爺找了雷公電神來對付他這樣一個小男孩，必定自有道理。不過，暴風雨終於慢慢平息，湯姆幸運地逃過一劫，他不禁謝天謝地還打算悔過自新。但他轉念又想，不如再等等看，說不定上帝派了更多的暴風雨等著毀滅他。

第二天醫生又來了，因為湯姆的麻疹又發作了。這回，他在床上足足躺了三週，對他來說卻好像躺了一輩子。等到他終於康復，回想這段孤獨無助的日子，不禁嘆息在暴風雨夜逃過一劫一點也不幸運！沒有同伴的日子就像被世界拋棄一樣難熬，比被雷擊還痛苦。

湯姆漫無目的地在街上漫步，看見吉姆扮成少年法院的法官，正在審理一件野貓謀殺案，罪名是殺死小鳥。接著他又撞見喬和哈克貝利在巷子裡捧著一顆偷來的甜瓜大吃大嚼。這些男生又重操舊業了！因為他們悔過之後還是沒逃過麻疹的再次肆虐，於是決定繼續搗蛋。

23

整個夏天了無生氣的小鎮終於發生一件大事了：法院開始審理墓園謀殺案。這馬上就成了鎮民議論紛紛的話題，湯姆不管走到哪裡都會聽到有人高談闊論，他不禁直打哆嗦，良心不安的疑神疑鬼，老是猜想別人是不是有意試探他。他覺得自己應該沒露出破綻，應該沒人知道他和謀殺案的關係。但他一聽到八卦就心神不寧，籠罩可怕的惡夢中。他把哈克貝利找到一個僻靜的地方，想和共同受難的哈克貝利分享心裡的苦悶。最重要的是，湯姆想確認哈克貝利沒有洩露他們的祕密。

「哈克，你跟別人說過那回事嗎？」

「什麼事？」

「你知道的，就那件事。」

「噢。當然沒有。」

「一個字也沒說？」

「當然半個字也沒說。你倒說說看，你問這幹嘛？」

「因為我怕。」

「咦？湯姆，有什麼好怕的，如果有人知道，我們根本活不過兩天。」

湯姆安心多了，停頓一下，他說：「哈克，就算他們逼你，你也不會說出來，對吧？」

「逼我說出來？什麼呀？要是我說了，我就會被那個混血魔鬼給殺了，只有死路一條。我才不會說。」

「你說得沒錯，好極了，我想只要我們什麼也不說，就能躲過一劫。不過，我們還是再立一次誓，比較保險。」

「說得也是。」

他們鄭重地再次發誓守口如瓶。

「哈克，大家都說些什麼？我聽得耳朵都要長繭啦！」

「說些什麼？還不就是波特，每個人都在講波特，沒完沒了。每次他們提到他的名字，我就冷汗直流，恨不得挖個洞躲起來。」

「我也是。我看，沒人救得了他。你會不會為他難過？」

「當然會，我很難過。雖然他不是好人，但他也絕不是殺人不眨眼的壞蛋，他沒事就釣魚，賺點錢買酒喝，到處閒晃。老天爺！他跟我們沒什麼不同。他跟我們大部分的人都一樣，連牧師也沒比他好上多少。他心地還算善良。有一次河裡的魚很少，他還分給我半條魚。而且，我倒霉時，他也幫過我好幾次。」

「沒錯，他人不壞。他還幫我修過風箏呢，也幫我把魚勾固定在魚線上。哈克，我真想救他出來。」

「什麼？我們沒辦法把他救出來，湯姆。就算我們放了他，他們還是會把他抓回去，沒半點益處。」

「對，他們會把他再抓回去。但我受不了大家一直說他是壞蛋，明明不是他——做那件事的。」

「我也受不了啊！老天爺！他們把他說成是全國最該死的凶神惡煞，還說他怎麼還沒被絞死。」

「就是這樣，他們老講這種話，講個不停。他們還說就算他被放了，也要動用私刑處決他。」

「他們可不是講講而已，他們真的會這麼做。」

雖然兩個男孩交頭接耳地談了很久，但心裡還是沉甸甸地。天色漸暗，他們不由自主地晃到遠離人煙的監牢附近，暗暗希望神仙顯靈來解決他們的苦惱。但什麼事也沒發生，天使和精靈都沒有幫助那位不幸的囚犯。

湯姆和哈克一如往常地走到小囚窗邊，遞一些菸草和火柴給在無人看守的牢房裡的波特。過去，波特的感謝總會讓湯姆和哈克貝利的良知得到一點安慰，但這次大大相反，波特的滿懷感激反而更加深男孩的罪惡感。

波特說：「孩子們，這些日子來，你們對我真的太好了，你們比鎮上所有人都善良，我永遠不會忘記你們的恩惠。我常對自己說：『我啊，以前總幫每個男孩修理風箏和各種小玩意兒，告訴他們哪兒是釣魚的好地點，跟他們交朋友，但當我這糟老頭惹上麻煩，他們就全把我給忘了。但湯姆沒忘記我，哈克也沒忘記我。他們一直惦記著我，我也絕不會忘了他們。』孩子們，我犯下可怕的罪行，當時我喝得醉醺醺的，我只能這麼說。如今，我得付出代價，我也認了。這才是正義，這是最好的結果——至少我是這麼想。好了，別提那些事了。我不想讓你們難過，但你們是我的朋友，我得告訴你們，千萬別酗酒，不要醉得不醒人事就不會像我一樣被關在這裡。你們往西邊靠一點，對，就是這樣，我待在牢裡還能看到你們就是我最大的安慰了。別靠得太近，瞧瞧你們，多麼善良又熟悉的面孔啊，真是我的好朋友啊。你們爬上彼此的背，讓我摸摸你們的臉吧，就是這樣。我們握握手吧，你們的手要伸過鐵柵才行，我的手太大了伸不出去。多小巧又柔軟的手呀，但你們給了老波特力量，幫助我走下去。」

聽到波特說的話，他們更覺得自己是背信忘義的懦夫。

湯姆傷心地走回家。夜裡，他作了數不清的惡夢。接下來連續兩天，湯姆都在法院附近走來走去。他想走進去旁聽，但又強迫自己待在外面。哈克貝利也是一樣掙扎不已地在附近徘迴。兩個心虛的孩子一會兒逃離法院，一會兒又像著魔似地折返回去。當人群推開法院大門，湯姆的耳朵立刻豎起，但只聽到讓人哀慟的消息——可憐的波特快要被判刑了。

第二天法院審理結束時，人人都說印第安喬舉發的證據確鑿，不難猜到法官的判決。當晚，湯姆一直在外面遊盪，直到夜深了才從窗戶爬進房裡。他心煩意亂，整晚難以入眠，直到快天亮才入夢。

隔天一早，全鎮的人都聚在法院門外，迎接宣判的大日子。觀眾席擠滿了人，男女各佔一半。等了好一陣子，陪審團成員終於魚貫走進法庭。過了一會兒，波特被帶了進來，蒼白憔悴的他看起來既緊張又無助，手腳上都被銬著鐐子。全場的人都好奇地盯著波特瞧。引人注目的印第安喬出現時，照舊是一副無動於衷的樣子。等法官走進法庭，警長就宣佈開庭。律師們交頭接耳、民眾竊竊私語、文件翻閱的沙沙聲充斥著法庭，這些細微的聲響都讓法庭的氣氛更加戲劇化，令人著迷。

第一位證人站到證人席上。他述說事發當天清晨撞見波特在河邊洗澡，然後又鬼鬼祟祟地離開。檢察官又問了幾個問題後，說道：「請詰問證人。」

犯人抬起眼，但又低下頭去。他的律師說：「我沒有問題要問。」

下一個證人作證表示，犯案用的刀子在屍體附近找到。

檢查官又說：「請詰問證人。」

波特的律師又回答：「我沒有問題。」

第三個證人表示，他常看見波特帶著那把刀子。

「請詰問證人。」

波特的辯護律師還是拒絕質詢證人。旁觀的民眾不耐煩起來，覺得波特的律師是不顧他的死活了嗎？

接下來的幾個證人也都作出證詞，描述波特被帶到犯案現場時的可疑行為。辯護律師也完全沒有詰問證人，就讓他們離開了證人席。大家都覺得既困惑又不滿，紛紛交頭接耳，法官不得不敲響法槌，要大家保持肅靜。

檢察官說：「經由數位公民宣誓作證，言簡意賅，句句屬實，我們認定被告席的不幸犯人就是本件謀殺案的主使人。本案取證到此結束。」

可憐的波特長嘆一聲，把頭埋在雙掌間，身體輕輕地前後擺動。全場一片死寂。其實有許多人都同情他的遭遇，有些婦女還掉下淚來。

此時，辯護律師站了起來，說：「庭上，本案審理之初，我們試圖證明被告是在酒醉的情況下，做出不負責任、違背常理的顛狂行為。我們改變了想法，決定撤銷之前的辯護詞。」接著，他對書記官說：「傳證人湯瑪斯．索亞。」

每一個人都露出驚奇不解的表情，連波特也意外極了。當湯姆站起來走到證人席。大家都好奇地盯著他看。湯姆的神情看起來很怪異，因為他害怕死了。

湯姆在庭前宣了誓。

「湯瑪斯．索亞，六月十七號午夜時分，你人在哪裡？」

湯姆瞄到印第安喬那毫無表情的臉，嚇得說不出話來。全場一片肅靜，大家屏息等著湯姆的回答，但他還是說不出話。過了好一會兒，湯姆才勉強鎮定下來，鼓起勇氣吐出短短的幾個字：「我在墓園裡。」聲音小到只有一部分的人聽得見。

「麻煩你大聲一點。別害怕。你說你在——」

「我在墓園裡。」

此時，印第安喬的臉上閃過一抹不屑的微笑。

「你那時在荷斯．威廉斯的墓地附近嗎？」

「是的，律師先生。」

「可以說大聲一點嗎？再大聲一點就好。當時你距離墓地有多近？」

「差不多就是現在我和你的距離。」
「你是不是躲了起來？」
「是的，我躲起來了。」
「躲在哪裡？」
「我躲在墳墓旁邊的大榆樹後面。」
印第安喬瞪大眼睛，但幾乎沒人發覺他的異狀。
「有別人在嗎？」
「有的，先生，我和——」
「等一下，先不用提你朋友的名字，我們晚一點再請他作證。你手上帶著東西嗎？」
湯姆遲疑了，有點困惑的樣子。
「說吧，好孩子，別擔心。只要你講的是實話，大家都會尊敬你。你帶了什麼去墓園？」
「帶了……一隻……死貓。」
聽眾們大笑了出來，法官出聲喝止笑聲。
「我們會提出死貓的骷髏當做證據。現在，好孩子，告訴我當時發生了什麼事，用你自己的方式說出來就好。別遺漏任何細節。你不用怕。」
湯姆開始敘述，一開始緊張得支支吾吾，他專心回憶當晚的一切，慢慢說得愈來愈順暢，不再結結巴巴。很快地，法庭裡沒有人出聲，大家都張大了嘴，屏氣凝神地聽著他的證辭，也忘了時間的流逝，只是津津有味地聽著駭人的故事情節。當鎮民愈來愈緊張都快坐不住的時候，湯姆說：「……抬著墓碑的醫生用力一揮，波特就應聲倒地，印第安喬的手裡握著刀子立刻跳到醫生身上——」

印第安喬快如閃電地跑向窗戶，一把推開那些擋住他的人，哐啷一聲，撞破窗戶跳了出去。

湯姆再次成了人人讚不絕口的大英雄。大人們稱讚他是乖孩子，孩子們嫉妒他的見義勇為。報紙刊載了他的事蹟，他的名字將永遠被人記住。還有人認為湯姆有一天會當上總統，如果他大難不死的話。

人心多麼善變。原本對波特不屑一顧的人們，現在熱情溫暖地歡迎他，擁抱他。但世界就是如此，我們也別太吹毛求疵了。

白天，湯姆被眾人的讚美圍繞，但一到夜晚，他就被各種駭人夢魘纏身。印第安喬老是在夜裡造訪湯姆的夢境，那決心復仇的眼神總讓湯姆瑟瑟發抖。於是天黑之後湯姆不敢在外逗留。可憐的哈克貝利也和湯姆一樣被恐懼搞得身心俱疲。

審判前一天，湯姆受不了良心的折磨，跑去向波特的律師一五一十地說出當晚的事發經過，之後哈克貝利就一直擔心會被人發現他就是那個匿名的同伴。幸好印第安喬在緊要關頭跳窗而逃，哈克貝利不用公開出庭作證。雖然律師保證不會洩露哈克貝利的身分，但那有什麼用？自從湯姆他們違背神聖的死誓，跑去向律師吐實後，哈克就對人完全地失去信任了。

白天，湯姆只要想到波特的感謝，就會覺得自己做了正確的事；然而一到晚上，他就恨不得自己什麼也沒說過。湯姆一方面擔心沒人能抓得到印第安喬，一方面又擔心他被人抓到。

除非印第安喬死了，他也親眼看到屍體，不然他這輩子永無寧日。

懸賞公告發布了，全國翻天覆地尋找這個殺人凶手，但印第安喬還是消失無蹤。聖路易市派來許多厲害人物，其中一位警探表現得特別亮眼，他搖頭晃腦地到處追查犯人，一副精明幹練的樣子，最後終於像同行一樣達成驚人的任務，也就是他「找到了線索」。但就算有線索，沒證據也沒辦法處決犯人呀。警探離開後，湯姆還是無法安心。

漫長的日子一天天地過去了。每過一天，湯姆心裡的重擔就減輕了一些。

25

每個男孩在某段時期，心裡會燃起一股熊熊欲望，渴望去挖掘深藏已久的寶藏。有一天，這股難以抵擋的欲望就降臨到湯姆的心中。他立刻衝去找好兄弟喬，但遍尋不著他的人影。於是湯姆跑去找班，可惜他去釣魚了。然後湯姆巧遇血手狂魔哈克貝利，兩人找到一處隱密角落共商尋寶大計，哈克貝利一口就答應當湯姆的夥伴。基本上，不花半毛錢又有樂子的事，哈克貝利都會毫不猶豫地參加。對他來說，人生的痛苦莫過於時間太多，快樂太少。他從不把錢財放在心上。

哈克問湯姆：「我們要去哪裡挖寶？」

「嗯，哪裡都要挖挖看。」

「為什麼？到處都有寶藏可挖嗎？」

「不，當然不是這樣。哈克，寶藏藏在最奇特、最意想不到的地方，有時藏在島上，有時藏在腐爛的藏寶箱，埋在老枯樹的根末端，正好是午夜時陰影落下的地方。不過，通常是埋在鬼屋的地板下。」

「是誰埋的？」

「喔，不就是搶寶藏的盜賊，不然你覺得是誰埋的？難不成是主日學校的校長嗎？」

「我也不知道。如果我有一大筆寶藏，才不會埋起來咧！我會一口氣花光，好好的爽一下！」

「我跟你一樣。反正那些江洋大盜和我們想的不一樣，他們老是把寶藏埋了就留在那兒。」

「他們不會回來帶走寶藏嗎？」

「不會。他們想要回來拿寶藏，但大部分都記不得當初留下的記號，不然就是出了意外，一命嗚呼了。反正，過了很久之後，藏著寶藏的箱子就漸漸生鏽，直到有人找到一張泛黃的舊紙，那張紙會告訴你如何找到藏寶的記號。不過，那張紙也都是符號或埃及象形文字，多半要花上一個禮拜才能解得出來。」

「埃及像什麼？」

「埃及象形文字，就是用圖畫之類的符號代表的文字，看起來就像是鬼畫符。」

「那你有這樣的舊紙條嗎？」

「沒有。」

「那我們要怎麼找出藏寶的記號？」

「我才不想找什麼記號。反正他們老是把寶藏埋在鬼屋裡，不然就是荒島上，要不就是枯樹特別突出的樹根下面。嗯，我們在傑克森島上找過一遍，說不定我們該再找時間去試試看。在『死宅河岸』那頭有棟老舊的鬼屋，而且那兒有很多枯樹，一大片全都是唷！」

「所以那些枯樹下全是寶藏囉！」

「想得美！才沒有！」
「那你怎麼知道哪棵樹下面埋了寶藏？」
「所以得一棵一棵挖呀！」
「什麼？湯姆，那不就要挖上整個夏天！」
「哼，那又怎麼樣？想想看，萬一真的找到一個生滿了鏽、髒髒灰灰的銅鍋，但裡面裝了一百元，又或者找到外表破破爛爛、裡面裝滿鑽石的寶箱呢？你想想，這有多酷啊！」
哈克立刻睜大雙眼，炯炯有神。「太爽啦，真是爽呆了！湯姆，你只要給我一百元就好，鑽石你就全拿去吧！」
「一言為定。我跟你說，我可不會隨便放棄鑽石這樣的好東西。有些鑽石一顆就要二十塊耶。雖然有的沒那麼值錢，至少也要六角或一塊。」
「少來！真的嗎？」
「當然，你去問問，大家都這麼說。哈克，你沒見過鑽石嗎？」
「我沒印象。」
「哎，國王可是有大把大把的鑽石呀！」
「湯姆，我從沒見過什麼國王啊！」
「我想也是。如果你有機會去歐洲，就會看到一大堆國王蹦來跳去呢！」
「國王老是蹦來跳去？」
「跳？跳你個頭啦！當然不是。他們當然不會蹦來跳去，他們幹嘛要跳？」

「那你幹嘛說他們蹦來跳去？」

「哎唷，我是說你在歐洲要看到國王很容易，到處都有國王。你懂嗎？就是國王很多的形容詞啦，比如那裡住著駝背的老理查國王。」

「理查？他姓什麼？」

「他沒有姓。國王只有名，沒有姓。」

「怎麼會沒有姓？」

「他們就是沒有姓嘛。」

「好吧，如果國王不喜歡姓就算了。湯姆，你說了算。但我不想當一個只有名沒有姓的國王，那跟黑人差不多。別管那麼多了，你要從哪裡開始挖？」

「哎，我也不知道。不然我們先從死宅河岸對面山丘上的那棵老枯樹開始挖，你說好不好？」

「我同意。」

於是他們帶著缺角的十字鍬和鐵鏟，踏上長達三英里的長征。當兩人爬上小山丘時都汗流浹背，氣喘吁吁，就決定先躺在榆樹下抽菸休息。

「我喜歡挖寶藏。」湯姆說。

「我也是。」

「哈克，想一下，如果我們在這裡找到寶藏，你想怎麼花？」

「嗯，我每天都要吃派、喝汽水，而且每次馬戲團來，我都要去看。我一定會過得很愜意。」

「什麼？你不打算存點錢嗎？」

「存錢？為什麼？」

「存了錢，以後才有錢用，才能慢慢花呀！」

「哼，那有什麼用？如果我不花光，我老爸一定會回來找我，向我的寶藏伸出魔爪。我告訴你，到時他會花得比我還兇。那你呢？湯姆，你會怎麼花？」

「我要買一面新的鼓，一把貨真價實的寶劍，還有紅色的領帶和一隻小鬥牛犬。而且我還要娶老婆。」

「你想娶老婆？」

「沒錯。」

「湯姆，你……你怎麼了？你腦筋不正常了？」

「你等著瞧好了！」

「結婚是最愚蠢的事。我爸和我媽老是吵個不停，他們真的一天到晚都在吵架，我記得清清楚楚。」

「那又怎樣，我想娶的女孩不會吵架。」

「湯姆，女生都一樣，她們都想把你打理得乾乾淨淨，要你做這做那。你最好多考慮一會兒，聽我的，你得小心點。那女的叫什麼名字？」

「別那麼粗魯，她是好女孩。」

「還不是一樣，對我來說沒什麼分別。有人說女的，有人說女孩，還不都是指女生。她叫什麼名字？」

「過陣子再跟你說，現在別問了。」

「哼！反正你跟那女生不會有結果，你會來跟我一起住。好啦，該起身幹活兒了，我們來挖寶吧！」

兩人滿身大汗地賣力工作了半小時，但什麼也沒挖到。他們又挖了半小時，還是沒挖到東西。

哈克說：「他們會把寶藏埋得那麼深嗎？」

「有時候，但不一定。一般來說不會埋那麼深，我看我們挖錯地方了。」

於是他們換了一個地方，重新開挖。兩人一言不發地挖，一開始有點吃力，但還是努力地挖了一個小坑。最後，哈克靠在鐵鏟上，用袖子抹去眉間斗大的汗珠，說：「挖完這裡，接下來要去哪兒挖？」

「我想，也許我們該試試卡地夫山那邊，寡婦家後面的那棵老樹。」

「那地方不錯，說不定有搞頭。但我想寡婦不會讓我們帶走寶藏，畢竟那是她的地。湯姆，你說呢？」

「她敢把寶藏占為己有！那就叫她自己動手挖挖看。誰挖到寶藏，寶藏就是他的。寶藏才不管那是誰家的地。」

哈克很認同湯姆的話，兩人又繼續挖地。過一會兒，哈克說道：「真衰，我看我們又挖錯地方了。你怎麼看？」

「真是太奇怪了！哈克。我搞不懂。有時是女巫作法搗蛋。我看我們就是中了女巫的計了。」

「光天化日，女巫的巫術不管用的。」

「嗯，說得也是，我沒想清楚。哎呀，我知道了！我們真是笨蛋！我們得先找出午夜時，樹幹的影子落在哪裡，那才是我們該挖的地方。」

「天哪！我們做了多少白工。好吧，先別挖了，晚上再過來瞧瞧。不過這裡那麼遠，你晚上能出來嗎？」

「我一定會想辦法過來。我們今晚就得搞定這件事，不然別人發現那麼多的洞，一定想得到我們在找什麼，他們一定會先下手為強。」

「那好，今晚我會去你家裝貓叫。」

「沒問題，我們把工具藏到樹叢裡吧。」

當天晚上，兩個男孩依約回到樹林裡，坐在大樹下等著午夜到來。周圍十分荒涼，又是很多靈異傳說的夜半時分，兩人覺得毛骨悚然。

樹影葉搖，精靈在枝葉間細語，鬼魅埋伏在陰暗朦朧的角落，遠方隱約傳來獵狗深沉的吠叫，貓頭鷹陰鬱不祥地回應著。陰森詭異的氣氛讓兩個男孩不大敢講話。

過不久，他們推測午夜到了，立刻標記樹影落下的地方，並開始奮力往下挖，期待挖到大寶藏。他們愈來愈興奮，挖得愈來愈快，不一會兒就挖出一個很深的大洞。每次鐵鍬發出敲到東西聲響，他們的心就噗通地跳個不停，結果卻只是令人大失所望的一塊石頭或木塊。洞穴愈來愈深，最後湯姆開口說：「沒有用的，哈克，我們又搞錯了。」

「咦，怎麼會搞錯呢？我們明明看見樹影落在這裡。」

「沒錯，但還有另一種可能。」

「什麼？」

「我們是用猜的，不知道明確時間。說不定那時不是午夜，也許早了點兒，也許晚了點兒。」

哈克放下鐵鏟。「你說得沒錯。實在太麻煩了，我們根本辦不到。我們永遠也不知道什麼時候才是午夜。而且半夜來這裡實在太可怕了，女巫和鬼魂到處亂飄，我老是覺得有人在我背後，一想到可能有鬼在等著我，我就不敢轉身。我一到這兒就渾身都起雞皮疙瘩了。」

「哎，我跟你一樣害怕啊！哈克。而且大盜在埋寶藏的時候，多半會丟一具死屍下去陪葬，好看管寶物。」

「老天爺！」

「真的！他們都這麼做。我聽說過好幾回。」

「湯姆，我不喜歡在死人附近亂挖，一定會讓我們惹上麻煩，他們不會輕易放過我們的。」

「我也不喜歡驚動他們。想想看，萬一骷髏頭在我們面前張大嘴說起話來怎麼辦？」

「湯姆！別再說啦，太可怕了。」

「哎，尋寶就是這麼一回事。哈克，我覺得不太舒服。」
「湯姆，我們就放棄這裡吧，找別的地方試試。」
「你說得對，換個地方好了。」
「要去哪兒？」
湯姆思索了好一陣子，最後說：「去那個鬼屋吧，那兒準沒錯。」
「該死！我不喜歡鬼屋。老天爺！鬼屋看起來比死人還要邪門。死人可能會說話，可怕得要死，但他們不會像鬼屋裡的惡鬼一樣蓋著布飄來飄去，趁你不注意的時候靠在你的肩膀上，突然間張牙舞爪地嚇得你魂飛魄散。湯姆，我會嚇破膽的，沒人受得了！」
「的確，哈克，但是鬼只在半夜出來，如果我們白天去，他們就沒辦法阻止我們。」
「嗯，這倒是。不過不管是白天還是晚上，沒有人會去鬼屋亂晃。」
「因為沒人喜歡靠近有人橫死的地方，但你想想，大家只有晚上才看過那裡有鬼影，白天什麼事也沒有，從窗戶只會看到一些藍色的鬼火，沒有真的鬼。」
「哎，湯姆，那叫『鬼火』是有道理的，藍色鬼火閃爍的後面一定有鬼。沒人使得出鬼火，只有鬼才會用鬼火。」
「對，你說得沒錯。反正鬼不會在白天出沒，我們何必怕成這樣？」
「哼！好吧，如果你那麼堅持，我們就去鬼屋看看，但我覺得風險太大了。」
此時，他們已經走回到半山坡了。月光下，那個傳說中的鬼屋就孤伶伶地立在下面的山谷裡，周圍的圍籬早就塌了，門前的台階也被長長的草淹沒，煙囪傾頹，窗子上的玻璃都不見了，連屋頂的一角也陷了下去。男孩們盯看著鬼屋，有點期待能親眼看到藍色鬼火從窗子裡閃過。午夜的詭譎氣氛，他們壓低聲音交談，並緊靠著右邊走，好離鬼屋遠一點兒。他們穿過卡地夫山後面的樹林，慢慢地走回家。

26

隔天中午，兩個男孩來到枯樹旁藏工具的地方。湯姆迫不及待地就往鬼屋的方向走，但哈克顯得興致缺缺。

哈克突然問：「等會兒，湯姆，你知道今天星期幾嗎？」

湯姆在心中數算一下日子，猛然抬頭看著哈克說：「哎呀，我全都忘了！」

「哎，我也忘了，但我突然想起來今天是星期五。」

「該死的！哈克，我真該小心一點。在星期五搞這種事恐怕會倒大霉！」

「恐怕？我們『鐵定』會倒大霉呀！有時人會走運，但星期五是注定會走衰運的。」

「連笨蛋也知道，又不是只有你知道星期五很衰！」

「我沒說只有我知道啊！壞兆頭還不只這一個，昨晚我作了惡夢，我夢到老鼠。」

「不會吧！夢到老鼠真是不吉利。老鼠在打架嗎？」

「沒有。」

「那就好。夢到老鼠，但牠們沒打架，代表有麻煩事，但還不算太慘。只要我們機靈小心點，不要惹麻煩上身就好。今天別去鬼屋挖寶，我們來玩遊戲。哈克，你知道俠盜羅賓漢嗎？」

「不知道。羅賓漢是誰？」

「什麼？你不知道英格蘭有史以來最偉大的人物就是羅賓漢嗎？他是超級厲害的江洋大盜。」

「哇，聽起來很強喔！我真希望早點認識他。他都偷誰的東西？」

「他劫富濟貧，專門搶警長、主教、有錢人和國王之類有權有勢的傢伙，再把搶來的東西分給窮人。他對窮人很好，從不偷窮人的東西。」

「好一個英雄好漢。」

「的確，他真是如此。他是史上最高貴的紳士，我敢保證，世界上再也沒有人像他一樣行俠仗義。他只用一隻手就能打敗全英格蘭的人，他一拿起那把紫杉長弓，一箭就能射中一英里半外的十分硬幣。」

「什麼是紫杉長弓？」

「我也不知道，總之是一種可以射箭的弓。如果他的箭沒有射中硬幣，就會坐下來痛哭，還會不停咒罵。我們來玩羅賓漢吧，很好玩唷，我教你。」

「好呀！」

於是，他們整個下午都在玩羅賓漢的遊戲，時不時一臉嚮往地朝遠處的鬼屋望望，說著明天的冒險尋寶會多刺激，幻想著有什麼收穫。太陽漸漸偏西，兩個男孩穿梭在長長的樹影間，踏上回家的歸途。不一會兒，兩人的身影就消失在卡地夫山的森林。

星期六中午剛過，兩個男孩就在枯樹旁會合。他們先在樹蔭下抽菸、聊天，又在上次挖的洞那兒再挖了一下。雖然他們不抱什麼希望，但湯姆說，很多人挖寶時，在離寶藏不到六英寸深的地方就放棄了，下一個經過的人挖一下就挖到了，等於白白把財寶讓給別人。雖然他們又往下挖得更深，還是什麼也沒挖到。他們自認沒有敷衍了事，算是稱職的挖寶人，就把工具挑在肩上，放心地前往下一個目標。

兩人來到鬼屋旁。炙熱的陽光下，周遭的死寂顯得既怪異又可怕，孤立而破敗的鬼屋看起來陰森森的，讓湯姆和哈克心底發毛，遲疑了好一陣子才躡手躡腳地走近門邊，縮頭縮腦地往屋內窺探。門後是一間長滿雜草的房間，牆面沒有上漆，空蕩蕩的屋裡只有一個老舊的火爐，缺了窗戶的窗框，還有一截毀壞的樓梯，到處都佈滿蜘蛛網，顯然荒廢已久。過了一會兒，兩個男孩輕手輕腳地走進去，心跳加快的他們只敢用氣音交談，緊繃著身子，豎著耳朵傾聽不放過一點動靜，打算一發現不對勁就立刻奪門而出。

過不久，他們漸漸習慣鬼屋的衰敗和氣氛，膽子也變得大了，好奇的東翻西瞧。他們對自己的勇敢很驚訝，簡直有點得意。接著，他們打算去樓上瞧瞧，但上了樓要逃跑可沒那麼容易，往上走就等於自斷後路。他們互相壯膽，不願承認膽小的兩人把工具放在一樓角落就往樓上走。樓上和樓下一樣破敗不堪，角落有一個衣櫃。他們幻想裡面藏著不為人知的祕密，但打開後什麼也沒有。此時他們早就忘了恐懼，從容自在。正當他們準備下樓開始動手挖寶時——

「噓！」湯姆喝止。

「怎麼了？」哈克輕聲問，嚇得臉色發白。

「噓……那個，聽到沒？」

「我聽到了！……老天爺，我們快逃！」

「別動！你不准動！他們往大門走過來了！」

兩個男孩立刻趴在地板上，透過破洞往下瞧，惶恐地等待著。

「他們停下來了……不，走過來了……到了。哈克，不要說話。老天爺！我們真不該來。」

兩個男人走進屋子。湯姆和哈克貝利暗自尋思：「是那個又聾又啞的西班牙老頭，最近在鎮上見過他一、兩次，另一個男人……是他們從沒見過的陌生人。」

「陌生男人」長得很醜惡，蓬頭垢面，衣著破爛。西班牙老頭披著斗篷，留著長長的白鬍鬚，墨西哥帽下是一頭長長的白髮。老人還戴著一副綠眼罩。兩人走進屋裡時，陌生男人正低聲地說著話。他們背對牆，面對門口，坐在地板上，陌生人繼續說個不停。過了一會兒，他似乎放下警戒心，聲音也大了起來。兩個男孩聽見他說：「不，我全盤想了一遍，這主意不好，太危險了。」

那個男孩們以為又聾又啞的西班牙老頭居然開口說話了：「危險！你膽子也太小了吧！」

西班牙老頭的聲音把兩個男孩嚇得差點屁滾尿流——他是印第安喬呀！樓下的兩人沉默一陣，接著印第安喬說：「我們在那兒幹的事更危險，但什麼問題也沒有。」

「那回不一樣。我們離小鎮很遠，又在河的上游，附近沒有半棟房子。沒有人知道我們那勾當。反正我們也沒成功。」

「哼！大白天到這兒來可比那回危險多了！如果有人看到我們，一定會起疑。」

「我知道，但上回幹了那檔蠢事後，找不到比這裡更安全的地方了。我不想再待在這個鬼地方。我原本昨天就想走了，但那兩個該死的小鬼在山丘上玩，一眼就可以看見這兒的動靜，我可不想引人注意，鬧出什麼事情。」

「那兩個該死的小鬼」聽到這些話，嚇得渾身發抖。幸好昨天是星期五，他們放棄鬼屋尋寶，不然後果真不堪設想。其實，他們也希望今天沒來，要延期不如就延一年。

兩個男人掏出食物，吃了一頓午餐。他們沉默著，沉思了好長一段時間，最後印第安喬說道：「夥伴，這麼辦吧。你回家去吧，回上游那兒，等我通知你再行動。我再冒險去鎮上瞧瞧，探探風聲。等機會到了，我們再幹那個『危險』事。之後我們就一起離開去德州吧！」

兩人都滿意這個計畫。過了一會兒，他們打起呵欠，印第安喬說：「我想睡一覺。輪到你守望啦。」

印第安喬在草地上蜷起身子，很快就打起呼來。同伴搖了他一、兩次後，他的打呼聲總算輕了些。過沒多久，負責守望的陌生男人也打起盹來，他的頭愈垂愈低，最後兩個人都打起呼，熟睡了。

樓上的男孩慶幸地深吸一口氣。湯姆低聲說：「我們的機會來了，快起來。」

哈克貝利說：「我不要，萬一他們醒過來，我就死定了。」

湯姆催促哈克，但他不為所動。於是湯姆自顧自地站起身，輕輕地踏出腳步，但腳下的地板立刻發出哀鳴，嚇得他趕緊趴回地板，差點就喘不過氣來。他放棄再試一次。就這樣，兩個男孩趴著一動也不敢動，沉默地等待緩慢的時間一分一秒地流逝。他們覺得好像等了一輩子，天色漸漸暗了下來，兩人感動地想著，太陽總算要下山了。

此時，印第安喬坐了起來，四下張望了一會兒。看到他的同伴把頭靠在膝蓋上睡得很沉，他冷笑一聲就用腳把同伴踹醒，說：「喂，你不是要負責把風嗎！算了，反正也沒什麼事。」

「我的天！我睡著了嗎？」

「我們該走了，夥伴。剩下的那些贓款該怎麼辦？」

「我不知道。我想就跟以前一樣，把東西留在這兒吧。反正去南方之前，我們也用不到那些錢。六百五十元的銀幣可不輕啊。」

「嗯，說得也是。再多來這兒一回也無妨。」

「我想以後我們還是晚上來這兒比較好。」

「說得沒錯。但是，我們可能得等上好一陣子才能幹那件事，說不定會遇上什麼意外。我們得把錢埋起來才行——得埋深一點。」

「好主意。」陌生同伴一邊說著，一邊走到房子的另一頭，然後他跪在地上，挖起一塊爐邊石，拿出一個沉甸甸的袋子，裡面響著金屬碰撞的叮叮噹噹聲音。他從袋子拿出二、三十元，放進自己的口袋，再拿了同樣數目給印第安喬。

印第安喬拿出一把獵刀，蹲在牆腳用力地往地上挖。陌生男子把袋子交給他。

看到這一幕，躲在樓上的兩個男孩立刻把恐懼和眼前的危險處境全拋在腦後，貪婪地望著樓下男人的一舉一動。太幸運啦！瞧瞧那袋錢幣，比他們幻想的寶藏還要豐厚！六百元耶，這筆錢能讓鎮上一半的男孩都一夕致富。這真是世上最棒的尋寶之旅，根本不用費盡心力解讀密碼、尋找藏寶地！湯姆和哈克貝利時不時用手肘輕推彼此，此時他們心靈相通，根本不用講話就知道彼此心意：「嘿嘿，我們多幸運啊！來鬼屋真是太棒了！」

印第安喬的刀子突然撞到一個堅硬的東西。他說：「你來瞧瞧！」

他的夥伴問道：「怎麼了？」

「這裡有塊爛掉的木板——不，不對，是一個盒子。過來，幫我一下，我們把它搬出來，看看是什麼東西。喔，不用了，我戳了一個洞。」他把手伸進洞裡，抓了一把東西出來：「老天爺，都是錢耶！」

他們瞪著印第安喬手上的硬幣，仔細檢查確認那是貨真價實的金幣。他們頭上的兩個男孩一樣眼睛發亮，又興奮又開心。

印第安喬的夥伴說：「我們得趕緊動手。我剛看到那邊角落的草叢有個生鏽的舊鐵鍬，就在火爐另一邊。」他邊說邊跑去拿兩個男孩留下的鐵鍬和鐵鏟。印第安喬拿過鐵鍬，仔細地檢視一下，搖了搖頭，自言自語地咕噥著，就開始動手挖，一下子就把盒子拖了出來。用鐵條固定住的木箱不大，經過歲月的洗禮依然十分堅固。兩個男人沾沾自喜地望著寶盒。

「夥伴，這裡面至少有好幾千元耶！」印第安喬說。

「聽說有一年夏天，莫瑞爾幫在這附近待了一陣子。」陌生男子思索著說。

「我也聽過這事，」印第安喬說，「從這箱子看來，傳聞應該不假。」

「這樣一來，你就不用去幹那筆危險的生意啦！」

混血的印第安人皺起眉頭，說：「你不瞭解我。至少，你不知道整件事的始末。我可不是想搶劫，我要的是復仇！」他的眼中閃著邪惡的火焰。「你得幫我一把。等我解決這件事，我們就去德州。你回家吧，回到妻兒身邊，等我通知你再行動。」

「好吧，既然你這麼說。我們該怎麼處理這盒子？把它埋回去嗎？」

「沒錯。（他頭上的兩個男孩心花怒放。）不！不行！依偉大的酋長之名，萬萬不可。（男孩立刻愁眉苦臉。）我差點忘了，那個鐵鍬沾著新土。（男孩嚇得屁滾尿流。）怎麼會憑空冒出這兩把鐵鍬和鐵鏟？為什麼上面還沾著新土？誰把它們帶來？那人又跑哪兒去了？你有聽到什麼動靜，還是看過什麼可疑的傢伙嗎？不行把這盒子埋回去，他們一定會發現有人挖了地。我們得把這盒子搬去我的藏身處。」

「當然！我早該想到。我們搬去一號那兒嗎？」

「不，去二號那邊，在十字架下面。一號那兒人太多了，不保險。」

「好吧。天色也暗了，我們可以上路了。」

印第安喬站起身，謹慎地從每個窗戶向外窺視。過了一會兒，他問：「誰會在這裡留下那些工具？他們是不是躲在樓上？」

兩個男孩嚇得不敢呼吸。印第安喬警覺的握緊刀子，一時之間拿不定主意，只是站著不動。接著，他向樓梯走了過去。男孩們想躲進衣櫥裡，但他們渾身發軟。樓梯上響起印第安的腳步聲——不知所措的兩個男孩鼓起勇氣，打算放手一搏地跑向衣櫥——千鈞一髮之際，樓梯突然嘩啦啦地塌了，腐朽斷裂的木板掉了一地，也把印第安喬摔到地上。他一邊咒罵一邊站起身。同伴說道：「如果有人躲在樓上，那就讓他們躲下去吧，他們能拿我們怎麼辦？如果他們現在想跳下來送死，沒人攔得了。天就要黑了，他們想跟蹤我們，隨他們的便，我樂得奉陪。我看啊，把工具留在這裡的人，八成把我們當成鬼魅惡靈，早就嚇得跑走啦。說不定現在還忙著逃命咧。」

印第安喬喃喃幾句，最後他同意夥伴的話，天色已晚，此刻最重要的是趕緊離開，別再浪費時間。兩個男人就帶著珍貴的盒子走出鬼屋，消失在愈來愈暗的夜色裡。

全身虛脫的湯姆和哈克總算站了起來，大大地鬆了口氣，從木牆上的破洞看著兩個男人愈走愈遠。跟蹤？他們才不想跟呢，能夠從倒塌樓梯的大洞跳到地上，還沒把脖子摔斷，兩個男孩就謝天謝地了，根本不敢跟蹤那兩個壞蛋。

湯姆和哈克貝利走回鎮上的路上，兩人都沒說什麼話，只是在心裡咒罵自己，怨嘆運氣太差，怎麼會把鐵鍬和鐵鏟放在樓下。要不是他們幹的蠢事，印第安喬一定會毫無疑心地把金幣和銀幣都埋在那兒。等他完成「復仇計畫」後，再回頭來找他的寶藏時，那些錢都被搬光啦！該死！真該死！有夠衰！早知道就別帶什麼鬼工具！

湯姆和哈克貝利決定下次在鎮上看到那個打算復仇的假西班牙老頭，一定要通風報信，還要跟蹤他，不管是什麼荒郊野外，一定要找出那個「二號」地點。

湯姆忽然覺得不妙，說：「復仇？他是不是想報我們的仇啊？哈克！」

「天哪！不會吧？」哈克貝利嚇得快暈倒了。

他們抽絲剝繭的討論著，快到鎮上時，兩人作出結論，印第安喬應該不是要找他們報仇，就算是，也是找湯姆一個人，因為只有湯姆公開作證。湯姆一想到自己一個人身陷危險，心情就沉重了起來，他想著如果有人作伴該多好呀！

27

那天死裡逃生的大冒險讓湯姆徹夜難眠，一閉上眼就陷入無止盡的惡夢。他夢見寶藏就在眼前，唾手可得，但一伸手光芒萬丈的寶藏瞬間灰飛煙滅。一個晚上他就作了四次與寶藏擦身而過的夢，然後嚇得驚醒，又記起自己的不幸。

清晨，他躺在床上想著前一天的驚心動魄，覺得非常遙遠又印象模糊，好像是很久以前的事。那場冒險只是一場夢！畢竟他在鬼屋看到的銀幣和金幣數量實在太驚人了，不像是真的。他長這麼大還沒見過五十元的錢幣，他和其他同年紀的男孩一樣，一直過著單純的生活，以為所謂的「成千上萬」只是一種誇飾法，不相信世界上真的有那麼多錢。他也沒想過一個人真的能擁有一百元。如果有人用心去了解湯姆所謂的「寶藏」，就會發現他想要的只是一堆一手就能握住的一角硬幣，外加一大堆——數量驚人——的一元硬幣而已。

想著想著，湯姆又覺得昨天的大冒險栩栩如生，鮮明生動，應該不是夢。他受不了這種糊糊塗塗的感覺，決心查個水落石出。一吃完早餐，他就跑去找哈克貝利。

哈克貝利鬱鬱不樂地坐在河邊一艘平底船的船舷上緣，雙腳垂在水裡，輕輕地盪來盪去。湯姆決定先探探哈克貝利的口風，如果他沒提起鬼屋的事，那就是一場夢而已。

「早安！哈克。」

「早啊。」

接下來一分鐘，誰也沒開口。

「湯姆，如果我們把工具留在枯樹那邊，現在那些錢就是我們的了！天哪！多可惜啊！」

「所以那不是夢？我不是在作夢！其實我有點希望那是場夢。誰說謊誰吃不完兜著走，哈克。」

「你說什麼不是夢？」

「就是昨天的事，我半信半疑，以為是我作了夢。」

「夢！要不是樓梯剛好塌了，我看你還會不會以為在作夢。我也是整夜夢不停，一直夢到那個戴著眼罩的西班牙魔鬼來抓我，我整夜都在逃跑。希望他不得好死！」

「別咒他死啊！我們得找到他，搜出錢來。」

「湯姆，我們找不到他的。一個人一輩子只有一次機會見到那麼大筆錢，而我們已經錯失這畢生一次的機會啦。反正，如果我真的見到他，一定會嚇得全身發抖。」

「我也會發抖，但我還是想見見他，跟蹤他，找出『二號』在哪裡。」

「『二號』，對，就是那個謎一樣的地方，我想了半天還是想不出來會在哪裡。你覺得呢？」

「我也不知道，線索太少了。咦，二號會不會是指門牌號碼？」

「說得好。……不，不會是門牌號碼，就算是，也不在我們鎮上。小鎮不用門牌號碼呀。」

「說得也是。讓我再想一下。說不定是房間號碼，像旅館一樣，你說是不是？」

「有可能。鎮上只有兩家旅店，我們馬上就能找出來。」

「哈克，你在這裡等我。」湯姆立刻跑走，他不希望別人看到他和哈克貝利在一起。

湯姆離開了半小時，他發現在比較體面的那家旅館的二號房，長期住著一位年輕的律師，現在也還住在那裡。另一間設備較差旅館的二號房住著奇怪的客人，旅館主人的年輕兒子說二號房的門永遠都上著鎖，客人只在夜裡進出，但他從沒親眼看過客人。年輕主人很好奇為什麼房間老是上鎖，幻想著二號房有鬼出沒，以此自娛。不過他注意到前一天晚上，二號房間的燈是亮著。

「哈克，這就是我搜集到的情報。我覺得那間二號房就是我們要找的地方。」

「我想也是。湯姆，現在你打算怎麼辦？」

「讓我想一想。」湯姆思索著說，「我解釋給你聽。旅館和舊磚材店之間有一條小巷子可以通到二號房的後門。你去搜集所有的門鎖鑰匙，我也會去偷我姨媽的鑰匙，天一黑我們就去巷子裡試，看哪把鑰匙打得開門。你要注意印第安喬，他說過要回鎮上打探風聲，找機會復仇。如果你看到他，就暗中跟蹤他，如果他沒去那間二號房，就表示我們猜錯了。」

「老天爺！我才不想一個人去跟蹤他。」

「別緊張，天黑了，他才敢出來。說不定他根本就不知道你是誰。就算他看到你，應該也不會起疑。」

「好吧，要是天很黑，我就跟蹤他。我會試試看，但我不敢保證啊。」

「哈克，如果天黑了，你就非跟蹤他不可。說不定他發現自己沒機會復仇，改變心意，那他就會帶著錢逃走啦！」

「湯姆，你說得沒錯。我會跟蹤他的，老天爺！我一定得看緊他。」

「這樣才對。哈克，千萬別放棄。我也會堅持下去。」

28

當晚，湯姆和哈克貝利準備再次冒險。他們在旅館附近晃盪，一個人遠遠地注意小巷，另一個人負責盯住大門的動靜；一直等到九點多，沒有人進出小巷子；也沒有像西班牙老頭的人進出旅館大門。湯姆得先回家了。兩人約定等夜色再暗一些時，哈克貝利就到湯姆家學貓叫，湯姆就帶著偷到的鑰匙跑出來，兩人再一起去試試看。但當晚月色皎潔明亮，他們期望的黑夜沒有來到。哈克在午夜時停止監視，找了一個空的運糖木桶就躲進去睡覺。

星期二，他們的運氣一樣背，星期三也是。星期四晚上終於出現轉機。湯姆用大毛巾把姨媽的錫燈籠包起來，然後溜出家門。他把燈籠藏在哈克睡覺的運糖木桶裡，兩人就定位開始監視。離午夜還有一小時，旅館關上大門，門上那盞燈也滅了。這盞燈是附近唯一一盞路燈。他們沒看到西班牙老頭，也沒有人進出小巷，這可是大好機會！夜色籠罩小鎮，四周一片寂靜，遠方偶爾傳來一兩聲悶雷。

湯姆在木桶裡把燈點著，小心地用大毛巾蓋著燈光，兩名冒險犯難的探險家在朦朧的暗夜裡走向旅館。哈克貝利負責把風，湯姆轉身走進小巷裡。焦急等待的哈克貝利覺得心裡像被山壓著似地，他真希望能看到燈籠的火光，雖然燈光會嚇到他，但至少能確定湯姆還活著。他心神不寧地左等右等，覺得湯姆已經消失了好幾個小時。他是不是暈過去了？還是出事了？也許恐懼和緊張讓他的心臟跳得太快而爆掉了？惶惶不安的哈克貝利往小巷愈靠愈近，既害怕看到駭人的情景，但又希望突然發生什麼災難，好讓他一死了之算了。他覺得自己多快窒息了，因為他只敢小小口地呼吸，而他的心跳得好快，好像隨時要休克。突然，眼前燈光一閃，湯姆跑過他身邊，說：「跑，快跑！沒命的跑！」

湯姆根本不需要說第二次，哈克貝利已經撒腿飛奔。在湯姆說第二次之前，哈克貝利已經達到三十到四十英里的時速啦！兩個男孩一直跑到小鎮下面那棟荒廢的老屠宰場。他們一衝進去，天空就響起一陣巨雷，大雨嘩啦啦地應聲落下。等湯姆喘過氣來，他立刻說：「哈克，太可怕了！我試了兩把鑰匙，努力不弄出半點聲音，但鑰匙吵得要命，我嚇得不敢呼吸，緊張死了。但是兩把鑰匙都跟門鎖不合。我無意間握住把手，轉動一下，沒想到門就這樣開了！我跳進去，把蓋住燈籠的毛巾拿開，老天爺啊！我嚇得魂都飛啦！」

「你看到什麼？」

「我差一點就踩到印第安喬的手啦！」

「不會吧！」

「沒騙你！他躺在地上，睡得很沉，臉上戴著眼罩，伸直了雙手。」

「老天！怎麼辦？他有醒過來嗎？」

「沒有，他一動也不動。我猜他喝醉了。我抓了毛巾就跑出來了！」

「如果是我，一定會把毛巾給忘啦！」

「我也是。但是如果我弄丟毛巾，我姨媽鐵定會揍我一頓。」

「湯姆，你有看到那個寶盒嗎？」

「我根本沒時間看呀。我沒看到寶盒，也沒看到十字架，什麼也沒看到，只看到印第安喬旁邊的地上有酒瓶和錫杯。好啦，我還看到別的東西，房裡有兩個大木桶和很多酒瓶。你明白了嗎？你知道那個鬧鬼的房間是怎麼回事嗎？」

「怎麼了？」

「你不懂嗎？在那裡鬧的鬼是酒鬼啦！說不定每家號稱禁酒的旅館裡都有一個住了酒鬼的房間。你說是吧，哈克？」

「嘿，說不定真是這樣。有誰想得到？湯姆，你想想看，既然印第安喬喝醉了，現在豈不是偷寶盒的好機會？」

「你真敢講！你自己去試試看！」

哈克貝利立刻嚇得發抖。「唉，好吧，我看還是算了。」

「我不認為這是好時機。他身邊只有一瓶空酒瓶，這可不夠，要是他喝了三瓶威士忌，那他一定醉得不醒人事，我就敢下手。」

兩個人考慮了好一陣子，接著湯姆又說：「如果我們不確定印第安喬在不在房裡，就不能動手。不然太危險了。從現在起，我們每晚都來監視二號房。他總得出門吧？我們確定他出門之後，再迅雷不及掩耳地偷走寶盒。」

「好吧，就這麼說定。我會整晚監視，每晚都盯著那扇門，但你也得盡你的本份才行。」

「一言為定，我會完成我的任務。你只要跑到呼波街那兒學貓叫，如果我睡著了，你就往窗戶丟石子把我叫醒，我再溜出來跟你會合。」

「就這麼辦，這樣就妥當了。」

「再過兩小時天就要亮了，等風雨停了，我得回家。哈克，你回旅館那兒再監視一下，好嗎？」

「我說我會監視他，我就會盯著他不放。湯姆，我會每晚守在旅館旁邊，要我守個一年也行。我白天睡覺，晚上就起來監視。」

「好極了。但大白天你要去哪兒睡覺？」

「去班家的乾草棚那兒。他和他爸爸的黑人助手傑克叔叔都同意讓我去那兒睡覺。我會幫傑克叔叔挑水。他吃東西時，總會留幾口給我。傑克叔叔是超級善良的好黑人，他喜歡我，因為我不會擺架子，也不會自以為比他強。有時我會坐下來和他一起吃東西。你別跟別人說。一個人餓的時候，什麼事都願意做。只要有得吃就好，什麼都不管。」

「別擔心，白天我不需要你幫忙的時候，不會吵你，會讓你盡量睡覺。你晚上一發現什麼動靜，就到我家那兒學貓叫。」

29

星期五早上，傳來令湯姆振奮的好消息：瑟雪法官一家人已在前一晚回到鎮上。印第安喬和尋寶計畫立刻在他心中落到第二順位，貝琦重回湯姆最關心的事的寶座。湯姆不但和貝琦重逢，還開心地和一大群同學玩捉迷藏、互捉俘虜等遊戲。這天還有一件令人興奮的大事：貝琦向媽媽撒嬌，希望隔天就舉辦大家期待已久卻一再延期的野餐會，而瑟雪太太同意了。孩子們喜出望外，湯姆更是樂不可支。邀請函在日落前送出，鎮上的孩子們立刻熱切地準備，心花怒放地期待明天。

湯姆激動得睡不著覺，等著哈克過來裝貓叫，他就可以出門奪取寶藏，隔天讓貝琦和野餐會的賓客們大吃一驚。可惜他失算了，當晚什麼信號也沒有。

太陽終於升起。才十點或十一點多，一群興高采烈的孩子嘻嘻哈哈地聚集在瑟雪法官家，準備出發。通常鎮上的成年人不會參與野餐活動，只派幾名十八歲左右的少女和幾位二十三歲左右的年輕男子，陪同看顧孩子們的安危。配合這個特殊的場合，他們還預訂了舊蒸氣渡船來載這群歡天喜地的小客人。開心的孩子們拎著野餐籃，大街小巷都熱鬧極了。瑪莉留在家裡照顧生病的席德，所以兩人都沒參加野餐。

貝琦出門前，瑟雪太太對她說：「你們回來時，天一定黑了。好孩子，也許妳可以和其他女孩留宿在港口附近的人家。」

「我會去蘇西家。媽媽。」

「好極了。記得當一個好孩子，別惹麻煩。」

出門後，湯姆和貝琦走在一起。

湯姆說：「嘿，我跟妳說我打算做什麼。妳別去哈普家，我們一起去爬山丘，到道格拉斯寡婦家。她家有冰淇淋喔。她家幾乎每天都有冰淇淋，好多好多的冰淇淋耶！她一定會歡迎我們。」

「哇，聽起來太棒啦！」貝琦想了一下又說，「媽媽會怎麼說呢？」

「妳媽媽怎麼會知道？」

小女孩想了想這誘人的主意，不大放心地說：「這麼做不好，可是……」

「可是什麼？只要不讓妳媽媽知道，就什麼麻煩也沒有。她只是希望妳平安，如果她知道，應該也會說放心去吧，沒關係的。她一定會這麼說的。」

道格拉斯寡婦的冰淇淋和熱忱款待，聽起來多麼誘人啊！再加上湯姆三寸不爛的舌頭，貝琦終於心動了。兩人約定絕不洩露今晚的計畫。湯姆突然想到，萬一今晚哈克跑到他家窗下學貓叫呢？湯姆一想到自己可能會錯失奪寶良機，就開始煩惱。但他還是無法抗拒想去道格拉斯寡婦家玩的念頭。他想何必為了不確定的事放棄眼前的歡樂？昨晚他等不到信號，難道今晚就會等到？左思右想，不確定的寶藏比不上觸手可及的快樂時光，於是貪玩的男孩湯姆決定今天先把寶藏拋到一旁，盡情享受難得的歡樂。

渡輪在離鎮三英里的河口處停下，那裡是草木叢生的谷地。孩子們爭先恐後的跑到岸上，山林裡一下子就充滿了孩子的叫喚與歡笑聲。他們用盡精力玩各種遊戲，在大太陽下奔跑嬉鬧。直到飢腸轆轆，孩子們三三兩兩地回到營地，痛快地大吃一頓。用完餐，大夥兒躺在橡木林的樹蔭下乘涼聊天。

有人出聲喊道：「誰想去洞穴探險？」

大家立刻同聲應和。他們準備好幾把的蠟燭，浩浩蕩蕩地往山丘走去。像字母A的洞穴入口就位在山腰上，被一扇沒上鎖的沉重橡木門擋著。門後是像冰屋一樣涼爽的小房間，牆面是堅硬的天然石灰岩，岩上還掛著冰涼的露珠。在又深又暗的洞穴裡，從洞口望出去就能俯瞰徜徉在陽光下的青綠色山谷，既浪漫又神祕。但孩子們很快就不再驚嘆自然的奧妙，忙著嬉鬧起來。蠟燭一點亮，大家就湧向手握蠟燭的人，他得努力握著蠟燭才能抵抗孩子們的推擠，但他們一下子就把蠟燭打翻或吹滅了，於是大夥兒又鬨笑成一團，互相追逐。

孩子們的捉弄終於結束。大家成群結隊走進非常低斜的主要走道，手中搖曳的燭光映亮了高聳的石壁，看起來足足比他們還高上六十英尺。走道大約只有八到十英尺寬，每走幾步，兩旁就會出現另一個又高又窄的石室。這座麥克杜格洞穴就像巨大的迷宮，佈滿蜿蜒崎嶇又錯縱複雜的小徑，不知通往何方。據說，那複雜交纏的石室與祕徑，幾天幾夜也走不完。即使有人敢不斷深入直到地下，也只會在一座連一座的迷宮裡晃來晃去，找不到出口。沒有人真的清楚洞穴的構造，要摸清楚洞穴根本不可能。少年們只熟悉一部分的洞穴，大部分人都不敢妄然冒險走入不熟悉的隧道。湯姆對洞穴其他地方也一無所知。

孩子們沿著走道走了四分之三英里，接著三兩成群地踏進不同的叉路、石縫，在陰暗的過道間穿梭來去，時不時躲在小徑交會處嚇同伴們一跳。他們在過道間東跑西逛了半小時，也沒走出眾人熟悉的洞穴範圍。

孩子們成群結隊地回到洞口，每個人都笑得喘不過氣來，從頭到腳都是蠟燭滴下來的牛油和灰土塵埃，玩得心滿意足。他們很意外時間過得那麼快，一下子夜色就已籠罩大地，船上的鐘已經敲了半小時，呼喚他們回家。孩子們覺得今天的洞穴冒險愉快極了。當渡船載著莽撞吵鬧的孩子們踏上歸途，沒人後悔在洞穴裡玩得忘了時間，只有船長懊惱著太晚開船。

當點著燈的渡船駛過碼頭時，哈克貝利已經在旅館前監視半小時了。船上沒有傳來笑鬧聲，因為孩子們玩了一天，都累得說不出話。哈克貝利好奇地想著那艘船載了什麼人，為什麼沒停在碼頭？但他很快就把疑問拋在腦後，專心辦起正事。

夜色漸濃，這是一個多雲的暗夜。十點了，馬車聲慢慢停歇，點點燈火也一一熄滅，行人都散了，小鎮悄悄睡去，只有年輕的孤獨守夜人與寂靜的夜色和鬼魅相伴。十一點了，旅館的燈也熄了，四周一片黑暗。哈克貝利等了好一陣子，什麼事也沒發生。他的意志力開始動搖，懷疑守夜真有用嗎？要不要就此放棄認輸呢？

此時小巷裡傳來門輕輕關上的聲音，他立刻飛奔到舊磚材店的角落，全神貫注地豎起耳朵。下一秒，兩個男人幾乎與他擦身而過，其中一人似乎在腋下揣了一包東西。一定是那個寶箱！顯然他們打算把寶藏帶走。現在要去叫湯姆嗎？不行，現在去叫他也沒用，他們已經帶著寶箱要一走了之。這樣可不行，他得見機行事，跟蹤他們。他相信暗夜會保護他，讓他不會形跡敗露。哈克貝利內心交戰了一會兒，決定像貓一樣赤著腳走路，遠遠地跟在兩個男人背後；小心地保持距離，因為不能跟丟又得防止對方發現。

他們走到河街，又過了三個街區，在一個十字路口往左轉，接著直直往前走，最後踏上通往卡地夫山的小徑。他們經過威爾斯老頭的房子，到了半山腰，毫不猶豫地往上爬。哈克貝利想著，好極了，他們八成要把寶藏埋到舊礦石場。但他們沒在礦石場停留，頭也不回地繼續前進，直到山頂。接著他們走進一條隱身在漆樹叢的小徑，身影消失在樹影間。哈克貝利趕緊追上，現在有樹林擋著，他們完全沒辦法看見他了。

哈克貝利快走著，擔心自己走得太急，又放慢腳步往前走了幾步，停下來側耳輕聽；四下一片寂靜，除了他自己急速的心跳聲，什麼聲音也沒有。山丘上傳來貓頭鷹的叫聲，多不吉利呀！但他聽不到腳步聲。老天爺！他跟丟了嗎？他正打算撒腳飛奔時，聽見離他不到四英尺遠的地方有男人清了清喉嚨。哈克貝利的心差點跳了出來，但隨即鎮定下來，一動也不敢動，渾身哆嗦地站在那兒。他像突然生了重病一樣鬆軟無力，隨時都會暈倒。他知道這裡再往前不到五步，就是通往道格拉斯寡婦院子的階梯。哈克貝利想著，就讓他們把寶藏埋在這裡吧，這兒並不難找。

有人壓低嗓子開口說話——是印第安喬：「真該死，她家好像有客人。那麼晚了，瞧那燈還亮著。」

「我什麼也看不到。」是鬼屋裡那個陌生男人的聲音。

哈克貝利冷汗直流，原來他們是來復仇的。他的思緒翻騰，他想起來道格拉斯寡婦對他多麼大方，而這兩個男人恐怕打算殺了她。他真希望自己能鼓起勇氣去警告她，但他知道自己不敢——他們可能會來抓他。他內心交戰，掙扎不已。

印第安喬說：「樹叢擋住你的視線啦。過來一點，現在你看到了吧？」

「看到了。嗯，屋內的確有別人在，還是放棄吧。」

「放棄？我打算要永遠離開這裡了！現在放棄的話，我可能再也沒有機會報仇了。我再跟你說一次，就像我之前說的，我對她的錢沒興趣，你要的話就全拿去吧。但她先夫對我很壞，欺負我好幾次，仗著自己是治安官就把我當流氓。這些只不過是皮毛小事，最過分的是他判我鞭刑！讓我像黑人一樣在監獄前面挨打，在全鎮民面前受鞭刑。你懂嗎？他把我害慘之後，他就死了。沒關係，我就找他老婆算帳！」

「哎，別殺她！別做那種事！」

「殺她？我哪有說要殺她？如果她老公還活著，我會殺了他。但我不會殺他老婆。要報復女人，不是殺掉她，而是毀了她的容貌，讓她痛苦。你刺穿她的鼻子，切掉她的耳朵，把她弄得像頭豬！」

「老天爺！這也太……」

「你最好閉嘴！我不想聽你說！我把她綁在床上，如果她失血過多而死，那可不干我的事！她死了我也不痛不癢。我的朋友，你如果為了我，幫我這一回——我帶你來就是要拜託你，我沒辦法一個人下手。如果你敢反悔，我就殺了你。你聽清楚了嗎？如果我得殺你，那我也會殺掉她，這樣誰也不知道是我幹的。」

「好吧！如果你非這麼做不可，那就做吧，愈快愈好。我都發起抖了。」

「現在下手？她家有別人在耶。我提醒你，你給我小心點，我不會放過你的。現在我們得等燈火熄滅再下手。別急。」

哈克貝利屏住氣息，躡手躡腳地往後退，每一步都踏得又輕又穩。他提起一隻腳往後踩，小心地保持平衡，雖然他的身子搖搖晃晃地幾乎要跌倒了，但他又輕輕地把腳放下，踏穩了再提起另一隻腳。他戰戰兢兢，恐懼萬分地退了好幾步，直到劈啪一聲——不小心踩斷一根小樹枝！他立刻停止呼吸，凝神細聽，什麼聲音也沒有，四周一片死寂。身在漆樹叢中間的他把自己當成一艘大船，慢吞吞地轉向，接著緊張地快步走開。等到他走回礦石場時，才放心地縱身飛奔。他一路快跑到威爾斯老頭的家。他咚咚地敲響木門，過一會兒，窗口就冒出老頭和他兩個健壯兒子的臉。

「什麼事啊？誰在敲門？你要幹嘛？」

「讓我進去！快讓我進去！我會解釋一切！」

「怎麼了？你是誰？」

「我是哈克貝利。快讓我進去！」

「哈克貝利呀！沒有人會在晚上開門歡迎你吧。不過，兒子們，讓他進來吧，咱們聽聽他又惹了什麼麻煩。」

哈克貝利一進門就說：「千萬別說是我告訴你的。求求你，別說出去，我寧願被殺死。哎，寡婦對我很好，有時就像好朋友一樣招待我，我真的很想警告她……你得發誓不會跟別人說是我說的，我就告訴你。」

「以聖喬治之名，瞧瞧他這副樣子，我看他真的有話要說。」老人說，「孩子，這裡沒人會出賣你，你說吧。」

三分鐘後，老人和他的兒子就全副武裝地走上山坡，輕輕地踏上漆樹叢間的小徑，手裡緊握著武器。哈克貝利只陪他們走到那兒，就躲到一塊大石頭後面，在那兒張大了耳朵聽著——扭打拉扯的聲音，接著一片駭人的死寂，突然一聲槍響伴隨尖叫聲劃破暗夜。哈克貝利不敢再等下去，他跳起來用盡全身力氣跑下山。

30

星期天早上第一道曙光乍現，哈克貝利就迫不及待地跑上山，急切地敲響威爾斯老頭的家門。屋裡的三人還在睡覺，但經過非比尋常的一夜，他們警覺地豎著耳朵，留意任何風吹草動。窗戶內有人應聲：「來者是誰？」

哈克貝利緊張地低聲回答：「我是哈克！拜託讓我進去。」

「好傢伙！不分日夜，我們家隨時歡迎你的到來。快進來吧！」

居無定所的哈克從沒聽過這麼溫暖的一句話，這是第一次有人衷心歡迎他的出現。就算他想破腦袋，也記不得曾聽過類似的隻字片語。屋內的人很快放下門鎖，打開門讓他進來，請他坐在椅子上。老先生和他兩個高壯的兒子趕緊穿衣迎接他。

「好孩子，我希望你一切平安。最好餓著肚子，因為太陽一升起來，早餐就會準備好，和我們一起吃頓熱騰騰的早餐吧！你放輕鬆，昨晚我和我兒子一直希望你會回到我們家來。」

「昨晚我嚇死了，」哈克貝利說，「所以我跑走了。我一聽到槍響就沒命地跑，至少跑了三英里才停下來。我想知道發生什麼事。而且，你明白，我壓根兒不想撞見那些壞蛋，就算他們死了，我也不想看到他們，所以一直等到天亮才過來。」

「哎呀，可憐的孩子，你看起來的確很累，想必整夜都提心吊膽吧。別擔心，這兒有張床，吃完早餐，你就在那兒好好睡一覺吧。可惜呀，那些壞蛋沒死，真的太糟糕了。我們根據你的描述，找到他們的位置，準備逮住那兩個傢伙。當我們踮著腳尖，小心翼翼地走到離不到他們十五英尺的地方——哎呀，那條漆樹小徑暗得像酒窖一樣。我拿著手槍走在前面，忽然鼻子癢得不得了，差一點就要打噴嚏啦！真糟糕！有夠倒霉！我努力忍住，但真的忍不住——結果我真的打了噴嚏！我一打起噴嚏，那些傢伙就跑了出來，我大叫：『快射！兒子們！』接著就往樹葉沙沙響的地方開槍。我兒子也立刻開槍。但那些壞蛋逃得好快，一瞬間就跑進樹林裡，我們趕緊追過去。他們邊逃邊朝我們開了一槍，嗖的一聲，子彈從旁邊飛過去，幸好沒傷到我們。後來我們連他們的腳步聲都聽不見了，只好放棄追趕，然後跑到鎮上叫醒警長。警長帶了一夥人去河岸邊守衛。天一亮，他們就會去搜索樹林。我兩個兒子都會過去幫忙。我真希望知道這兩個壞蛋長什麼樣子，這樣就好辦多了。不過，孩子，那時一片漆黑，你也認不得他們的樣子吧？」

「我認得他們，我在鎮上就看到他們，一路跟蹤他們上山。」

「太棒了！快形容他們的樣子，快說！」

「一個是那個來過鎮上一、兩次，又聾又啞的西班牙人，另一個看起來很邪惡、衣服破破爛爛的——」

「小伙子，這樣就夠啦！我們看過那兩個傢伙。有一天，我撞見他們在寡婦家的後窗那兒晃來晃去，鬼鬼祟祟地跑走了。兒子呀，你們快去通知警長，早餐明天再吃吧！」

他的兩個兒子立刻起身，當他們正要出門時，哈克貝利跳起來叫道：「求求你們，別跟任何人說是我告的密，拜託！」

「哈克，如果你這麼堅持，我們就不說。但你勇氣可佳，應該讓大家知道。」

「不行，不行，千萬別說出去。」

兩個兒子離開後，威爾斯老頭說：「他們不會說出去的，我也不會。但你為什麼不希望別人知道呢？」

哈克貝利不知道該怎麼解釋，只說他認得其中一人，看過那人幹的太多壞事，他不敢讓那個人知道自己的身分，不然他就小命難保啦。

老先生再三保證會三緘其口。「小伙子，你為什麼跟蹤那兩個傢伙？他們看起來不安好心嗎？」

哈克貝利謹慎地編著聽起來正當的理由。他說：「我是個無可救藥的壞孩子，至少別人都這麼說我，我也知道自己挺差勁的。有時我睡不著，就想找點事來打發時間。昨晚也是如此。昨晚我睡不著就在路上閒晃，到處亂走，一直走到禁酒旅館旁邊那家又舊又破的磚材行，我靠在牆上想事情。這時候，那兩個傢伙走過我身邊，胳膊下抱著一個東西，我猜他們八成是去哪兒偷來的。其中一個抽著菸，另一個想接火，於是他們在我面前停了下來，火光照亮他們的臉。那高個兒留著白鬍子、罩著眼罩，我認出來是又聾又啞的西班牙人，另一個是衣衫不整、心術不正的壞蛋。」

「你憑抽菸的火光就能看到他穿什麼衣服？」老先生的疑問讓哈克貝利一時答不出話來。「呃，我不知道，但我好像看得到。」

「接著他們繼續走，而你——」

「我跟在他們後面，就是這樣。我想知道他們偷偷摸摸要幹什麼。我跟著他們，一路走到寡婦家，在黑暗中聽見那個衣衫不整的傢伙替寡婦求情，而那西班牙人誓言要把寡婦毀容，就像我昨晚跟你們說的——」

「什麼？那又聾又啞的西班牙人居然說話了？」

哈克貝利發現自己又鑄下大錯，他想盡辦法就是不想讓老先生猜到西班牙人的真實身分，但他無法控制舌頭，老是說蠢話，招惹麻煩。他努力自圓其說，但老先生猛盯著他瞧，然後說：「我的好孩子，別害怕，我決不會傷害你半根汗毛。我不會害你的，我會保護你的。那個西班牙人既不聾也不啞，雖然你不想說，但你知道，現在要掩飾也於事無補。你知道西班牙人幹了許多壞事，但你不想說出來。相信我，告訴我，你所知道的一切，你可以信任我，我決不會背叛你。」

哈克貝利凝視著老先生真誠的雙眼，於是他彎下腰，靠近他的耳邊說：「那個西班牙人——就是印第安喬。」

威爾斯老先生差點從椅子上跳了起來。

「一切真相大白了。當你說他要割寡婦的耳朵、切她的鼻子時，我以為是你捏造的，因為白人不會這麼報仇。但他是印第安人，那就說得通了。」

吃早餐時，老先生敘述著他和兒子們昨晚在睡前，還提著燈籠到寡婦家附近查看，找找有沒有血跡。最後三人沒找到血跡，但找到一包——

「一包什麼？」哈克貝利嘴唇發白，快如閃電地問道。他雙眼圓睜，屏住呼吸等著老先生的答案。

威爾斯老先生盯看著他。

哈克貝利等了三秒鐘、五秒鐘、十秒鐘，老先生才說道：「一包小偷用的工具。怎麼了？你怎麼啦？」

哈克輕輕又深沉地喘了幾口氣，一副感激涕零的樣子。老先生好奇地盯著他瞧，留意他的一舉一動。「只是一包偷東西的工具。你看起來鬆了一口氣。你緊張什麼？你以為我們會找到什麼？」

老先生犀利的目光抓著他不放，哈克的情況危急，此刻，他願意犧牲一切換一個聽來正大光明的答案，但他什麼也想不到。老先生的目光銳利，讓他無處遁逃，他只好隨便找個答案——此時不容他考慮——他心虛地說道：「我想說不定是主日課的課本。」

老先生一聽，忍不住開懷大笑。心神不寧的哈克卻笑不出來。老先生接著說：「可憐的孩子，你一臉蒼白又無神，一定累壞了，難怪你頭腦不清，說話顛三倒四。放心吧，過一陣子就會好起來。好好休息，睡場好覺，你就會精神飽滿。」

哈克一想到自己衝動提問還露出可疑的表情，就氣自己像笨鵝一樣蠢。其實當他聽到印第安喬和同伴的對話時，就知道那個包裹裡面絕不是他朝思暮想的寶藏，也把尋寶的事拋在一旁。但這只是他的推斷，並沒有親眼確認，因此當老先生提起那個包裹時，他還是忍不住心驚膽跳。幸好老先生澄清了包裹只是小偷用的工具，現在他終於確定寶藏不在他們身上。這下子，他心裡踏實多了。事實上，一切似乎很順利，寶藏一定還藏在二號房，那兩個惡棍今天應該就會被抓到，他和湯姆當晚就可以神不知鬼不覺地潛入二號房奪得寶藏。

吃完早餐時，有人敲了敲威爾斯家的大門。哈克貝利連忙找地方躲了起來，他可不想和這些事情扯上關係。威爾斯老先生開了門，好幾位先生和女士進了屋內，道格拉斯寡婦也來了。不只如此，許多鎮民正爬上山丘，打算好好搜索寡婦家附近。顯然，昨夜的事件已傳遍大街小巷。威爾斯老先生向訪客敘述了昨晚的經過，寡婦的感激之情溢於言表。

「別謝我，夫人。您要感謝的不是我和我兒子，而是另一個人。可惜的是，他不希望我說出他是誰。要不是他，我們也不會知道有壞人藏在那兒。」

這些話引起一陣騷動，大家忘了主要目的，好奇地詢問這位恩人是誰。但威爾斯老先生再三解釋，他絕對不會洩露這位神祕人物的身分，也請大家跟其他鎮民說明。

寡婦說：「昨晚我躺在床上看書就睡著了，完全不知道外面發生了這麼大的事。您怎麼沒來敲門叫醒我？」

「我們認為驚動您也於事無補。那些傢伙今天晚上應該不敢再過來，而且他們的工具也掉了，何必大半夜把您吵醒，讓您嚇得半死？我手下的三個黑人在您家守了整晚的夜，他們才剛回來。」

又來了更多訪客。接下來幾個小時，老先生一直重覆說著昨晚的事發經過。

學校放假時，主日學校也休息了。但今天許多人一大早就聚在教堂，談論昨晚發生的駭人事件，而且那兩個壞蛋的行蹤成謎，還沒被抓到。

牧師講道結束後，人們湧到走道，排隊步出教堂時，瑟雪夫人走到哈普太太身邊問道：「我家的貝琦打算在妳家睡一整天嗎？我猜她應該累壞了。」

「妳家的貝琦？」

「對呀！」哈普太太的回話讓瑟雪夫人驚慌起來。「昨晚她不是借宿在妳家嗎？」

「沒有呀。」

瑟雪夫人臉色發白地跌坐在旁邊的長凳上。此時波莉姨媽和朋友邊聊天邊走到她面前。

「早安，瑟雪夫人。早安，哈普太太。我剛發現我家孩子走丟啦。我看我家的湯姆昨晚待在妳們其中一人的家裡過夜了吧？這會兒，他一定怕得不敢來教堂見我，我得好好教訓他一頓。」

瑟雪夫人有氣無力地搖了搖頭，臉色更加慘白。

「湯姆也沒在我家過夜。」哈普太太露出擔心的神色。

波莉姨媽聽了，也緊張起來。「喬，你今天早上有看到我家湯姆嗎？」

「沒有。」

「你最後看到他是什麼時候？」

喬努力回想著，但不太確定。本來往教堂門外走的人都停了下來，議論紛紛，大家一臉不安，擔心是不是出了什麼差錯。大人們紛紛詢問自家的孩子和昨天負責看管的年輕老師，但他們都不太確定湯姆和貝琦是否有和大家一起搭上渡船。當時天色已經暗了，沒有人注意到少了誰。最後，一位年輕人擔心地說，他們會不會還待在洞穴裡。瑟雪夫人一聽，差點暈倒。波莉姨媽扭著手，擔心得哭了起來。

消息一傳十，十傳百，一下子就傳遍小鎮的家家戶戶，大街小巷，五分鐘內就有人敲響了鎮上的警鈴，全鎮緊急動員。卡地夫山的一夜驚魂變得不再重要，大家暫時忘了那兩個惡棍，忙著上好馬鞍，分派小艇，準備渡船；不到半個小時，兩百位鎮民——有的搭船，有的騎馬——紛紛向洞穴進發。

漫長的下午，小鎮像空城一樣死寂。許多女士前去安慰波莉姨媽和瑟雪夫人。她們彼此作伴，比話語更撫慰人心。夜色籠罩，全鎮民都心驚膽顫地等待消息。但當早晨太陽升起，搜索隊只傳回需要補給蠟燭和食物，沒有兩個孩子的音訊。瑟雪夫人和波莉姨媽幾乎陷入瘋狂。雖然在洞穴搜索的瑟雪法官傳了希望十足又充滿鼓勵的口信回來，但沒人開心得起來。

早晨時，威爾斯老先生拖著疲累的身子返回家，身上滿是凝固的燭油和泥巴。他發現哈克仍在他的床上熟睡，而且發了高燒，神智不清。醫生們都還在洞穴裡搜索湯姆和貝琦，因此老先生只好請道格拉斯寡婦來照顧他。寡婦表示會盡力看顧他，但他的病會好轉還是惡化，或者持續不變，只能交給上蒼決定——上蒼無所不知。

威爾斯老先生說哈克是個好孩子。

寡婦說：「你說的沒錯。瞧，他身上帶著上帝留下的印記。上帝不會忘記祂留下的印記，從來不會。凡是祂創造的生命都帶著祂的印記。」

上午，精疲力盡的搜索隊員三三兩兩地回到鎮上，其他身強體壯的人們仍留在洞穴裡搜索。他們找遍洞穴，連沒人去過、最深遠的地方也找了，不放過任何一個隧道、穴室，地毯式地搜遍裡裡外外。在那迷宮般的洞穴裡，這裡、那裡、遠遠近近全是搖曳的燭光，人們的呼喚與槍響不斷在陰暗的過道裡迴盪。在一處很少有人探索的石洞裡，他們發現石壁上有用蠟燭燻出「貝琦與湯姆」的字樣，不遠處的地上還發現一條沾了燭油的緞帶。瑟雪夫人認出那是貝琦的髮帶，立刻痛哭失聲，哀傷地說著那是她寶貝女兒的遺物，是她女兒去世前留下的東西，是世上最珍貴的物品。有些人說，他們在洞穴裡搜索時，時不時看到遠方閃過一抹微光，於是有人放聲呼喊，大家急急忙忙地穿過滿是回音的過道，趕去光源所在，但最後總是大失所望，孩子不在那兒，那只是別的搜索人員的燈火。

令人心焦難耐的三天三夜慢吞吞地過去了，全鎮都陷入絕望，一片死氣沉沉。沒人聽到他們的音訊。此時，傳來一個意外消息，有人發現宣稱禁酒的旅館居然藏了很多酒。這原本是令人震驚的大消息，此刻鎮民卻連眉頭也不皺一下，興味索然。

重病的哈克偶爾清醒時，有氣無力地問起旅館的事——自從他生病後，有沒有人在旅館發現什麼不尋常的東西。心裡已經有了最壞的打算。

「有啊。」寡婦回答。

哈克立刻坐起身，睜大眼睛追問：「發現什麼？找到什麼？」

「發現一大堆的酒。那旅館被勒令歇業了。好孩子，你快躺好，你把我嚇了一跳。」

「再回答我一個問題，一個就好，拜託！是湯姆發現的嗎？」

寡婦突然大哭起來。「別說了！孩子，你別再說話了！你病得太重了！」

那麼，他們只找到了酒。要是他們找到金幣，一定早就引起喧然大波。看來，那份寶藏已經消失了！再也找不到了！但是寡婦為什麼哭得這樣傷心呢？她在哭什麼呢？哈克的心中盤旋著許多的疑問，但虛弱的他沒辦法再想下去，只能沉沉跌入夢鄉。

寡婦自言自語：「好了，可憐的孩子，總算睡著了。湯姆找到酒！哎，要是有人找得到湯姆就好了！哎呀，現在還抱著希望、還有力氣去搜尋的人，也慢慢少了。」

31

現在我們回到野餐現場，看看湯姆和貝琦做了什麼吧。

他們和其他孩子們一起在陰暗的洞穴隧道間東逛西晃，在熟悉的石室間來回穿梭，為它們加上富麗堂皇的名稱，比如「會客室」、「大教堂」、「阿拉丁皇宮」。後來大家開始玩起捉迷藏，湯姆和貝琦玩累了就離開其他人，高舉著蠟燭走進一條蜿蜒的小徑，讀著前人在石壁上用蠟燭的煙燻出的字跡，有人名、日期、郵政地址和座右銘，像教堂的壁畫般密密麻麻。兩人一邊漫步一邊聊天，沒注意到已經走到沒有煙燻文字的過道裡。他們在一塊突出的岩石下方，用燭火燻下自己的名字，又繼續往前走。過不久，他們走到一個地方，發現有一道水流雜帶著石灰質、沿著石壁上突出的岩棚潺潺流下，好像經過了許多年，形成花樣繁複像浪花一樣的結晶體，看起來就像凝固的尼加拉瓜瀑布一樣，在黑暗中閃著微光。湯姆用燭光映亮結晶體，好讓貝琦仔細欣賞這份大自然的傑作。

湯姆發現兩道窄牆間藏了一座自然形成的陡峭階梯，立刻想當勇於冒險的探險家。貝琦跟著他的呼喚走了過去，兩人用煙在牆上燻了一個記號認路，就沿著階梯走了下去。又長又曲折的階梯通往洞穴的深處，兩人又做了一個記號，接著走進叉路探險，打算回到出口後再和同伴們大肆吹噓一番。他們發現一個寬敞的大洞穴裡有許多從頭頂垂下的鐘乳石，足足有成年男人的腿那麼長，閃著神奇的光澤。他們繞著洞穴走來走去，沉醉在美麗的鐘乳石。然後他們從大洞穴的許多條隧道中挑了一條路走了進去，走道通往一座迷人的噴泉，水面鑲滿如水晶般的霜花。洞內的中央也有好多美不勝收的鐘乳石柱，水滴不斷滴落，經過數百年才把鐘乳石和石筍連接在一起。洞穴頂端藏了數千隻蝙蝠，牠們被湯姆和貝琦的燭光嚇到，立刻數百隻、數百隻地飛下來，憤怒地撲向蠟燭，還發出尖銳的叫聲。湯姆知道蝙蝠的習性，他們不能再待下去，不然就危險了。他抓住貝琦的手，衝入最近的一個隧道。

當他們跑離蝙蝠洞時，貝琦的蠟燭熄滅了。蝙蝠在兩人身後追了好一陣子，但兩名逃犯每遇到新的隧道就立刻轉彎衝進去，好不容易甩掉那些煩人的追兵。不久，湯姆發現一座地下湖泊，湖面蜿蜒通往陰影深處。他想去湖的另一端瞧瞧，但轉念想想，最好先坐下來休息。此時，他們第一次感到洞穴深不見底，又安靜得可怕，好像有一隻潮溼又噁心的手，緩緩朝他們伸過來。

貝琦說：「哎呀，我剛剛沒發現，但我們好像已經很久沒聽到別人的聲音耶。」

「我想，我們應該在他們下面，比他們在更深的地方。不知道我們在他們的北邊？南邊？還是東邊？還是什麼地方？我們完全聽不到他們的聲音。」

貝琦擔心起來。「我不知道我們在這兒待了多久。湯姆，也許我們該回去了。」

「沒錯，回去找他們比較好。我們該走了。」

「你知道怎麼回去嗎？這裡錯綜複雜，我都搞不清楚了。」

「我原本有在記路，但後來遇到蝙蝠，害得我也搞混了。我們不能再讓蝙蝠把蠟燭弄熄，不然就麻煩了。我們得想辦法繞過蝙蝠洞。」

「哎，我可不想迷路。在這裡迷路太可怕了！」一想到他們可能迷路，貝琦就渾身打哆嗦。

他們走進一條石道，安靜的走著。每次遇到叉路，他們就仔細認路，努力回憶是否曾經過這裡，但每個地方都很陌生。每次湯姆檢視洞穴，貝琦就盯著他的臉，期待他會露出興奮的神色，但他老是故作開朗地說：「沒關係，這裡不是我們走過的路，但我們一定找得到。」

隨著一次又一次的失望，湯姆也漸漸失去信心，決定放手一搏，隨機走進叉路，希望剛好遇到回去的路。他嘴上依舊說著：「沒關係。」但恐懼沉甸甸地壓在他的心頭，那些言不由衷的話語聽起來比較像「一切都完了！」

貝琦害怕的緊緊靠在湯姆身邊，努力不讓眼淚流下來，但最終還是落下淚水。她說：「唉，湯姆，別擔心那些蝙蝠，我們還是走原來的路回去吧！我們好像愈走愈遠了。」

「妳聽！」湯姆說。一陣沉重的死寂壓了下來，連他們的呼吸都顯得格外刺耳。湯姆大叫一聲，他的呼喊在空盪的石道裡不斷迴盪，最後慢慢在遠方消失殆盡，聽起來就像一波波嘲弄的笑聲。

「啊呀！湯姆，別這樣叫啦，太可怕了。」貝琦說。

「雖然很恐怖，但我還是得叫呀，貝琦。說不定他們會聽見我們。」接著湯姆又大吼一聲。湯姆話裡的「說不定」，比那嘲弄般的回聲更令人毛骨悚然，它代表希望不大。

兩個孩子停在石道中間側耳傾聽，但沒人回應。湯姆立刻轉身、急急忙忙地向來時路走了回去，愈走愈快。接著，他止住腳步，猶豫不決。貝琦意外地明白一個更令人不寒而慄的事實——湯姆記不得回去的路！

「哎呀，湯姆，你沒做記號！」

「貝琦，我真是個蠢蛋！我有夠笨的！我根本沒想到我們會走不回去。完了，我不知道怎麼走回去。我搞混了。」

「我們迷路啦！完全迷路了！我們再也走不出這恐怖的地方！哎呀！我們為什麼要跟別人走散啊！」

貝琦跌坐在地上痛哭失聲，把湯姆嚇壞了，擔心她會哭得太用力而一命嗚呼或變得神智不清。他在貝琦身邊坐了下來，伸出手臂抱住她。而她把臉埋在湯姆的胸前，緊緊依偎著他，把心中的恐懼毫無保留地哭出來，同時也宣洩她所有未實現的遺憾。那哭聲在石穴裡激起陣陣回音，又變成一串串的嘲笑聲。湯姆拜託她打起精神，但她做不到。於是湯姆自責的不斷怒罵自己，怪自己太大意了，怎麼會讓貝琦陷入如此險惡的境地。沒想到這一招奏效了，貝琦終於說只要湯姆別再罵自己，她就會鼓起勇氣，振作起來跟著他走。她說自己和湯姆一樣有錯。

於是他們只能像無頭蒼蠅一樣往前走，隨機找條路就走進去。他們想不出別的辦法，只能一直走下去。有一會兒，找不到出路的他們還懷抱著一線希望，因為他們年紀還小，沒嚐過太多失敗的滋味，因此很容易就滿懷希望。

過了一會兒，湯姆把貝琦的蠟燭吹熄。這個節約的舉動意義重大，他們不需要開口也明白情況危急。貝琦能明白湯姆的用意，雖然湯姆有一隻全新的蠟燭，口袋裡還有三、四支殘燭，但他不願浪費。她的希望又被澆熄了。

他們又走了好一陣子，疲憊漸漸湧上他們小小的身軀。但坐下來休息，任寶貴的時光流逝是多麼可怕的事，他們只能勉強繼續走下去，不管往哪兒走，走向何方，只要不斷前進就有走出去的可能，但一停下來只能坐以待斃，歡迎死神的到來。

貝琦愈來愈虛弱，她連邁出一步的力氣也沒了，只能跌坐下來。湯姆靠在她身旁休息。兩人聊起家裡的一切，鎮上的朋友，舒服的睡床，最重要的是那溫暖的燈光。貝琦哭了起來，湯姆想盡辦法安慰她，但此刻，鼓勵的話聽起來反而像挖苦一樣令人洩氣。貝琦累壞了，慢慢地打起盹兒。湯姆看著貝琦睡著的臉變得柔和，露出平日可愛的神情，一抹微笑停臉上。她那溫暖安祥的表情撫慰了湯姆的心。他的思緒也飄離艱困的現實，回到美好的往日時光和如幻夢般的回憶裡。正當他沉浸在回憶裡時，貝琦突然醒來，剛剛如微風般的笑意立刻在唇間凝結，她重重地悶哼一聲。「哎唷，我怎麼睡著了！我真希望自己永遠也不要醒來！我不要醒來！啊，湯姆，我不是那個意思，我不會再這樣說了。」

「我很高興妳睡了一會兒，貝琦。現在妳休息夠了，我們再想辦法找出路。」

「我們可以試試看，湯姆。但我在夢中看到一個好美的地方，我想我們會一起去那裡。」

「也許還不是時候，現在還不是時候。打起精神，貝琦，我們再試試看。」

他們站起身，手牽著手，無助地在石道間漫遊。他們不知道自己在洞穴裡待了多久，但對他們來說，好像已經過了好幾天、甚至好幾個禮拜，但心裡又明白不可能過了那麼久，因為蠟燭還沒燒完。後來又過了好一陣子——他們完全不知道過了多久——湯姆說他們得仔細聽水流的聲音，一定得找到泉水才行。

找到泉水時，兩個孩子都筋疲力盡了，湯姆說休息一下，但貝琦說她還可以再走幾步。出乎意料地，湯姆拒絕了，貝琦猜不透原因。兩人坐了下來，湯姆用灰泥把蠟燭立好。兩人沒有說話，各自想著心事。

貝琦先開口：「湯姆，我好餓。」

湯姆從口袋裡掏出一個東西，問：「妳記得這個嗎？」

貝琦幾乎笑了出來：「那是我們的結婚蛋糕。」

「沒錯，我真希望它像酒桶一樣大，可惜只有這一小塊。」

「野餐時，我把它留下來，想像大人那樣切著吃。但這會是我們的……」貝琦沒繼續說下去。

湯姆把蛋糕分成兩份，貝琦立刻吃得精光，但湯姆只吃了一小口。吃完這頓大餐，又喝了一些泉水。過了一會兒，貝琦建議繼續往前走，但湯姆沉默了一會兒才說：「貝琦，妳能冷靜聽我說一件事嗎？」

貝琦臉色發白地答應他。

「哎，好吧。貝琦，我們得留在這裡，這裡有水可喝。這是我們僅有的最後一根蠟燭了！」

貝琦傷心地號啕大哭。湯姆想方設法地安撫她，但沒什麼用處。最後貝琦說：「湯姆！」

「怎麼了？貝琦？」

「他們一定會發現我們不見了，然後來這裡找我們。」

「對耶！他們一定會來找我們，一定會。」

「也許他們已經在找了。」

「嗯，說不定喔。我希望他們已經在找我們了。」

「他們什麼時候會發現我們不見呢？」

「我猜當他們回到船上時就會發現了。」

「但那時已經天黑了，他們會發現嗎？」

「我不知道。反正大家回家時，妳媽媽就會發現妳不見了。」

貝琦露出驚慌的神情，湯姆立刻發現自己說錯話了！貝琦當天晚上不用回家！兩個孩子啞口無言，陷入沉思。他們想著同一件事：說不定要等到星期天上午之後，瑟雪夫人才會發現貝琦沒去哈普太太家。兩個孩子盯著眼前愈燒愈短的蠟燭，看著它慢慢燃燒，熔化，直到蠟燭只剩下半吋長，微弱的火光突然亮起又落下，一陣黑煙裊裊而升，接著火光一竄，惡夢成真——無止盡的可怕黑暗籠罩了他們。

不知道過了多久，貝琦才發覺自己一直靠在湯姆的懷中哭泣。他們覺得好像已經睡了好久，醒了就回到悲慘的現實。湯姆說，現在說不定是星期天了，也可能是星期一。他逗著貝琦說話，但貝琦絕望得說不出話。湯姆說大家一定早就發現他們不見了，現在一定急著找他們。他出聲大叫，說不定有人會聽到。於是他放聲大叫，但是在伸手不見五指的黑暗中，那繚繞不去的回音更令人毛骨悚然，他再也不敢叫了。

時間一分一秒地流逝，饑餓又來折磨兩個坐困愁城的獄囚。湯姆沒把那半塊蛋糕吃完，還留下一小塊，兩人各分一半吃掉了。然而，那一點食物並沒有止住他們的饑餓，反而讓他們更想吃東西。

過了一陣子，湯姆說：「噓！妳有聽見嗎？」

兩人屏住呼吸，豎起耳朵仔細聽。他們聽見一聲非常模糊、遙遠的呼聲，湯姆立刻大叫著回應，牽著貝琦的手摸索地走進石道，朝著聲音來源處走過去。過了一會兒他又停下來側耳傾聽，又聽到了呼喊聲，而且顯然離他們更近了一點。

「是他們！」湯姆說，「他們來啦！走吧，貝琦，我們得救啦！」

兩名受困的小囚犯喜出望外，他們走得很慢，小心翼翼地避開地上的坑洞。此時他們又遇到一個坑洞，非得停下來不可。那個坑洞可能有三英尺深，也可能一百英尺深，在什麼也看不見的黑暗裡要跨越過去，實在太危險了。湯姆趴在地上，把手伸進去地洞裡，但不管他的身子多緊貼著地面、他的手多努力往前伸，都觸不到底。他們必須在這裡等搜救人員到來才行。他們又凝神細聽，呼喊聲似乎變遠了！再等久一點，他們就會離開了！他們的心大失所望。湯姆不斷大喊，直到嗓子都嘶啞了，也沒有人過來。他不斷地鼓勵貝琦，但兩人焦慮地等了好一陣子，再也聽不到任何聲音。

孩子們摸索著回到泉水旁。時間步履蹣跚地流逝。他們睡了一陣子，又在饑餓與痛苦中醒來。這一次，湯姆相信應該已經星期二了。

突然，湯姆靈光一現，與其坐著不動地枯等，不如去附近的石道探索。他從口袋裡找出一條風箏線，把一端綁在突起的石頭上，他和貝琦帶著線圈往前爬。大約走了二十步後，他們發現石道盡頭有一個不太深的坑可以跳下去。湯姆跳下去之後，手腳並用的往前摸索，他的手摸到了一個轉角。他把手再往右前方伸一點，就在此時，前方不過二十碼處的石頭後面出現了一枝點亮的蠟燭，也映亮了握著蠟燭的那隻手。湯姆站起來大叫一聲，但下一秒他就看見那隻手的主人——是印第安喬！湯姆嚇得癱軟無力，動彈不得。慶幸的是，那個「西班牙人」一聽到聲音，拔腿就跑，一下子就消失在湯姆的視線裡。湯姆猜想一定是山洞的回音，讓印第安喬認不出他的聲音，不然印第安喬一定會殺掉出庭作證的湯姆。此刻，湯姆嚇得全身無力，只想爬回泉水旁，一點也不想再去別的洞穴冒險，他可不想再撞見印第安喬。他沒有跟貝琦說看見印第安喬的事，只說想碰碰運氣而呼救。

隨著時間過去，饑餓與絕望比恐懼更讓人難以忍受。兩人回到泉水邊，無止盡地等著，不知不覺又睡了好久，他們決心做些改變。當他們再次饑腸轆轆地醒來，湯姆估算應該是星期三或星期四了，說不定已經到星期五、甚至星期六，鎮民的搜索應該結束了。他提議再去探索另一個石道。此時，他寧願遇到印第安喬也不想再坐著枯等——說不定會有更可怕的下場。

但貝琦很虛弱，對一切都漠不關心，她完全不想動，她說她會在這裡等著死亡的到來，相信痛苦一眨眼就結束了。她要湯姆帶著風箏線去探索，但她哀求湯姆每隔一陣子就回來跟她說幾句話。她要湯姆保證當那可怕的時刻到來，湯姆會待在她身邊握著她的手，直到她的痛苦終結。

湯姆親吻著貝琦，喉間像哽住了刺一樣難以呼吸。他故作堅強，他會找到搜救人員或洞穴的出口。接著他緊握著風箏線，手腳並用地爬向另一個石道，用手掌和膝蓋摸索著前進，饑餓令他痛苦，但一想到即將到來的噩運更令他反胃噁心。

32

夜色再次緩緩降臨，星期二就要過去了。聖彼得堡小鎮依舊愁雲慘霧，兩名走失的孩童仍然音訊全無。鎮民們辦了一場祈福大會，還有許多人全心全意地私下祈禱。然而，洞穴那邊依然沒傳來好消息。大部分的搜救人員都放棄了，回到日常工作崗位，喪氣地說找不到孩子了。

瑟雪夫人生了重病，時不時神智不清地高聲呼喊女兒的名字，抬起頭痴痴地等著女兒回應；過了一會又痛苦地躺下，多讓人於心不忍啊。

波莉姨媽也一樣傷心欲絕，灰髮都變成了白髮。

全鎮哀慟無助地度過星期二夜晚。

午夜過了不久，鎮上的鐘突然急切地「噹噹噹」響得沒完沒了，鎮民一下子就全都湧到街上，有人喊著：「找到啦！找到他們啦！」有人敲響錫桶吹起號角、四處奔相走告，大家都跑到河邊去迎接歷劫歸來的兩個孩子。有人一邊大喊一邊駕了一輛敞篷馬車來接他們，人群繞著馬車，浩浩蕩蕩地一起送孩子回家。這場歡聲雷動的大遊行走過大街小巷，人人歡呼著：「萬歲！太棒啦！」

鎮上燈火通明，沒人想回家睡覺，這可是有史以來最熱鬧的一夜。遊行的前半個小時，鎮民把瑟雪法官家擠得水洩不通，人們抱著兩個孩子猛親，又緊緊握住瑟雪夫人的手。大家都喜極而泣，感動得說不出話來。

波莉姨媽喜上眉梢。瑟雪夫人仍掛念著在洞穴徹夜搜索的丈夫，等他聽到消息、回到鎮上，那她就心滿意足了。

湯姆躺在沙發上，四周圍滿了好奇的觀眾飢渴地聽他講那驚險萬分的冒險故事。湯姆加油添醋的說到他把貝琦留在泉水邊，自己帶著風箏線去探索了兩條石道，但即使他用盡了線，還是什麼也沒發現。接著他摸索爬向第三條石道，當線用完，他打算轉身回去找貝琦時，卻發現前方似乎閃著天光。於是他留下線頭，再往前爬到石道的盡頭，發現有個小洞，他努力把頭和肩膀擠出小洞，眼前就是那廣大的密西西比河。如果當時是晚上，就不會有光照進洞裡，他也就不會走完那條石道，多麼驚險啊！

他興奮地爬回貝琦身邊，把這大好的消息告訴她。但她不相信，要他別再開玩笑逗她，她自知將不久於世，很想趕快一死了之。湯姆繪聲繪影地說著自己是如何想盡辦法說服貝琦爬到洞口，當她看到外面的藍天時，她又是多開心。他先爬出洞口，再幫貝琦爬出來，接著兩人坐在河邊流下喜悅的淚水。

後來有一艘小艇划過河邊，湯姆對他們大叫，向他們解釋兩人的遭遇，說他們餓得頭暈眼花。船上的人一開始不相信他們說的話。

「因為，」他們說，「那個洞穴入口的河岸在上游，離這裡足足有五英里遠呀。」他們讓孩子們上了船，帶他們到一棟屋子歇息，還招待他們吃了一頓晚餐。入夜後又讓他們休息了一陣子，才送他們回家。

此時，瑟雪法官和一小群搜索隊員身上都綁了認路用的麻繩，在山洞裡四散搜索。人們在日出前就跟他們傳達了這個好消息。

湯姆和貝琦很快就發現，受困三天三夜的心神折磨與饑餓，留下難以抹滅的影響。整個星期三和星期四，他們都躺在床上動彈不得，覺得身體愈來愈累，怎麼睡也睡不飽。星期四，湯姆勉強下床走動了一會兒。星期五，湯姆終於有力氣走到外面。到了星期六，他總算覺得元氣恢復了。但貝琦還是臥病在床，直到星期天才走出房門。

湯姆聽說哈克貝利生病了。星期五，他去探望哈克貝利，但大人們不讓湯姆進去臥房。星期六、星期天，他又跑去探望哈克貝利，但還是沒能見到他。湯姆終於在星期一見到了哈克貝利，但大人叮嚀湯姆別說他的冒險經歷，最好什麼太興奮的話題都別提。道格拉斯寡婦一直守在哈克貝利身邊，確保湯姆遵守規定。

回到家之後，湯姆聽說了那夜卡地夫山上的驚險事蹟，也聽說在靠近港口的河岸邊已經找到那個「衣衫襤褸的傢伙」的屍首——說不定他是在逃跑時淹死了。

湯姆從洞穴回來兩週後，哈克貝利終於也完全復原，可以盡情聊天了。湯姆又去拜訪哈克貝利，想和他分享自己的故事。湯姆經過瑟雪法官家時，順道進去探望貝琦。

法官和一些朋友邀請湯姆坐下聊天。有人開玩笑地問湯姆，現在他還敢進去那個洞穴嗎？湯姆說他一點也不怕。

法官說：「湯姆，我相信一定曾有人像你一樣在洞穴裡迷路。不過放心吧，我們處理好了，以後絕不會再有人困在洞穴裡啦。」

「怎麼說？」

「我已經用燒熱的鐵把洞口的大門封死啦，還上了三道鎖，鑰匙就在我這兒呢。」

湯姆的臉色唰地發白了。

「孩子，你怎麼了？快叫人來！快拿杯水來！」

有人端來一杯水往湯姆臉上一潑。

「你醒過來了。怎麼了？湯姆。」

「唉！法官大人，印第安喬還躲在洞穴裡呀！」

33

不到幾分鐘，這驚人的大消息就傳遍街頭巷尾。男人們出動十多艘小艇划向麥克杜格洞穴，渡船也載滿了人，緊跟在後。湯姆和瑟雪法官共乘一艘小艇。

當大夥兒打開被牢牢封住的洞穴大門，暗沉的山洞裡出現一幅慘不忍睹的景象——已經斷氣多時的印第安喬四肢伸長地躺在地上，臉緊貼著門縫，彷彿直到最後一刻，他仍依依不捨地望向外面燦爛歡樂的自由世界。湯姆對他的處境感同身受，畢竟不久前他差點就像印第安喬一樣死在這裡。雖然他憐憫印第安喬，但能夠親眼確認他一命嗚呼，讓湯姆深深地鬆了一口氣。自從湯姆在法庭上作出不利於這個嗜血凶手的證詞以來，他一直處在心驚膽跳的恐懼裡，直到現在，他才明白之前自己承受了多麼大的壓力。

不遠處，印第安喬的博伊牌匕首已經裂成兩半。厚實的門檻基座上滿是又削又劈的刀痕，顯然他在死前用盡全力想砍出一條生路。可嘆的是，他再怎麼用力也沒用，因為實木基座外面是天然石頭形成的門階，就算他砍得斷木頭也拿堅硬的石頭沒輒，反而把匕首劈壞了。其實，即使外面沒有石頭擋著，他就算把木頭砍斷也無法逃出去，因為毀掉基座只能露出很窄小的一道縫隙，他不可能鑽得出去，這一點他心裡清楚得很。所以他拿著匕首亂劈亂砍只是不想坐以待斃，寧願做些徒勞無用的努力來耗盡自己的精力，也不想枯等著死神降臨。之前，遊客們在洞窟入口處的岩壁縫隙裡留下差不多半打的蠟燭，但現在全不見了，因為可憐的死囚不但把它們全找出來還吃得一乾二淨。不只如此，他還吃了幾隻蝙蝠，只留下殘缺的腳爪。但這不幸的傢伙還是餓死了。

不遠處，地上長了一根石筍，是石穴上方經年累月不斷滴水形成的。死囚把石筍打斷，並在上面放了一個有凹洞的石頭，想要接住那每隔三分鐘才落下的一滴珍貴水珠。他聽著那像秒針一樣令人心煩的滴答滴答，足足要等上一天一夜才能接住一小茶匙的水。可惜的是，這石洞的水從埃及人建金字塔時就在滴，特洛伊淪陷時、羅馬建城時、耶穌被釘上十字架時、征服者建立大英帝國時、哥倫布航向大海時、萊辛頓大屠殺時，這水都無動於衷地滴著。此刻，它仍滴不停，當這個午後發生的一切都消失在歷史的洪流中，當朝陽千古不變地再次升起，當一切都被遺忘的夜吞噬，它還會再滴下去。萬事萬物真有存在的意義與目標嗎？這滴了五千年的水珠，難道是為了滿足一個人渣的需求嗎？又或者它等待的是一萬年後某個重要人物？不，這一切都不重要了。在這倒霉傢伙用石頭接水滴之後又過了許多、許多年，他的石杯和那緩慢的水滴在今天成了遊客必訪的名勝古蹟，人人來到麥克杜格洞穴都得來此參觀一下，連「阿拉丁神宮」也不像它那麼受歡迎呢。

印第安喬後來葬在洞口附近，吸引了方圓七英里內大城小鎮的人們攜家帶眷、包船包車地前來參加葬禮，還不忘帶著各種食物，簡直像場慶功盛會。他們承認，參加印第安喬的葬禮簡直像參加他的絞刑一樣令人心滿意足。

之前有人向地方首長請願，希望特赦印第安喬。葬禮讓這件事被擱在一旁。許多人都在請願書上簽了名，還有許多人淚眼婆娑地參與各種集會，滔滔不絕地為印第安喬說話。有一群愚婦還組成了委員會，老是跟在市長身邊，一哭二鬧地哀求市長當個寬宏大量的傻子，拋下職務責任，對印第安喬網開一面。縱使印第安喬奪走鎮上至少五條人命，那又如何？就算他是作惡多端的大魔鬼，還是會有數不清的笨蛋為他簽名請願，他們那濫情又軟弱的水庫隨時都會為魔鬼潰堤。

葬禮隔天早晨，湯姆和哈克找了一個隱密的地方談論兩人心懸已久的話題。哈克貝利已經從威爾斯老先生和道格拉斯寡婦那兒得知湯姆的洞穴冒險記。但湯姆說，他們應該故意漏了一件事沒跟哈克貝利講。他現在就打算跟哈克貝利談這件事。

哈克貝利一臉哀怨地說：「我知道啦。你去了二號房，但什麼也沒找到，只有威士忌。沒人跟我說你闖進二號房，但我知道一定是你。我一聽到他們說起那威士忌，就知道你沒拿到那筆錢，不然的話就算你對別人守口如瓶，你也一定會想辦法跟我說。湯姆，我一直有個不好的預感，我們永遠也找不到那份寶藏了。」

「什麼？哈克，我根本沒去告旅館的密。星期六我去野餐時，他的旅館還一切正常，對吧？你不記得那晚去看守旅館的事嗎？」

「對耶！你說得沒錯。天哪！那好像是好久以前的事了。就是那個晚上，我跟蹤印第安喬，一路跟到寡婦家。」

「你跟蹤印第安喬？」

「對啊，但是你不可以說出去。我猜印第安喬還有些朋友，我可不希望他們跑來找我的麻煩。要不是我的話，他們現在已經到德州逍遙去啦！」

接著哈克跟湯姆一一道來那場午夜驚魂記。湯姆之前只聽過威爾斯老先生的版本，並不知道事情全貌。「所以呢，」哈克講完後，回到兩人最關心的主題：「不管誰發現二號房藏滿了威士忌，他一定偷走了藏在那兒的金幣。我們沒希望了！」

「哈克，那筆寶藏不在二號房！」

「什麼？」哈克盯著湯姆的臉。「湯姆，你有什麼線索？你知道錢藏在哪裡嗎？」

「錢在洞穴裡。」

哈克的目光炯炯有神。「湯姆，再說一次。」

「錢一定在洞穴裡。」

「湯姆，別說謊喔，說謊的人下地獄要被割舌頭唷！」

「我是說真的。哈克，我這輩子沒這麼認真過。你願不願意和我一起去洞穴找寶藏？」

「我當然要去。但是我們一定要帶足夠的蠟燭，別再迷路了！」

「哈克，別擔心，我絕不會再犯那麼蠢的錯誤。」

「太好啦！你怎麼知道錢在——」

「哈克，等我們到了那兒你就明白了。如果我們找不到那筆錢，我就把我的鼓和我所有的家當都給你。我發誓，一言既出，駟馬難追。」

「就這麼說定，成交。什麼時候動身？」

「你沒事的話，我們現在就過去。你身體復原了嗎？」

「藏在很深的地方嗎？我的腿還不大中用，恐怕還得等上三、四天。現在我連一英里也走不了，湯姆。我覺得我還不大能走。」

「從大家知道的洞穴入口走進去，大概得走上五英里，但我們不走那條路。哈克，我知道一條無人知曉的神祕捷徑，只有我知道。哈克，我划船帶你過去，然後把船停在那兒。回來時我也可以自己划，你不用幫我，不會消耗你的體力。」

「那我們快出發吧！」

「好極了！我們得帶一些麵包和醃肉，還要帶著煙斗，一、兩個袋子，兩到三綑的風箏線，還有那個他們叫做『安全火柴』的新玩意兒。我跟你說，我在洞穴時，好幾次都希望自己帶了這種火柴。」

正午剛過，男孩們逕自借了一艘主人不在的小船，立刻動身。當他們在通往岩洞入口的河谷下游五英里處時，湯姆說：「你看到那面峭壁了嗎？看起來一路通到岩洞那頭的河谷，對吧？那裡沒有房子，沒有木材場，也沒有灌木叢。你往上瞧瞧，有沒有看到上面那兒有個好像山崩過的地方？那個就是我作的記號之一。現在我們上岸吧。」

他們停好船，走上岸。

「哈克，從我們現在站著的地方，你拿起釣魚桿就可以搆到我逃出來的洞口，你試試看找不找得到。」

哈克貝利四處尋找，但什麼也找不到。得意的湯姆大搖大擺地走進一片濃密的漆樹叢，說：「就在這裡！哈克，你瞧瞧，這恐怕是全國最隱密的洞口吧！你千萬別說出去。我從小就一直想當亡命之徒，我知道我得先找一個安全的藏身地，但從來沒找到適合的地點。我們現在有自己的『狡兔之窟』啦！不過我們要守口如瓶，只能讓喬和班知道。我們要當歹徒，就得組個幫派才行，不然就不夠帥。『湯姆．索亞幫』聽起來多厲害呀，你說是不是？哈克。」

「聽起來挺酷的，但我們要搶誰呀？」

「喔，我們想搶誰就搶誰。多半是埋伏起來搶路人。」

「然後殺掉他們嗎？」

「不，不一定唷。我們可以把他們藏在山洞裡，等他們拿贖金來。」

「什麼是贖金？」

「就是錢呀。你把他們關上一年，逼他們的親朋好友籌錢，萬一錢沒籌到，就把他們殺掉。歹徒都這樣犯案的。不過你不殺女人，你逼女人閉嘴，但留她們活口。女人都漂亮又有錢，多半會嚇得花容失色。你拿走她們的手錶和財物，但你記得要脫帽致意，跟她們說話時要有禮貌。沒人像強盜那麼有禮貌，所有的書裡都這麼說。而且，那些女人會愛上你，她們在洞穴裡待上一、兩個禮拜後，就會停止哭泣，接下來她們會樂不思蜀，根本不想逃跑。如果你趕她們走，她們還會回頭來糾纏你呢。書上都這麼說。」

「哎唷，湯姆，強盜真凶惡，我寧願當海盜。」

「也是，海盜生活的優點很多。但是當強盜就不用離鄉背井，還可以常常去看馬戲團。」

湯姆和哈克邊聊天邊把工具準備好，湯姆領先鑽進洞裡，哈克貝利跟在後頭。他們沿著蜿蜒的石道走進深處，把一綑綑風箏線串連成一條長長的線，接著一面放線一面往前走。沒多久，他們來到泉水處，湯姆全身打起寒顫。他指著灰土堆上蠟燭燒盡的殘跡，向哈克貝利回憶當時他和貝琦如何看著跳動的火焰掙扎，最終熄滅。

此時，被死寂與陰暗包圍的兩個男孩不再高談闊論，只敢輕聲低語，氣氛變得凝重起來。他們繼續往前走，湯姆帶著哈克貝利走入另一個石道，接著來到那個「可以跳下去的坑」。就著燭光，湯姆看清楚那個坑的周圍不是斷崖，而是長達二、三十英尺的陡直斜坡。湯姆輕聲說：「哈克，我給你看樣東西。」他舉起蠟燭。「往遠處的角落那兒看。你看到了嗎？就在那邊，就在那顆大石頭上方，有人用蠟燭在石牆燻了一個記號呀——」

「湯姆，那是個十字！」

「現在你明白二號房在哪兒了嗎？『十字架下方』，他們是這麼說的，對不對？就在那兒！哈克，我看到印第安喬舉著蠟燭在那裡出現！」

哈克貝利瞪著他們尋找已久的十字架，想了好一陣子，顫抖地說道：「湯姆，我們走吧。」

「什麼？你不想拿寶藏嗎？」

「不想，就把寶藏留在那兒吧。印第安喬的冤魂一定在這附近徘徊。」

「才沒有呢。哈克，不會的。印第安喬的鬼魂會在他死的地方徘徊，就是洞穴大門那兒，離這裡有五英里遠呢。」

「不，湯姆，不是這樣。他會在寶藏附近留連。我知道鬼魂的習性，你也很清楚。」

湯姆動搖了，說不定哈克貝利是對的，他有點膽怯。但過了一會兒，他突然想到一件事：「你瞧瞧，哈克，我們糊塗極了！這兒畫了一個十字架耶！印第安喬的鬼魂才不敢在這裡遊盪。」

湯姆說得很有道理，哈克貝利心服口服。「湯姆，我沒想那麼多，不過你說得沒錯。我們太走運啦，幸好有那個十字架。我們從這裡爬下去找那個寶盒吧！」

湯姆先爬進去，在泥土陡坡上留下深深的腳印。哈克貝利也跟著爬下去。在大石頭的洞穴裡，分別有四條石道往不同方向延伸出去。男孩們探查了三條石道，但一無所獲。最後一條石道深處有間小石室，地上鋪了幾塊草蓆，裡面還掛著一個掛籃，籃子裡面只剩下燻肉的外皮和兩三隻家禽的骨頭。不過他們沒看到寶盒。他們四處翻找了一遍又一遍，還是沒有寶盒的蹤影。

湯姆說：「他說在『十字下面』。哎，這裡是最靠近十字下方的石室了。不會在大石頭下面吧？那個大石頭我們根本搬不開，它牢牢的立在地上。」

他們又東翻西找了好一陣子，最後垂頭喪氣地坐在地上。哈克貝利想不透也說不出話來。過了一會兒，湯姆說：「哈克，你瞧瞧，石頭這邊的泥地上有腳印和燭油，但另一邊什麼也沒有。怎麼會這樣？我看呀，那些錢就藏在石頭下。我要把這些泥土挖開。」

「真是好主意！」哈克貝利興高采烈地附議。

湯姆立刻掏出他那把「如假包換」巴洛刀開始挖地，挖不到四英寸深就看見泥地裡露出一塊木頭。

「嘿！哈克！你聽到了嗎？」

哈克貝利也開始徒手挖，很快就挖出幾塊木板，石頭下方露出一個天然形成的坑洞。湯姆彎著腰，把蠟燭伸進坑洞裡，但不管他怎麼往前伸，燭光還是照不到盡頭。他提議下去看看，說著就彎曲身子爬了進去，細長的坑道微微往下傾斜。他順著曲折的隧道爬，先往右拐，再往左彎，哈克緊跟在後。過了一會兒，湯姆轉了個彎，大叫道：「老天爺！哈克！你瞧那兒！」

兩人朝思暮想的寶藏盒就躺在一個小洞穴裡面，旁邊還有一個空的火藥箱，兩把套著皮套的手槍，兩三雙老舊的軟皮靴，一條皮帶，還有一些雜七雜八的東西，全都被山洞的水氣浸溼了。

「終於找到啦！」哈克伸手捧起一大把沾了泥土的錢幣叫道：「老天爺！我們發大財啦！湯姆！」

「哈克，我一直相信我們會找回寶藏。太棒了！簡直像作夢一樣啊！但是我們真的找到寶藏啦！太好了！不過，我們別在這兒待太久，趕快出去吧。我看看能不能把寶盒抬起來。」

那寶盒約莫有五十磅重。湯姆試了幾次才勉強把它抬起來，但一抬箱子他的身子就東倒西歪。

「我想得沒錯，那天在鬼屋裡，我注意到他們費了不少力氣才抬動箱子。幸好我準備了袋子來裝。」

兩個男孩七手八腳地把錢幣倒進袋子裡，很快就爬回十字架下的大石頭旁。

「現在我們去拿那些槍和其他東西。」哈克說。

「不要拿了，就把它們留在那裡吧。如果我們打算去搶劫，才會用到那些東西。反正我們知道它們藏在哪裡。以後我們還可以回來狂歡痛飲。這裡最適合辦那種縱欲大會了！」

「什麼是縱欲大會？」

「我也不知道，但強盜老是辦縱欲大會，所以我們也得辦縱欲大會才行。走吧，我們在這兒待得夠久了。快天黑了，我肚子也餓了，我們快回小船吃東西、抽菸吧！」

不一會兒，他們就從濃密的漆樹叢裡爬了出來，兩個人都累壞了。他們確認周圍沒人後，立刻跑回小船大吃一頓，再抽了點菸。夕陽漸漸往地平線落下，兩個男孩把小船推進河裡，划向小鎮。暮色蒼茫間，湯姆一邊使勁划船，一邊心滿意足地和哈克貝利談天說地，入夜時分就回到了小鎮的港口。

「哈克，」湯姆說，「現在我們把錢藏到寡婦家那間柴房的閣樓上。明天早上我會過去找你，我們一起數錢，再平分吧。然後我們得在樹林裡找個安全的地方藏起來。你別說話，在這裡躺好。我去拉班妮的小推車過來。只要等我一分鐘就好。」

過了一會兒湯姆就拉著推車過來，把兩個小袋子放進去後，又在上面丟了幾條破布，拖著推車上路。兩個男孩在威爾斯老先生的屋子旁喘氣休息了一會兒，正當他們再次動身時，威爾斯老先生走了出來，「哈囉？誰在那兒呀？」

「我們是哈克和湯姆。」

「好極了！孩子們，快跟我來。大夥兒都在等你們呢！走吧，快一點，快跟上！我來幫你們拉車吧。哎呀，怎麼那麼重？你們放了什麼呀？是磚頭嗎？還是什麼舊金屬呀？」

「是一堆舊金屬。」湯姆回答。

「我想也是。這個鎮上的小伙子們寧願費力去挖幾塊舊金屬，抬到鑄造場換幾角錢，就是不願意做那些輕鬆的工作，明明能賺到一倍以上的錢呀。不過人性就是那麼怪！好啦，走快一點！」

兩個男孩詢問他們要趕去哪兒。

「別擔心，等我們到了道格拉斯寡婦那兒，你們就明白啦！」

常背黑鍋的哈克貝利忍不住擔心起來，「威爾斯先生，我們沒闖禍吧？」

威爾斯老先生一聽，開懷大笑地說：「哎呀，這我可不敢說，哈克，我的好孩子。我不知道你們有沒有闖禍，不過你和道格拉斯寡婦不是好朋友嗎？」

「是的。嗯，她的確常把我當朋友一樣招待。」

「那就好了，你何必害怕呢？」

老先生並沒有正面回答哈克貝利的問題，憨直的哈克貝利還想不透老先生話中的涵意，就發現自己已和湯姆一起被人推進道格拉斯寡婦的客廳裡。威爾斯老先生把小推車停在門邊，跟著走進屋。

道格拉斯寡婦家裡燈火通明，鎮上有頭有臉的人物都來了。瑟雪家、哈普家、羅傑斯家都全員到齊，波莉姨媽、席德、瑪麗也來了，還有牧師、報紙總編輯和許多重要人物，人人都打扮得衣冠楚楚。寡婦熱情地歡迎兩個男孩，但湯姆和哈克灰頭土臉，全身上下滴滿燭油，簡直沒個人樣。波莉姨媽羞紅了臉，對著湯姆直皺眉又不停搖頭。不過最尷尬的還是湯姆和哈克。

威爾斯老先生說：「湯姆一直沒回家，所以我放棄了。沒想到在我家門口遇上他和哈克，趕緊把他們帶過來。」

「你幫了大忙。」道格拉斯寡婦說：「孩子們，跟我來吧。」她領著兩個男孩走進臥房。「你們兩個好好梳洗一下，換上乾淨的衣服。這裡有兩套西裝，襯衫和襪子，全都準備好了。這兩套是哈克的衣服，不過，湯姆也能穿得下——不，不用謝，哈克——威爾斯先生幫你買了一套，我又買了一套。你們快換衣服吧，換好衣服就下樓來。」說完，道格拉斯寡婦就走出房間了。

34

哈克說：「湯姆，窗戶不太高，離地不遠。只要找得到繩索就能逃命。」

「你說什麼鬼話！為什麼要逃？」

「哎，我不習慣這種滿是大人物的場合。我受不了。湯姆，我不要下樓。」

「嘿，別擔心。沒什麼大不了的。我才不在乎呢！我會幫你的。」

席德打開門，探進頭來。「湯姆，姨媽整個下午都在等你。瑪麗準備了你星期天穿的那套西裝，每個人都擔心你去了哪裡。哎呀，你衣服上是不是沾了泥巴和燭油啊？」

「席德先生，麻煩你管好自己的事就好。你倒說說，這些人聚在這兒做什麼呀？」

「道格拉斯夫人常辦這種宴會，今晚也一樣。這一回是為了感謝威爾斯老先生和他兒子那晚的見義勇為。你想知道的話，我可以全都告訴你唷！」

「那你快說。」

「威爾斯老先生打算要跟大家宣佈一個大消息。我今天偷聽他跟姨媽說話，聽得一清二楚。他說這是祕密，我看大家早就猜到了，根本不是什麼祕密。每個人都知道，雖然道格拉斯夫人假裝什麼也不知道，但她也很清楚。威爾斯老先生指明哈克今晚非在這裡不可。畢竟，沒有哈克就沒有那個大祕密！懂嗎？」

「什麼祕密？」

「就是哈克跟蹤那群壞蛋，一直跟到道格拉斯夫人家的事呀。我看呀，威爾斯老先生想給大家一個驚喜，但大家都知道啦，一點也不好玩。」席德一臉得意地咯咯笑。

「席德，是你洩露這個祕密的嗎？」

「嘿，誰洩露的不重要，反正有人說出去了，就這樣。」

「席德，全鎮只有一個人會那麼壞心地到處說三道四，那就是你。如果你是哈克，你一定會嚇得飛奔下山，根本不敢跟別人說山上藏了壞蛋。你什麼都做不了，只會使些壞心眼，你看不慣別人做好事，得到大家的讚賞。你走吧，借句道格拉斯夫人說的話，不用謝了。」湯姆掐住席德的耳朵，把他推出房外，不忘踹他幾腳。「你敢跟姨媽告狀的話，明天就有的你瞧！」

幾分鐘後，道格拉斯夫人的賓客們都在晚餐桌旁坐定，並依照當時的風俗，餐廳裡另外安置了幾張小桌子，讓十幾名孩童坐在旁邊。威爾斯老先生先做了短暫的演講，感謝夫人的熱忱款待，令他和兒子們備感榮耀，接著說起有一位謙虛的人不願居功……等等。他談起驚險的那一夜哈克貝利多麼勇敢過人，他的聲調隨著一幕幕的情節抑揚頓挫，非常戲劇化。可惜的是，大家都已聽說這個祕密，因此沒有達到預想中的驚喜效果。不過，道格拉斯夫人還是非常稱職地露出目瞪口呆的表情，接著不斷感謝哈克貝利挺身而出，說了許多讚賞的話，

哈克貝利聽得全身飄飄然，一時之間忘了身上的新衣服令他多彆扭，也忘了被大家盯著看，不斷讚美的感覺有多奇怪。

接著道格拉斯夫人表示她想收養哈克貝利，讓他受良好教育。如果她行有餘力，她希望給哈克貝利一筆錢，讓他做正當的小生意。

湯姆抓住機會，開口說道：「哈克不需要錢，哈克有錢得很呢！」

湯姆突如其來的發言，雖然大家都很想大笑，但又遵守禮節地勉強忍住。湯姆又說了：「哈克很有錢，也許你們不相信，但他真的很富有。你們不用笑，我可以證明給你們看。你們等著瞧好了。」湯姆說完就衝出門。

大夥兒你瞧我，我看你，都搞不清楚湯姆打什麼主意，只能探詢地望向哈克貝利，但他緊張得說不出話來。

「席德，湯姆在搞什麼鬼？」波莉姨媽問，「這孩子真讓人捉摸不清，我從來摸不透——」

此時湯姆提著沉重的袋子，步履蹣跚地走了進來。波莉姨媽還來不及把話說完，湯姆就把袋子往桌上一倒，亮澄澄的金幣散了一桌。湯姆說：「你們看吧，我剛就說哈克有的是錢。這些錢一半是哈克的，一半是我的！」

這壯觀的景象讓所有人都嚇了一大跳，好一陣子都沒人說得出話。接著，大人們異口同聲地要兩個孩子好好解釋一番。湯姆滔滔不絕地講著事情經過，幾乎沒人出聲打斷他。雖然湯姆的故事非常冗長，但每個人都聽得目不轉睛。

等到他說完前因後果，威爾斯老先生說：「我以為自己為今晚準備了重大驚喜，但相比之下我的祕密根本不算什麼。但我實在太高興啦！」

大家把錢數清楚了，兩個孩子總共拿到一萬兩千多元。雖然現場有些人的身價比這數目還要多，但可從沒有人一次看過那麼多的金幣。

35

讀者們放心，湯姆和哈克的意外橫財讓又窮又小的聖彼得堡小鎮掀起一陣喧然大波。一大筆價值不菲的錢財又全是亮澄澄的金幣、銀幣，實在令人難以想像。鎮民們逢人就聊起那令人垂涎三尺的財富，不斷加油添醋的渲染，直到人人都想發財想得發狂，引起瘋尋寶的熱潮。聖彼得堡和附近村莊的每棟「鬼屋」都被大家搞得天翻地覆，每片木板都被撬開、地基也全被挖開，一窩蜂地尋找埋藏已久的寶藏。這些忙著挖土拆地的可不是像湯姆一樣的小男孩，而是成年男人，連那些實事求事、既嚴肅又不做白日夢的男人們也捲起袖子加入尋找寶藏的行列。

湯姆和哈克貝利不管走到哪裡，都受到大家的熱忱歡迎。以前，兩個男孩說的話不足輕重，但現在他們說的每一句話都被人牢牢記住，不斷傳頌。他們的舉手投足都變成了不起的大事，顯然，他們失去平凡的能力，也不知道怎樣才可不引人注意。

不只如此，還有人把他們的過去全翻了出來，宣稱他們以前就天資過人。連鎮上的報紙也刊登了兩位男孩的生平傳記呢！

道格拉斯寡婦把哈克的那筆財富以六分利息放債，波莉姨媽也拜託瑟雪法官把湯姆的錢拿去放債；這會兒，兩個小伙子有了一筆驚人的收入：平日每天都能賺到一美金的利息，週日則有五十角。這可相當於牧師的薪水耶！雖然牧師理論上有這筆薪水，但他通常無法全拿。當時，一元兩角五分錢就足以供一個男孩吃住和上學，還夠供他穿衣洗澡呢。

瑟雪法官對湯姆留下非常好的印象，他說能讓他女兒活著逃出洞穴的人，絕對是大器之材。貝琦還告訴爸爸一個祕密，就是湯姆在學校替她挨了一頓揍的事。貝琦替湯姆求情，希望法官可以原諒湯姆說謊，他只是想承擔原本會落到她身上的鞭打。法官不禁激動地稱讚湯姆，說他的謊言既高尚又大方，為人寬容大度，法官還說湯姆跟砍下櫻桃樹的喬治・華盛頓一樣難能可貴。貝琦立刻跑去跟湯姆說她爸爸很讚美他的見義勇為。瑟雪法官希望湯姆能成為一名卓越的律師或令人欽佩的軍官。他要確保湯姆加入軍校，然後送他去全國最棒的法學院，為他的未來鋪路。

成為富翁的哈克貝利現在成了道格拉斯寡婦的養子。她帶他進入社交界——應該說，他是心不甘情不願地被拖進社交界——但他幾乎被難以承受的壓力壓垮。寡婦家的傭人幫他梳好頭髮，刷淨身子，總是確保他乾淨又整齊，晚上讓他睡在一點髒污都沒有的潔白床單，這一切對他來說都很陌生。吃飯時，他得拿著刀叉，使用餐巾，喝水要用水杯，吃的東西一定要放在盤子裡。不只如此，平日他得唸書，假日得上教堂。說話要注意用字遣詞，逼得他連話都不想說了。不管何時何地，文明都像是替他安上腳鐐手銬，讓他動彈不得。

哈克貝利勇敢地在苦牢裡捱了三個禮拜後，有一天突然不告而別。接下來四十八小時，心急如焚的道格拉斯夫人到處找他，大夥兒也很擔心地到處搜索他，甚至在河上尋找他的屍體。第三天的早晨，了解哈克貝利的湯姆跑到舊屠宰場後面堆著的大木桶那兒，東瞧西看一會兒就發現那名逃犯在一個大桶子裡。哈克貝利這幾天都睡在木桶裡。

哈克剛吃了一點偷來的食物，心滿意足地斜躺著抽菸。哈克又回到那個頭髮零亂、髒兮兮的樣子，穿著他以前那些破爛衣裳。

湯姆把他從木桶拉出來，說他的消失把全鎮搞得雞飛狗跳，催促他趕快回家。

原本快樂似神仙的哈克垮下臉，鬱鬱不樂地說：「湯姆，別再提那些事了。我試過了，行不通的。那不是我的生活，我過不慣。夫人對我很好，把我當朋友，但我受不了她家的規矩。她要我每天早上定時起床，逼我洗澡，把我的頭髮梳得服服貼貼，不准我睡在柴房，還得穿那些該死的衣服，讓我動也不敢動。湯姆，那種合身衣服是很漂亮，但是讓我透不過氣，我坐也不是，躺也不行，我穿著它們就不能打滾。唉，我已經好久沒睡在地窖裡了，實在度日如年。而且我還得上教堂，坐在那兒流汗流個不停，我恨死那些無聊的講道！我坐在那兒，連蒼蠅也不能抓，也不能嚼菸草！而且，每個星期天我都得穿鞋子。夫人一天到晚跟著時鐘過日子，她依著鐘響吃飯、睡覺，連坐下來都得依照時間。她的生活一成不變，沒人受得了啊！」

「哎，哈克，其實每個人都是這樣過日子的。」

「湯姆，你這麼說又有什麼用？我不是那些人，我受不了。這樣綁手綁腳真會要我的命。在她家，吃東西實在太容易了，我可不喜歡不用做事就有東西吃。我想去釣魚也得問她，連游泳也要等她同意，如果我沒有先問她，那就完蛋了。而且我還得好聲好氣，斯斯文文地說話。拜託，每天我都得想辦法躲進閣樓嚼幾口菸草，發洩一下才行，不然我早就死翹翹啦！湯姆，夫人不准我抽菸，不准我大叫，不准我打呵欠，不准我伸懶腰，不准我在別人面前抓癢——」哈克貝利愈說愈覺得委屈，身體不禁打起顫來。「最該死的是，她每天都禱告個沒完！我從沒看過像她這樣的女人！我非逃不可，湯姆，我受不了。再說，學校就快開學啦，我還得去上學咧——哼！我才不要去上學。唉，你瞧，湯姆，有錢有什麼好？我的日子比不上以前那麼快活。每天都得提心吊膽，流汗流個不停，老想著不如死了算了。現在這身衣服才適合我，我在木桶裡睡得才香，我不想回去過那種生活。湯姆，如果我沒有那麼多錢，就不會惹來這麼多麻煩。現在啊，你就把我那一份拿去吧，只要時不時給我幾分錢就行啦。你可別太常給我錢，我對太容易得到的東西沒興趣。你幫我跟夫人解釋，也幫我向她道別吧。」

「喔，哈克，你明知我不能這麼做，這行不通呀。只要你在她家多待一陣子，就會慢慢喜歡這種生活啦。」

「我會喜歡一直坐在熱得要命的火爐上嗎？不可能的，湯姆，我不想當有錢人，我也不想住在悶得令人喘不過氣來的好房子裡。我喜歡樹林、河流和大木桶，我想和它們住在一起。該死的！我們明明找到那些槍，還找到藏身的洞穴，只要到處搶劫，就能過著強盜的日子，偏偏遇上這些蠢事！」

湯姆看機不可失，趕緊說：「你想一下，哈克，有了錢還是能當強盜呀！」

「真的嗎？太好了！湯姆，你是認真的嗎？」

「就像我坐在這裡一樣認真。但是，哈克，我們這幫派不收不受人尊敬的傢伙，你懂嗎？」

湯姆的話潑了哈克一盆冷水。「湯姆，你是說你不打算讓我加入嗎？但你不是讓我跟你一起當海盜？」

「沒錯，但當強盜跟當海盜大不相同，強盜比海盜厲害多了，崇高多了。有些國家，強盜的地位跟貴族差不多，像公爵一樣喔。」

「聽我說，湯姆，你一向待我不薄，看在交情上，你不會拒絕我吧？湯姆，不要拒絕我加入你的幫派，你真那麼狠心嗎？」

「哈克，我不想拒絕你，我真的想讓你加入——但別人會怎麼說？他們會說：『哼！湯姆．索亞幫！全是一群為非作歹的無賴罷了！』他們說的就是你，哈克。一顆老鼠屎壞了一鍋粥，哈克，你不想變成這樣吧？我才不要。」

哈克好一陣子說不出話來，內心交戰不已。最後他說：「那麼如果你讓我加入幫派，我就回去夫人家再待上一個月，試試看能不能過下去。」

「好極了，哈克！一言為定！來吧，我的好夥伴，我會向夫人求情，請她對你通融些。」

「真的嗎？湯姆，你會幫我說話嗎？太好了。如果她別把我逼得那麼緊，我保證不會公開抽菸或講髒話，如果辦不到，那我就認了。你什麼時候要號召幫眾當強盜？」

「馬上開始。說不定今晚我就把其他男生找齊，辦個開幫大會。」

「辦什麼？」

「開幫大會。」

「那是什麼？」

「就是立誓永遠為夥伴兩肋插刀，絕不洩露機密，就算被人千刀萬剮也要守口如瓶。如果有人敢欺負夥伴，我們一定要報仇，殺他個家破人亡。」

「太棒了，多有俠義精神啊！湯姆，太好了。」

「當然囉，一定會很好玩。我們得在午夜時立好誓才行，還得找最荒涼可怕的地方。最好能在鬼屋立誓，可惜鬼屋都被人拆了。」

「沒關係，湯姆，午夜立誓最讚了。」

「說得沒錯，就這樣決定啦。而且我們得對著棺材發誓並滴血為盟。」

「哇，這才像話嘛！當強盜比當海盜酷上千萬倍呀！湯姆，就算我得死在夫人家也在所不惜。要是我能當個響噹噹的大強盜，讓大家討論我討論個沒完，我想夫人也會因為幫我一把而自豪。」

故事就到此結束。這是一個男孩的故事，因此非得在此結束不可，繼續講下去的話就會變成一個大人的故事了。撰寫成人故事的作家一定知道得以婚姻作結；但撰寫少年故事時就得見好就收。

本書裡的大部分人物都還活在世上，過著安逸快樂的生活。也許，有一天我會繼續聊起這群少年少女，說說他們後來成為什麼樣的人物。因此，現在最好不要洩露太多他們此刻的生活。

國家圖書館出版品預行編目(CIP)資料

湯姆歷險記 / 馬克.吐溫(Mark Twain)著 ; 洪夏天譯. -- 初版. -- 臺北市 : 商周出版 : 家庭傳媒城邦分公司發行, 2017.03
面 ; 公分. -- (商周經典名著 ; 55)
譯自 : The adventures of Tom Sawyer
ISBN 978-986-477-206-3(平裝)

874.57 106003291

線上版讀者回函卡

dventures of Tom Sawyer（全譯本/改版）

・吐溫（Mark Twain）
洪夏天
畫選書／黃靖卉
責任編輯／彭子宸

版　　權／吳亭儀、林易萱、江欣瑜
行銷業務／周佑潔、賴玉嵐、賴正祐、吳藝佳
總 編 輯／黃靖卉
總 經 理／彭之琬
第一事業群總經理／黃淑貞
發 行 人／何飛鵬
法律顧問／元禾法律事務所 王子文律師
出　　版／商周出版
台北市104民生東路二段141號9樓
電話：(02) 25007008　傳真：(02)25007759
E-mail：bwp.service@cite.com.tw
發　　行／英屬蓋曼群島商家庭傳媒股份有限公司城邦分公司
台北市中山區民生東路二段141號2樓
書虫客服服務專線：02-25007718；25007719
服務時間：週一至週五上午09:30-12:00；下午13:30-17:00
24小時傳真專線：02-25001990；25001991
劃撥帳號：19863813；戶名：書虫股份有限公司
讀者服務信箱：service@readingclub.com.tw
城邦讀書花園：www.cite.com.tw
香港發行所／城邦（香港）出版集團有限公司
香港九龍九龍城土瓜灣道86號順聯工業大廈6樓A室　E-mail：hkcite@biznetvigator.com
電話：(852) 25086231　傳真：(852) 25789337
馬新發行所／城邦（馬新）出版集團【Cite (M) Sdn Bhd】
41, Jalan Radin Anum, Bandar Baru Sri Petaling,
57000 Kuala Lumpur, Malaysia.
電話：(603) 90578822　傳真：(603) 90576622
Email: cite@cite.com.my

封面設計／廖韡
排　　版／洪菁穗
印　　刷／韋懋實業有限公司
經 銷 商／聯合發行股份有限公司
地址：新北市231新店區寶橋路235巷6弄6號2樓
電話：(02)2917-8022 傳真：(02)2911-0053

■2017年03 月28日初版
■2024年01月29日二版一刷
ISBN 978-986-477-206-3　eISBN 9786263900332 (EPUB)
Printed in Taiwan

定價300元

城邦讀書花園
www.cite.com.tw

結語

故事就到此結束。這是一個男孩的故事，因此非得在此結束不可，繼續講下去的話就會變成一個大人的故事了。撰寫成人故事的作家一定知道得以婚姻作結；但撰寫少年故事時就得見好就收。

本書裡的大部分人物都還活在世上，過著安逸快樂的生活。也許，有一天我會繼續聊起這群少年少女，說說他們後來成為什麼樣的人物。因此，現在最好不要洩露太多他們此刻的生活。

國家圖書館出版品預行編目(CIP)資料

湯姆歷險記 / 馬克.吐溫(Mark Twain)著；洪夏天譯. -- 初版. -- 臺北市：商周出版：家庭傳媒城邦分公司發行, 2017.03
面；　公分. -- (商周經典名著；55)
譯自：The adventures of Tom Sawyer
ISBN 978-986-477-206-3(平裝)

874.57　　　　106003291

線上版讀者回函卡

商周經典名著55X

湯姆歷險記The Adventures of Tom Sawyer（全譯本/改版）

作　　者／馬克・吐溫（Mark Twain）
譯　　者／洪夏天
企畫選書／黃靖卉
責任編輯／彭子宸

版　　權／吳亭儀、林易萱、江欣瑜
行銷業務／周佑潔、賴玉嵐、賴正祐、吳藝佳
總 編 輯／黃靖卉
總 經 理／彭之琬
第一事業群總經理／黃淑貞
發 行 人／何飛鵬
法律顧問／元禾法律事務所 王子文律師
出　　版／商周出版
台北市104民生東路二段141號9樓
電話：(02) 25007008　傳真：(02)25007759
E-mail：bwp.service@cite.com.tw
發　　行／英屬蓋曼群島商家庭傳媒股份有限公司城邦分公司
台北市中山區民生東路二段141號2樓
書虫客服服務專線：02-25007718；25007719
服務時間：週一至週五上午09:30-12:00；下午13:30-17:00
24小時傳真專線：02-25001990；25001991
劃撥帳號：19863813；戶名：書虫股份有限公司
讀者服務信箱：service@readingclub.com.tw
城邦讀書花園：www.cite.com.tw
香港發行所／城邦（香港）出版集團有限公司
香港九龍九龍城土瓜灣道86號順聯工業大廈6樓A室　E-mail：hkcite@biznetvigator.com
電話：(852) 25086231　傳真：(852) 25789337
馬新發行所／城邦（馬新）出版集團【Cite (M) Sdn Bhd】
41, Jalan Radin Anum, Bandar Baru Sri Petaling,
57000 Kuala Lumpur, Malaysia.
電話：(603) 90578822　傳真：(603) 90576622
Email: cite@cite.com.my

封面設計／廖韡
排　　版／洪菁穗
印　　刷／韋懋實業有限公司
經 銷 商／聯合發行股份有限公司
地址：新北市231新店區寶橋路235巷6弄6號2樓
電話：(02)2917-8022 傳真：(02)2911-0053

■2017年03 月28日初版
■2024年01月29日二版一刷
ISBN 978-986-477-206-3　eISBN 9786263900332 (EPUB)
Printed in Taiwan

定價300元

城邦讀書花園
www.cite.com.tw